小説集

黒田官兵衛

末國善己 編

作品社

小説集　黒田官兵衛

黒田如水　菊池寛　5
黒田如水　鷲尾雨工　19
二流の人　坂口安吾　171
城井谷崩れ　海音寺潮五郎　247

黒田如水　武者小路実篤　283
智謀の人　黒田如水　池波正太郎　303
編者解説　末國善己　325

題字
本間吉郎

装画
「黒田如水像」作者不詳
江戸時代後期（19世紀）
福岡市博物館所蔵

黒田如水

菊池寛

菊池寛　1888～1948

香川県生まれ。1910年に第一高等学校文科に入学、京都帝国大学在学中に一高時代の友人、芥川龍之介、久米正雄らと同人誌「新思潮」（第3次）を創刊。大学卒業後の1918年に発表した「無名作家の日記」で新進作家として注目を集める。1920年に連載した『真珠夫人』からは通俗小説にも取り組んでいる。1923年には作家のための出版社として文藝春秋を創業。その後も日本文藝家協会の設立、芥川賞、直木賞の創設、映画界への進出など多方面に活躍した。第二次大戦後は公職追放を受け、その解除を見ないまま1948年に没した。

官兵衛の崛起《くつき》

竹中半兵衛重治と、黒田官兵衛孝高《よしたか》を、太閤幕下の二兵衛と云う。共に武将と言うより謀将であり、秀吉にとっては、無二の好参謀である。

此《こ》の中《うち》、竹中半兵衛の方は、秀吉より二十年も先に早死をして居るが、黒田官兵衛は秀吉より七年も遅れて死んで居るから、重治は秀吉の出世時代を、孝高は其《そ》の全盛時代を扶翼したことになる。それだけに、孝高は報いられた所も大きいし、太閤を繞《めぐ》るブレーン・トラストの中でも、断然幅を利かして居た所以《ゆえん》である。

口の悪い秀吉が、「あの、ちんば奴《め》」とか「瘡頭《かさあたま》め」と蔭口を叩きながらも、面と向うと、如何《いか》にも腹の底まで見透される様で、いつもくすぐったい顔をしていたと云うのが、此の官兵衛孝高である。

家来がカミソリの様に切れるのはよいが、家来からあまり自分の図星を指されるのは、よい気持のものでない。本能寺兇変の飛報を手にして（君の御運開かせられる時ぞ。よくせさせ給え！）と膝を叩かれたんでは、如何なる秀吉でも（あんまり本当のことを言うなよ）である。

秀吉が黒田如水を、此の時から煙たがったと言うのは、少々誇張にしても、秀吉にとって如水は、どうしても、どこか心の許せなかった男であったことは、想像出来るのである。

併《しか》し、秀吉は蟲《むし》が好く好かないの感情丈《だけ》で、動くような男ではない。それだけの才幹なり、働きなりを見せられれば、人を褒賞したり、抜擢したりする点で、決して物吝《ものおし》みをする男ではない。だから時々は、煙たがられたにしても、如水も一生懸命に秀吉に仕えたし、十余万石の大名にまで、出世することが出来たのである。

如水は天文十五年十一月に、姫路に生れた。幼名は万吉で後に官兵衛と言った。父の職隆《もとたか》は、小寺政職《まさもと》の麾下《きか》に在って、戦功があり、主家の小寺姓を名乗ることを許されて居たので、官兵衛も小寺官兵衛と云って居た時がある。

如水も十七八歳頃までは、風流の道を嗜《たしな》み、一介の文学青年であったと云う。尤《もっと》も一説には、職隆は福岡の目薬売で、官兵衛孝高は播磨で伯楽をやって居たとも伝えられて居るが戦国の世のことだから、よく分らない。

どっちにしても、近畿に興った新興織田氏と、中国に雄飛する強豪毛利氏の衝突時代に、如水は其の頭角を擡《もた》げたのである。

山陽、山陰の諸将が相率いて毛利氏に服従して居る時に、独り「織田頼るべし」と喝破して、小寺一族の向背を決した如水の明断は、流石《さすが》である。推されて岐阜に使し、木下秀吉を通じて、信長にわたりをつけたのであるが、此の時から如水は秀吉と相識の間となった。

天正五年に、信長はいよいよ中国征伐を決心して、先《ま》ず秀吉を播磨に送った。如水はこれを快く姫路の居城に入れて心を傾けて仕えた。

当時、秀吉が如水にやった手紙に、

「……我らにくみ申物《もうすもの》は、其方《そのほう》までにくみ申事あるべく候《そうろう》。其の心得候て、用心あるべく候。さいさいは懇《ねんごろ》に申されず候間、ついでをもて懇に可申入候《もうしいるべく》。此の文見えもすまじく候間、さげすみにて御読みある可く候云云《うんぬん》」

とある。自分で下手な手紙だがと卑下して居る様に、如何にも拙文だが、惻々《そくそく》たる秀吉の誠意は書表に躍如として、如水父子の心腹を摑んで、離さなかったのである。

天正六年三月には、如水は秀吉の先鋒となって、別所小三郎長治を、三木城に包囲した。此の役で信長は、秀吉の功を賞して、鞍馬一頭を贈って来た。ところが秀吉は、此の功、官兵衛に在りと云って、之《これ》を如水に与えた。如水これを受けるや、家来の母里《もり》太兵衛の功に帰して、復《ま》た太兵衛にやってしまった。士心を得るに天才的であった、二人のやり方が期せずして一致して居るのは面白い。

この母里太兵衛は後年福島正則から名槍「日本号」を、吞み取った豪傑だ。「日本号」の槍は、先日の高島屋の名刀展覧会に出ていた。

其の後、如水は備前の宇喜多直家を戦わずして、織田方に招撫することに成功し、智謀の将としての印象を、深く秀吉の頭の中に刻み込んでしまった。此の時、如水は三十三歳の壮年である。

一方、肝心の主家である小寺政職は、まだ毛利恐怖症に罹《かか》って居る。そこへ信長の驍将荒木村重が、伊丹の有岡城に拠って、信長に叛旗を飜《ひるがえ》したので、政職の腰はいよいよぐらついて来た。驚いた孝高は、政職の説得に赴き、更に荒木村重を飜意せしめるべく、有岡城に乗り込んだ。

此処《ここ》では、流石の彼も、失敗して、その儘《まま》、城中に抑留され、散々な目にあった。

天正七年六月に有岡城が陥った時、栗山善助（後年黒田騒動で有名な栗山大膳の父である）城中に紛れ込み、一室に幽居されて居た如水の手を把《と》って扶《たす》け出そうとしたが、如水は歳余の閉居と瘡の為に、片脚をすっかりやられて居て、歩く事が出来なかった。

其の後、有馬の温泉で湯治をしたが、遂に跛者となり、これから秀吉に（ちんばちんば）とやられたのである。

翌年、さしもの三木の堅城も陥落し、如水は功に依って宍粟郡《しさわごおり》二万石に封ぜられ、更に揖東郡《いっとうごおり》一万石を贈与された。如水父子が小寺の姓を廃して、黒田姓に復したのは、此の頃からのことで孝高自身も、漸《ようや》く雌伏時代を脱して、雄飛時代に入ることになる。

中国陣と官兵衛

中国役の作戦は、主として竹中半兵衛と、黒田官兵衛の二人に依って、練り上げられたものであったが、半兵衛が三木城攻めの時、陣中に歿《ぼっ》してからは、官兵衛一人に、その責任と権力が移って行ったことは、自然である。颯爽として、参謀黒田官兵衛が迎えた次の外交戦こそ、正に中国陣の大詰とも言うべき、高松城の水攻めである。

黒田家譜に依ると、如水先ず命を受けて、安国寺恵瓊《えけい》を招き、媾和《こうわ》談判の口火を切ったとあるが、これはウソである。既に高松城は水中に孤立無援の悲境にあり、旬日の後には、信長の援軍も到着しようとして居る。斯《こ》んな有利な状態に在って、如水程の外交家が媾和を持ちかける筈《はず》はない。矢鱈《やたら》に如水を事件の中心に持って来ようとして、ウソを書くのである。

何しろ相手の恵瓊は、当時でも有数の黒幕的人物である。一筋縄ではゆかぬ此の坊主と、対等の談判をやり得る者は、攻囲軍では如水を措いて外に人は無い。

割譲地の交渉はさりながら、如水も秀吉も断然主張したのは、城将清水宗治の自決である。武士の情けに欠けて居るようではあるが、此処《ここ》で頑張って、武威の程を示して置かなければ、後々の押えが利かなくなると思ったからだ。

天正十年六月二日、恵瓊親しく蛙ケ鼻なる秀吉の本営に趣いて、和議の条件を承諾したことを告げ、四日を以《もっ》て、宗治屠腹の日と決めた。

ところが翌三日夜半、長谷川宗仁からの飛脚が、如水の許《もと》に青天の霹靂《へきれき》の如く本能寺の兇報をもたらした。官兵衛、先ずその使者に酒色を与えて休息させ直ちに秀吉に此の悲報を披露したのである。秀吉は、この兇報が外に洩れるといけないから、飛脚を斬れと云ったが、如水は功こそあれ、罪のないものをと云って、ひそかに助けたと云う。

もう此の時には、官兵衛の肚《はら》は決って居た。信長の代りに秀吉を押し立てて、天下取りの座に据えようと云うのである。黙々として思案に余って居る秀吉の側近く、膝を進めて、アジったのは、前に書いた通りだ。

明ければ四日、城将清水長左衛門は、其の兄月清入道と共に、名誉の忠死を遂げた。

五日には、小早川隆景は人質として弟元総等を連れて、秀吉の本陣にやって来る。

信長の死んだ事など、おくびにも出さず、テキパキと締め付ける所だけ締めて置き、割譲地の方で、あっさりと譲歩をして、媾和の誓書を作って交換した。

その喪を秘して、その変を掩《おお》い、鬼神も其の間を覗《ねら》う能《あた》わざる刹那を利用して、一《ひ》と段取りをつけたのである。敏速を以て鳴る秀吉と、今張良の名ある如水の合作だから、その外交振りは水際立って居た。

斯うして置いて、官兵衛は秀吉に向って（今こそ、自分が口癖に言う、片草履、片下駄の時だ）と言って、上洛を急がせた。

草履と下駄は、両足で履くのが常道だが、間髪の場合には片足ずつ引っかけても、駆けつけなければ、機に応じ得ないと云うのである。

秀吉にしても、今更如水の御談議を聞くまでもない。神速長駆、十一日には早くも摂津の尼ケ崎に達し、十三日には山崎の一戦となった。

毛利方では、後になってそれと知り、地団駄を踏んで口惜しがっても、人質をとられて居るので、何《ど》うにも手の出し様がない。

而《しか》も奇策縦横の官兵衛は、山崎の合戦では此の人質の持って居る旌旗《せいき》を押し立てたところ、明智方では望見して、秀吉には毛利の援軍がついて居ると云って、意気沮《そ》喪《そう》したと云う。

秀吉歎称して（戦陣に臨む者は、孝高の用意を以て用意とすべし）と言って居るが、蓋《けだ》し本能寺の変が到ってから十日間こそ、如水の五十九年の生涯の中で、最も花々しいページを占めるものと云わなければならない。

如水の引退

如水が大阪の天満の邸《やしき》に居た頃、糟谷《かすや》助左衛門、遊佐《ゆさ》新左衛門等が訪れて、軍談に花が咲いた。此の時一人が、如水に（足下の勇武は一世に高いのに、斬将搴旗《けんき》の功を聞いたことがないが、事実あるのか無いのか）と無遠慮に聞いた。如水答えて（人には得手不得手がある。自分は幼少から従軍して居るが、刀槍を振って闘うのは、不得手だが、麾《き》を取って軍を従え、一挙万人の敵に克つことになると、あまり人には負けをとらぬ自信がある）と答えた。

此の如水の指揮能力に就ては、秀吉も面白いことを言って居る。

小田原陣の時、一日、秀吉は諸営を巡閲して、左右に言った。

（頼朝が富士川に軍した時、其の衆は二十万と称した。以来彼の如き大軍を統べた者は無かったが、今、俺の率いる軍は頼朝以上だ。此の大軍を自由に操縦する者は、海内に外には無い）と豪語して、暫《しばら》くして、少し気がさした。

（いや在る。在るとすればあの勘解由《かげゆ》位だ）

と少し口惜《くや》しそうに言った相である。勘解由と云うのは、孝高の官名である。

とにかく、中国陣の後、天正十一年の志津ケ嶽から、十三年の四国長曾我部征伐、十四年の九州陣と、孝高は目覚しい手柄を顕して、豊前国六郡、十二万石を領するに至り、中津城に居ることになった。ところが、久しからずして天正十七年、如水は突如として、病弱を理由として、引退を申し出でた。

秀吉は（まだ四十四歳では、衰老を称する齢ではないが、帷幄《いあく》に参画するなら、長政の襲封を許そう）と云って、長政を甲斐守に任じて、孝高を軍国の第一線から退かして、顧問とした。

此の孝高の引退に就ては、普通には如水が余りに切れ者なので、秀吉がこれを敬遠したと言われ、如水も亦《また》、自分ばかりか其の子孫にまで殃《わざわい》の及ぶのを恐れて、先手を打って警戒したと云うことになって居る。

秀吉にすれば、幾分か煙たい男であったには違いないが、（そう手廻しよく引っ込まなくてもよいのに）と思ったろう。

九州征伐の論功行賞で、如水の貰い分が少《すくな》い為の不平だと云われて居るが、豊前六郡十二万石（十八万石とも云う）は、必ずしも少しとしないと思う。小早川隆景なんか、何しろ三万の大軍を率いた第一軍の主将であってみれば、筑前五十二万石はそんなに過賞ではない。如水は手兵三千を募って此の役に加《くわわ》って殊勲を樹《た》てたとは云え、小早川軍の一監事であれば、十余万石の授賞は、強《あなが》ち薄賞とばかりも云えないと思う。

蒲生氏郷が雄才を忌まれて鴆殺《ちんさつ》され、竹中重治はその智才を憚かられて遁世を志したと云う伝説と、かなり似て居るんではないかと思う。これは、いずれも当人を、高く持ち上げる為のゴシップだ。

当時、天下の大権は殆んど太閤に帰し、大阪は丁度今日の中央政府のようなものである。而も内閣の実権は漸く三成一派に移り、三成と余り仲のよくない如水が、同じ閣僚として、快からず、機を見て引退したいと思って居たのだろう。

明哲保身の道でもあったのであろう。

此の辺の煩悶《はんもん》で、人間も一段と練れたのか、其の後小田原征伐なんかに於ける如水のやり方には、一種風格を帯びて来て居る。

（隠居仕事には、こんな事が一番適当だわい）と云って、肩絹に袴を着け、全く無腰で小田原城に乗り込み、まんまと氏政父子を説き伏せて、開城を乞わしめてしまった。

朝鮮役でも如水は、或る時は忠実に、或る時は傲岸に、ぬらりくらりとして昔の様に決して正体を生地《きじ》で出さない。

碧蹄館《へきていかん》の戦後、戦況が一向に発展しないのに、太閤が焦《じ》れて居ると、如水は壁一重を隔てて聞えよがしに（此の度《たび》の大任に堪えん者は、家康に非ずんば利家、然らざれば斯く申す拙者以外無からん）と怒鳴って、秀吉の代理となって渡韓した。

一日、異郷の旅舎に在って、如水は浅野弾正と碁を囲んで居て訪れた石田、増田、大谷の三奉行を別室に待たせて居て、忘れて居た。三奉行は大いに怒って、秀吉に告げ口をした。秀吉一笑に附して、

（黒田と浅野は、よい碁敵だから）と問題にしなかったが、遂に如水が秀吉の許可を得ないで帰国するや、三奉行は極力その懈怠《けたい》を訴え、流石の如水も、すっかり太閤の怒りを買った。機を見るに敏な如水は、早速剃髪して世捨人になり、如水円清と号した。時に四十八歳で、如水軒の名はこれより起る。

関ケ原役と如水

征韓の役が終って、日根野織部正高吉が如水から借りた軍資銀二百枚を返しに来た。如水は鯛の肉を取ってそれは蔵《しま》い込み、あらでもてなせと家臣に命じたので、高吉は内心でその吝《りん》嗇《しょく》を卑《いやし》んだが、金を返そうとすると（自分に要らない金で、貴殿が奉公の一端に資することを得たのは本望だ。）と云って終《つい》に受け取らなかった。

後に如水は左右を顧て（織部は小封を享《う》けながら、平素の奢侈《しゃた》がちと分に過ぎたから、戒めてやったのだ。さきに取ってある鯛の肉はお前達で食え）と云ったのは、有名な話である。

太閤の死後は、如水も悠々と自適し、茶の湯、連歌と風流三昧の日を送って居たが、刻々に推移する時勢の動きには、決して盲目ではなかった。寧《むし》ろ何事かを、期するもののようである。

如水が、石田三成等の挙兵を聞いたのは、その領国中津に在った時である。勇躍した如水は、茲《ここ》に掉《とう》尾《び》の大活躍を演じたのである。

つまり如水の方寸では、一方では家康の勝利を予想して、息子の長政を東軍に従わせ、他方では東西の勝負が容易に決せず、両虎互いに傷《きず》つく場合を予想して、四隣を征服して、その実力を養成しようと云うのであるから相当なものである。

秀吉の無い今日、既に如水の大志を押える者も無い。天下晴れて、天下が狙えるのであるから如水にとっては千載一遇の好機会であったのであろう。出兵と決すると、直ちに平素蓄積した金銀を散じて四方の士民を徴集して、忽《たちま》ち八千有余の軍勢を糾合して、意気既に全九州を呑まんとして居る。

而も如水自ら陣頭に立って、豊後に攻め入り、旬日を出《い》でずして、大友義統《よしむね》を生擒《いけどり》にし、豊後の七党を屠《ほふ》って、更に軍を豊前に返して、将《まさ》に小倉城を陥れようとする時、長政の急使に依って、関ケ原合戦の結果を知ったのである。

あわよくば、九州全土を収めて、中国から近畿に兵を進める位のことは、思って居た如水のことであるから、此の迅速な家康の勝利を聞いた時には、随分がっかりしたと思う。後で長政に会ったとき機嫌が悪く（お前には、大ばくちは打てぬなあ）と云って嗟《さ》嘆《たん》した。長政が、関ケ原でムキになって、奮闘したのが、気に入らなかったのだ。だが案外に諦めも早かったせいか、此の日から以後の攻略は、出来るだけ家康の為に働いて、事後の行賞で儲けようと云った肚が充分に見える。

海内平定後、家康は長政を筑前五十二万三千石に封じた。藤堂高虎は如水の九州鎮撫の功を述べて、重賞を請うたが、家康は（如水の功労は大きいには大きいが、底意の知れぬ働きだ。まあ考えて置く。今は言うな）と言った。蛇の道はへびと云おうか、さすがに家康は抜け目がない。

慶長六年五月、如水は上京して家康に謁し、関ケ原の勝利を祝し、長政の受封を謝した。家康はその才を惜み、隠居領を与えて、政治向の顧問にしようとしたが、如水は（もう衰老して、再び世に出る志無し）と云って辞した。

既に志を一世に得なかった如水にとって、今更栄爵や優遇など意味をなさない。元来、大博奕《おおばくち》の好きな男だっただけに、負けたとなれば淡々たるものである。

ある時、如水は関白秀次の問いに答えて、（自分は中才である。上才ならば自ら天下を取る。何ぞ太閤の下に臣事しよう。又若し下才ならば、蓬蒿《ほうこう》の中に埋没して居るだろう。唯《ただ》中才だからこそ、纔《わずか》に封侯の列に入り得たのである）と述懐して居る。悧口《りこう》すぎて自分のことがあまり瞭《はっき》り見え過ぎるのである。

慶長九年の春、如水は伏見の藩邸で病み、三月二十日に端座した儘《まま》で死んだ。遺言して、殉死を禁じたのは、一見識だ。

秀吉の歿後、天下に色気を見せたのは、家康、三成、兼続を除いては、独り此の孝高入道如水軒あるのみである。唯、彼は不幸にも病弱であり、九州の隅っこでは、中央の情勢にうまく適応出来なかったのがハンデキャップだ。

併《しか》し三成起つと知るや、一挙にして九州を征定し、旗を中原に翻して、何等かの発言権を得んとし、しかも失敗しながら、家康に文句を云わせなかった点など、隠居仕事にしては、出来過ぎて居る。

晩年に、太閤が戯れに（俺が死んだら、誰の天下になるだろうか云え！）と、侍臣に云うと、皆五大老の名前を云った。所が、太閤は（外《ほか》に一人ある。あのちんばだ）と云った。侍臣（黒田は、わずか十万石であるのに）と云うと、太閤曰く。（それはお前達が黒田をよく知らないからだ。我明智を伐り亡《ほろぼ》して以来交戦数十回、難節に臨み、呼息閉息し、思案混迷して彼是《ひぜ》決せざる時、計を跛者に問うに、立ち処に裁断して、しかも我が熟慮する所と符合するか、でなければ遂に意表に出て居る。その上剛豪能《よ》く人に任じ宏度深遠天下に類なし、我世と雖《いえど》も、彼若《も》し得んと欲せば、難《かた》からじ）

如水の意気、画策、行動は、宛然太閤の小模型の観がある。境遇が、あべこべであったら、どちらが偉くなったか分らぬ。

黒田如水

鷲尾雨工

鷲尾雨工　1892 ～ 1951

新潟県生まれ。早稲田大学英文科在学中に、ダヌンツィオ『フランチェスカ』を翻訳（本名の浩名義）。大学卒業後は、植村宗一（後の直木三十五）と出版社の冬夏社を経営し、性科学者のハヴロック・エリスの著書を自ら翻訳、出版するなどしたが、関東大震災で会社が倒産。その後も翻訳家として活動する一方、1935年から書き下ろしの連作長篇『吉野朝太平記』の刊行を開始。同書は第2回直木賞を受賞し、全6巻からなる大作となる。これ以降は歴史小説が活動の中心となり、『織田信長』、『若き家康』、『覇者交代』などを発表した。

世は刈菰《かりごも》の

乱天下。

弱きものは強きものに倒され、下興って上を剋す。室町将軍の武威衰えて、群雄は国々に割拠し、しかもまたその群雄のうちの何某《なにがし》として威福をほしいままにした者の家乱れて、権臣が取って代っても、人これを訝《あや》しまず、取って代った誰某《たれがし》が、さらにその家来のために亡ぼされても敢《あ》えて異とするに足らなかったのである。

そうした時勢であったから、家柄門地はどうあろうとも、実力しだい、運しだいで、どんな匹夫でも野人でも、立身出世の出来る世の中だった。従って裸一貫の風来坊が頻《しきり》に往来し、泰平無事の世態なら甚《はなは》だ使い道に困る種類の人間でもが、時には重宝がられもする。

当時は播州姫路といっても、後の姫路とは大ちがいで、飾磨郡《しかまごおり》御着《ごちゃく》に本城を構えていた小寺氏の、支城《えだじろ》の一つが設けられてあるだけの、ごく小さな邑《まち》でしかなかったけれど、西国筋から上方近畿へ通ずる中国街道の宿駅としては、目ぼしい駅の一つだったので、今いったような風来坊や、扶持に離れた足軽、仲間《ちゆうげん》、主家没落と称する浪人の群だとか、腕力は強いが地道な野良仕事はとても嫌いだという厄介な自作農の次男、三男だとか、なかには伯労《ばくろう》だの、博奕打《ばくちうち》の類も混って、種々雑多なのが通りかかって、泊ったり逗留したりする。

「失礼だが、お前さんの御懐中は、ちと寒そうですね」

「云うにゃ及ぶ？　ちっとどころか北山颪《おろし》、空ッ尻《けつ》だ。もうこの分だと、泥棒か追剝でもせんことには折角《せっかく》の旅が続かねえ」

「それはお気の毒ですね。もしそんなにお困りだったら、物は試しですから、この姫路のお城へ行って、一つ試験をおうけなすっては怎《ど》うかな？」

「え、なんだ試験てえのは？」

「力試しですよ。その試験を受けて、受かりさえすれば、ひもじい思《おもい》だけはなさらんでも済みまさあ。ここのお城の殿様は、小寺職隆《もとたか》入道宗円と仰有《おつしや》って、御着の小寺様の御家老ですからどれほどの御大身というわけでもおあんなさらんが、まあ一口に申せば、人助けの御酔狂とでも云いますかな、この駅の、邑外《まちはず》れの御城下に、お百間長屋というのが、二棟出来ていて、その篦棒《べらぼう》に細長いお長屋には、恰度《ちょうど》お前さんみたいな方を、うようよとすまわせてお置きになるんです」

「へえ、それは耳寄りな話だな。わしみたいなのが、そう沢山《たんと》集まってるのか？　そして一体毎日なにをしている？」

「なにもしちゃあいませんよ。ただ穀潰しですから勿体《もったい》ないと思いますよ。だから殿様を、御酔狂だと申すのですよ」

「ふうむ、ますます面白いな。そんならただ食わせて、遊ばせておきなさるのだね？」

「そうですよ、物好きがお過ぎになると思いまさあ。まったく」

「じゃその長屋ずまいをしても、姫路城の御家来になるわけでもないのか？」

「居候ですよ」

「食客《いそうろう》なら気楽で、なおさら結構だ。どうだい御亭主、ひとつ案内を頼もうか」

「冗談云っちゃあいけません。誰がお前さんみたいなのを伴《つ》れてあるくものか。気が向いたらひとりで行きなさい」

およそこんな具合に浮浪の徒でも渡り者でも、腕におぼえがあるか、膂力《りょりょく》に自信があるかすれば、のぞみ次第に姫路の城で、力試しの試験を受けることが出来て、篩《ふるい》にかけられた揚句、すぐられた者がいわゆる百間長屋に収容された。

その頃の播州は、三十六家という多数の大小名に分領されていた。つまり国主大名という者を持たなかったのである。そもそも播磨という国は、大昔から開墾の行きとどいた、地味の豊《ゆたか》な土地で、面積に比較して農産物の収穫が多かったから、さほど広い国でもないのに大国と称され、ここに守護たることが競望された。鎌倉期から吉野朝時代への過渡期であった建武の新政に、新田義貞がこの国の守護となった時、赤松円心、則祐《のりすけ》の父子が、それに対して不平禁じがたく、ついに叛旗を掲げて朝敵足利氏に味方して以来、播州は久しく赤松家の本拠となったのだったが、赤松は播磨のほかに、備前一国、美作《みまさか》十郡を併せ領して大いに富強をほこった。ところが赤松も他の国々大守の例にもれず、権臣浦上のために滅ぼされ、やがてその浦上もまた宇喜多に取って代られた。

しかし宇喜多氏の支配は、備前の美作に限られて、播磨には及ばなかった。

播州は自立したのである。但《ただ》し前に云ったとおり三十六もの小豪族の分立だった。

だがその小豪族のなかでは、三木城の主、別所長治と、御着の城主、小寺政職《まさもと》、この二人だけが、かなりな懸隔《へだたり》で群小を凌《しの》ぐ勢力を持っていた。

従って、小身な土豪たちは、三木か、でなければ御着か、どちらかを自分らの旗頭に頼んでおのれの領分の保全をはかるのであった。

それゆえ、乱世には珍らしく播州だけは、小康を保っていたと云える。で、なおさらのこと姫路城下の百間長屋が、よけい酔狂らしく見えた。

姫路の入道

この百間長屋――たとい浮浪人でも流氓《りゅうぼう》の徒輩でも、嫌わずにこれを収容する百間長屋の持主――「姫路の入道」と呼ばれた小寺職隆入道宗円は、本姓を黒田と云って、もとは備前国福岡の住人であった。

それがどうして隣国播州に遷《うつ》って、小寺姓を称するようになったかというと郷国備前が、浦上氏に横領されたことが原因だ。

黒田の家は、備前、佐々木氏の支流《わかれ》で、血脈をただせば近江源氏なのである。代々、福岡村に住した土豪で、ながらく赤松館の支配の下にいた。ところがこの館、播、備、作三州の大守赤松氏が、浦上に亡ぼされ、備前が浦上の領地となった時、黒田は故郷を失った。

そして頼って行った先が播州の御着であった。そこには赤松の一族である小寺氏が、三千の兵を養って城を構えていた。黒田はわざと我身を下郎の体《てい》におとして、最下級の奉公から叩き上げしばしば武功を立てたので、主君小寺政職に深く愛され、姓名を小寺職隆と改めて、家老職にそなわるほどの立身を遂げ、姫路に築いて、一城の主となった。

これが即ち姫路入道宗円の略歴だった。

一家の興る、おのずから由来あり、といわれているが、この意味を砕いていえば、或《あ》る家が勃興した場合、これを栄えさせた人物の親を見よ、もしくは影響を与えた先輩先人を繹《たず》ねよということである。

これを黒田の場合にあてはめるならば、黒田家を大諸侯たらしめた始祖は黒田如水だが、勃興の由来を繹ねるには如水の父、姫路入道を知れということになろう。如水孝高《よしたか》は、入道の嫡男であった。

長屋品評《しなさだめ》

略歴によっても解るように、姫路入道は凡物ではなかった。

城下の百間長屋で評判のよかったことは云うまでもなかった。

「たしかに偉い方だと思うね俺は。こんな小《ち》ッぽけな城の主にゃあ勿体なさすぎらあ。ほんとうにお気の毒だって気がするじゃあないか?」

「なアんだ、そう云っちまっては、賞めるのか貶《けな》すのか解りゃあせん。お前なんぞ、乞食顔負けに食い詰めたくせに、城が小ッぽけもないもんだ。罰あたり奴《め》!」

「ふん、強《きつ》いお世話だ! こう見えても俺《おら》あ、貴様みたいに、盗泉の水あ一度も飲んだおぼえはないぞ」

「こん畜生、漢語を使いやがったな、漢語を! へん、ちゃんちゃら可笑《おか》しいや。なんぼ俺が無学でも、やい、盗泉の水ぐらい知っているぞ。やい、何時《いつ》おれが盗ッ人をした? どこで人の巾着を切ったと云うんだ?」

「ぶッ、何時どこで盗ったか切ったか、俺《お》ら貴様の目附じゃあねえから、知るものか。だけどはっきり其《そ》の面《つら》に、書いてあらア、どう見たって泥棒面だ。ほかの面じゃあ通りゃあせんぞ、極道めッ!」

「なにをッ？」

「こう、野郎共！　喧《やかま》しいッ！」

そう呶鳴《どな》りつけたのは、味介という此《こ》の長屋じゅうでの幅利だった。

「一体なにを啀《いが》み合っとるんだ？　人迷惑だ。話が附かなかったら外へ出ろ。擲《なぐ》り合うなり、取ッ組み合うなりして梟《けり》を附けたらいい」

「なにさ、それほどの事じゃあないんだよ、味介どん。ただね、俺が、この姫路のお城が小ッぽけで入道様にお気の毒だと云ったところが、此奴《こいつ》め、おれのことを乞食顔負けだと抜かしゃあがったんでこっちも屎《くそ》、貴様あ泥棒面だと云ってやっただけなんです」

「はッは、愚にもつかん諍《いさかい》をする奴らだ！　わはッははは！」

味介は磊落《らいらく》な笑い方をして、

「乞食面でも泥棒面でも結構じゃねえか。今日びあ面の不味《まず》いほど、変竹林なほどが立身できるぞよ。その証拠にゃあの上方で大評判の、出世頭は猿面草履取から跳ね上った鯉の滝のぼりみたいな、羽柴筑前守秀吉を見ろ！」

そう云うと、

「相変らず味介どんの大きく出なすったこと。羽柴筑前守といえば江州長浜二十二万石の大大名ですぜ。こちとらと引ッ較《くら》べが成るかッてんだ」

「いいや志はなるッたけ大《でっ》かく持たんといかんぞ。天下を望んで精々《せいぜい》が国持大名。だから一城を望むぐらいじゃ、高が知れている。が、そりゃあそうと俺たちの入道様がお気の毒なのはお城の小ッぽけな事じゃねえぞ。あれだけの人物でいらっしゃるから風雲さえ動けば、どんな大きな城でもお獲りになれようじゃあねえか」

「そんなら味介どんの云わっしゃるお気の毒ってのは？」

「ほかでもねえ。御嫡男の若殿が、途轍もなく不じるしだってことさ」

「え、不じるし？　冗談でしょう。あんなに美《い》い男ぶりでいらっしゃるのに！」

「馬鹿野郎っ！」

「ほい、とッ違ったかな？　おらア新米だから、よかア解んないけれども、たしか若殿様ッて方は、ちょいと苦味ばしった、粋な様子の――お歳恰好は三十がらみ――」

「安《あん》ぽん丹《たん》っ！」

「あれっ？」

「てめえは新米って云うけれど、桝数にしてみろ、もういい加減お城の米を喰《くら》った癖に、あの偏窟若殿の手古変ぶりを、知らねえってのは呆れたもんだ」

「俺ア知ったか振りは嫌いですよ。だけど偏窟か変手古か、その辺のことは知らねえけど、官兵衛様と云わっしゃるのが入道様のお世嗣《よつぎ》の若殿なら、掛値なしの美い男ぶりだ」

「阿呆つく！　だれが醜男《ぶおとこ》だと云った？　そりゃあ女子《おなご》には好かれるか知れんし、天下泰平の世の中なら、それや茶の湯もよかろうし、骨董いじりも歌俳諧も悪くはなかろうさ。だけど、こうした戦国の乱世にゃあ、まるっきり向かねえ若殿なんだ。ああ不の字では入道様も、いわば百年の不作だよ。俺たち何百人かを、ただ食わせてお置きになる入道様の御用意は、いざ大切な戦という暁に、働かせようという思召《おぼしめし》からだ。そのお心も知らぬ気に、若殿官兵衛さまと来たらこの長屋なんぞ、てんで見向こうとなさらんじゃあねえかよ。年がら年じゅうお城を外にしてどこを小渡《さわた》りうってござらっしゃるのか、ほんの偶《たま》さかお帰えんなすっても、三日とお尻が落ッ着きゃあしねえのだ。俺ア入道様へ、御恩返しの一つに、こんどお帰りになったら、とッ捉《つか》まえ申して、うんと御意見をしてあげようと、実あ今ッから手ぐすねを引いとるんだ」

正真正銘、むきになって味介は憤慨しているのだった。

「やってお呉《く》れッ！」

「頼みますぜッ！」

という声がした。

ひとり味介のみの憤慨ではなくて、城の若殿、官兵衛孝高を非難する気持は、つねづね長屋の輿論《よろん》をつくっていた。

だから忽《たちま》ち、味介への声援が起った。

「やれ、大いにやッつけろッ！」

と、喚《わめ》く者があった。

大勢が、それに雷同した。

しかし中には、

「だけどあんまり手荒なことは、しなさらんがいいぜ。味介どんの大力で、思いッきり捉まえた日にゃあ、あの細ッこい若殿の痩腕の骨なんぞは、ぽッきり折れちゃう」

「そうともそうとも！　折れちゃっては大恩のある入道さまに、なんとも相済まんことになりますぜ！」

険呑がる者もあったが、

「なアに大丈夫だ。入道様あ、若殿の腕の一本ぐらい折れたって、御立腹なさるものか。あとに御次男の図書《ずしょ》様が控えていらっしゃらあ。もしかして、若殿のお腕の骨が、折れちゃったら最後、御廃嫡の御勘当ものさなあ。面白いじゃあねえか！」

と波瀾を待ち設ける弥次馬も混っていた。

ともかくも百間長屋における評判は、若殿官兵衛に関する限り、ひどく険悪だったのである。

味介瀬踏み

室津の遊女屋で官兵衛若殿の姿を見かけたという者があった。

それは姫路の邑《まち》の或る町人だったが、この噂を聞くと味介は、（こりゃあ近いうちに屹度《きっと》もどっておいでなさる。室津といえば直《す》ぐそこだから）と、思った。

すると案の定、官兵衛は飄然《ひょうぜん》と城へ帰って来た。去年の師走から、いま正月の半《なかば》まで——一箇月ばかり、どこにどうしていたのか、例によってさっぱり解らなかったが、でも姫路の家来たちは誰も彼も、ほっと安堵の息をついた。むろん今度とても糠安堵だと想いながらも。

（しかし今年は天正も三年だ。いかに偏痴気無軌道な若殿にもせよ、二十代というお齢は昨年でおわりを告げたのだ。除夜の鐘は何処《いずこ》でお聞きなされたかは知らぬが、その鐘の音が鳴りやんだ時は、官兵衛様もすでに三十歳。おいとし和子《わこ》のお二人三人は、お持ちになっていらっしゃるべき御年齢《おとしごろ》ではないか。それを何ぞや今以《もっ》て、お独身の、きりなしの御放埒はお情ない次第だが、もうもう今年は、なんぼなんでも御性根を入れ替えて頂かないことには……）

そう考えるにつけても、城の重臣、母里太兵衛は、溜息の漏れるのを禁じることが出来なかった。

太兵衛はまだ二十歳《はたち》を越えたばかりの青年であったが、父親に早く死別《しにわか》れたせいも手伝って齢の割には考え方が熟していたし、自分が姫路の重臣のひとりだという責任感からも、人何層倍か若殿の行状を苦に病んでいた。

（ああ思えば思うほど気が苛立《いらだ》つ！　世の中には娶《めと》っても子持たずという例《ためし》もよくあることだから、御独身はまあいいとしても、我慢がなりかねるのは厭《いや》に柔《にや》けた、へなへなの御態度《おものごし》だ）

太兵衛は、武芸の雄である自分自身に比較すると、一しお業が煮えもした。

だがこれまで、幾遍となく諫《いさ》めても、なんら諫め甲斐のなかったことを思い出すと、心が暗く滅入るのだった。

恰度そこへ、

「真平《まつぴら》、御免下さい。だしぬけで――」

と、部屋の入口の、鴨居を、猫背になって潜《くぐ》ってきたのは、身の丈六尺をはるかに越す巨大漢、百間長屋の味介であった。

遠慮会釈というものを授からずに産れ出たような、博労あがりの味介は、案内も乞わずに母里の屋敷の玄関から、いきなり闖入《ちんにゆう》してきたのだ。

「よう、味介か。ばかに薄着ではないか？」

太兵衛が、ちょいと呆れ顔をしたのは道理――春とは云っても、まだ余寒の空っ風が朝からヒュウひゅう吹いているのに、やっと膝っきりの、すり切れそうになった晒木綿《さらしもめん》の単衣《ひとえ》を一枚纏《まと》ったのみで、毛脛も腕も剝き出しのツンつるてんなのである。

「太兵衛どの、さっそくですがな」

「なんだ？」

母里太兵衛は、撞《どう》っと響を立てて尻をついた味介の不作法ぶりを、微笑で眺めた。

「わしゃあ今日、若殿をとらまえて、強意見《こわいけん》をしてみようと思うんですが、どうでしょう？」

「若殿に――お前が？」

「左様、わしがです。皆さんの御心配を、見ちゃあおれんからだ。お城御一同になりかわって、この味介が、うんとこさ若殿のお身に沁みるように、小ッぴどく御意見を申そうと、そう分別を決めてお長屋から、つん出て来たのだ！」

しんからの真摯《まじめ》さが面《おもて》に現れたのを、太兵衛は見のがさなかった。

「む、そうか。それは寔《まこと》に、殊勝な分別をして呉れた。母里は礼を云うぞ！」

「ああそりゃあ早すぎる。御意見申した効き目が、すこしでもあってからのことにして貰いたい。ともかくも俺《わし》あ、一徹にやッつけますあ。お前さん方と違って、味介ア博労育ちで、今は穀潰しの居候でござんす。お有難《ありがた》い入道様への御恩報じは、戦場《いくさば》でと思っていたんですけれど、それを待っちゃあいられねえ！　わしゃあ事によりゃあ少々ぐらい、痛い目をさせ申してもがっちりと存分に、あの若殿の極道をとッちめてあげる！」

「おう、頼むぞ味介！　お前の云うとおり我々は、むかし備前の福岡に、御屋敷のあった時分からの家来ゆえ、心は弥猛《やたけ》に勢《いさ》んでも、若殿の前に出れば、どうしても頭《ず》が下って、思うことも口に出来ぬのだ。それをお前が、感心に我々の心持を汲んで呉れて、強意見の役目を買って出ようと云うのだから辱《かたじけ》ない」

太兵衛はそう云って、若殿の生い立ちから今日に至るまでを詳しく話して聞かせた。

姫路入道がまだ黒田兵庫介と云っていた二十四歳の時、御着の殿、小寺政職が、明石の城主明石正風の姫を自分の養女にして、これを兵庫介職隆に妻合《めあ》わせた。で、産れた長男は万吉と名づけられた。天文十五年十一月二十九日の誕生であったが、生れた時、その産褥の屋根の上を、雲が蓋《おお》うかのように見えた。

それを見た人々は、

「おお奇瑞じゃ！　奇瑞じゃ！」

と、叫んだ。

「どんな麒麟児《きりんじ》にお育ちであろう？」

「む、末頼もしいお児《こ》さまじゃのう！」

黒田の家来はいうまでもなく、御着の小寺氏の臣たちも、実に大きな期待を、この嬰児《みどりご》の将来に繋けたのであった。

兵庫介は、やがて苗字を小寺と改めて、姫路の城主となり、そして期待を繋《か》けられた嬰児の万吉は、

（なるほど奇瑞の子は異《ちが》ったものよ！）

そう人々を感動させるだけの英才を、嫩葉《ふたば》からして示した。

俊髦《しゅんぼう》の芽ばえは、すくすくと育った。

「これこそは天下に名を成す人におなりだろう。御両親は、どんなにお楽しみか解らない。姫路にあんな傑《すぐ》れた後取が生れたからには、御着の前途は、洋々たるものだ。万吉どのが成人されたら、小寺一族の領土は、播磨の外へも拡がって、嘗《かつ》ては久しく宗家、赤松館の分国だった備作の二州も、かならず再び回復できるにちがいない」

姫路の若の評判は、すばらしかった。

十三歳で元服して、万吉は、官兵衛と名を改めた。

それまではまったく傍《はた》の期待どおりに生い立ったのであるが、官兵衛と呼び名の変ったのがきっかけでもあったかの如《ごと》く、俄然、性格も、趣味の嗜好も、一変してしまった。

どんな具合に変ったかと云うと、十四五歳の頃は、国文学に没頭して、和歌に親しんでいたが、十六七歳からは円満房という僧に就いて仏学の研究に凝り出した。

「わしは武芸なんぞ好かない。殺《さつ》を嗜《たしな》むようには出来ていないのだもの、剣や槍の稽古は性に合わぬよ」

兵馬のことは一向に棄てて顧みない官兵衛であったが、それでも二十二の歳に、姫路の城が館野政秀の兵に襲われた折には、戦場に臨みはしたが、格別一生懸命でも勇敢でもなかった。

——そこまで話が行った時。

味介が、いきなり胴間声を出した。

「へえ、あれで戦場にお立ちなすった事があるのかなあ！」

母里太兵衛は苦笑しながら、

「入道様のお悦《よろこび》は束の間だった。あの戦の直ぐ後のことだ——若殿は、いずれかへ出奔なされて、姿をお晦《くら》ましになったまま、まる三年、便《たより》さえも梨の飛礫《つぶて》であった。まあ其後《そのご》のことは、お前も見て知っているから、よろしくやって欲しい。な、慥《しか》と頼んだぞよ！」

と、味介に意見番を一任したのだった。

思慮綿密

けれども味介は、柄になく大事をとった。

——栗山善助殿の諒解も得た上で、さらに入道様のお耳にも此事《このこと》を入れて置かずば、ぞんぶんな御意見をやれない。

そう思ったので、重臣筆頭でもあり、母里太兵衛よりは十歳も年上で、思慮綿密といわれている栗山の屋敷を訪ねた。

だが、お城に出仕中だということが知れたので、すぐさま味介も登城して、城内の控の間で栗山に会って、自分の分別と、今しがた母里に一任されたことを告げたのであった。

「——で栗山殿のお指図を願いたい」

そう云うと、

「さあ——」

「いかがでしょうか?」

「さあ——」

「ちぇ、頼《たよ》りない御返辞ですね! さあだけでは解るものですかえ。ずんとやッつけ申しても差支えないかどうか、そいつを伺っているのだ。悪いなら悪いと云って下さい」

「さあ——どういうものかの?」

「てへえ、わしゃあ訊いてるんですぜ! おたずね申しているのはこっちなんだ。いいか悪いか、一体どちらなんですか」

「さあ――どちらか？」

「く、く、栗山どのッ！」

味介は破《わ》れ鐘声で呶鳴った。

「大きな声でびっくりさせる」

しかし、豪《ごう》も喫驚《びっくり》した様子がないので、味介は一層辛抱がなりかねて、

「さあ、云っておくんなさいッ！」

詰め寄っても、栗山は依然として、

「さあ、なんと云うべきかな？」

「さあ！」

「さあ――」

双方とも、さあさあでは、埒があかない。

ついに味介は、憤然と、この重臣の意向は、たとえどうあろうとも之《これ》を無視することに決めて席を蹴って立った。

（へん、何が思慮綿密だい！　あれじゃ空《から》きし考《かんがえ》というものが無いと同じだ。馬鹿野郎の、薄鈍《うすのろ》どころか大厚々の厚鈍《あつのろ》め！）

親ごころ

「味介よ、それは思いとまった方がよいぞ」

入道は、しばらく思案の末に、そう云ったのである。

大殿の前に畏《かしこま》っていた味介が、むくっと頭を擡《もた》げた。

「え？　なぜでござりますか？」

「なぜかと申せば、それは骨折り損じゃ。無駄じゃ。徒労におわることは必定であろう。それゆえ罷《や》めいと云うのじゃ」

「入道さま！　骨折なんぞ構うものですか。だけど、無駄とは何でござります？　無駄か無駄でないかは、ヤッつけて見ないことには、どうしても解るもんですか？」

味介が、持前の不作法を漸《ようや》く露《あら》わしかけて、敦圉《いきま》くと、姫路入道は、静かに微笑を含んで頭《かぶり》を揺《ゆす》った。

「否々《いやいや》――予《わし》にはそれが、歴然《はっきり》と解るのだと云える」

「いいや解らん！　お解りになる訳がないッ！」

「これさ、其方《そのほう》の義侠心と、ほんの僅《わず》かな恩恵にも報いようと念ずる美しい気持は、予も非常に嬉しくは思うが、さりながら無駄と解っていることを、其方にさせるということは本意でない。其方がどんなに強意見をしようと、それを聴き入れるような官兵衛ではないのだ。そんな生優しい放埒なら、この入道もこうは手こずりはせぬぞよ。要するに官兵衛の心が、飜《ひるがえ》るなり変るなりするのを、どこまでも気永に待つほか術《すべ》がないのじゃ」

微笑の影は、いつの間にやら消え失せて、入道の面には深刻な、そして複雑な悩《なやみ》と配慮の交謝離合の表情が泛《うか》んでいるのだった。

「大殿っ！」

剛勇と稜々たる侠気《きょうき》こそは、あり余る味介であったが、その単純な頭には、入道の言葉を噛みしめるだけの能力がなかった。

「そ、それが悪い親心だア！」

と、味介が叫んだ。

「喚かずとも聞える」

「えい、聞《きこ》えないから喚くんですッ。親馬鹿の子畜生たあよく言ったものだ。に、に、入道様が甘やかし、なさり過ぎたから、こ、こ、こんな始末になったのだッ！」

だが入道は、こうした雑言無礼をも、忿《いか》ろうとはしなかった。

「ああ解った、解った。しかし其方は官兵衛をよく知らぬによって、諫めて利くと思っている。まあ物は試しとも申すゆえ、それほど強意見がしたくば、致してみるもよかろう。ただ、予《わし》は犬骨折らせては気の毒だと思って止めたまででじゃ。たってと其方が言うなら、しいて止めだてはせぬぞよ」

「おお、それじゃ許して頂けたことにして、味介めは、思う存分に諫めてあげる！」

気おい立って、猛然と飛び出して行くのであった。

目ざす先は勿論《もちろん》のこと、若殿の居間だ。

離座敷《はなれ》だと聞いて、廊下を早足で渡って行ったが、たしかに居る筈《はず》の官兵衛の姿は、室内は云うまでもなく、およそいそうに思われる場所の、どこにも見つからなかった。

(訝《おか》しいな、魔法使の術でも知ってござっしゃるかな)

探し廻ったのは味介ひとりではないのだ。若殿の姿が、消え失せたというのであれば、姫路の城内が大騒《おおさわぎ》になるのは当然なのである。

如水軒

行く春の境の浦のさくら鯛
　あかぬかたみにけふや引くらん
夏と秋の境の浦の松風に
　かたえすゞしくよする白波

そう詠ぜられた頃の堺浦は、いとものどかな閑寂《かんじゃく》な漁村であったが、中世以降、この浦波が静やかに寄せていた白砂のほとり、根を据えていた松が伐《き》り払われ、桜鯛の鯛網の曳かれた渚には岸壁や桟橋が設けられ、そこに大小もろもろの船どもが繋留されるようになり、商港として賑い始めてからの発展ぶりは、まったく目覚しく、吉野朝時代には天龍寺船その他の外国貿易船が発着する日本一の要《よう》津《しん》として栄え、その後も弥々《いよいよ》繁昌して、守護不入の独立自由市の趣をさえ呈し、戸数は一万を突破したのだった。

それがやがて大内義弘の乱に遭い、全市が兵火に焼かれたにもかかわらず、たちまち復興をとげ、市況の繁華は倍旧の有様となったし、ゴア船や、ルスン船が頻《しきり》に渡洋して来てからは、切支丹伝道方面からも、ここが九州に次いで、第二の根拠地と見做《みな》され、堺を足溜《あしだまり》として宣教師たちは、近畿一帯に布教することを努めた。

この布教の根拠となったということは、同時に舶来の西洋文化が日本に輸入される関門が、堺港であったことを意味した。

だから西洋について知ろうとする者にとっては、堺に上越《うえこ》す場所はなかった。嶄新《ざんしん》な文明は駸々《しんしん》と、この市を開花させていた。

したがって近代商業と金融業が、一ばん早く植えつけられた堺の市《まち》に、我国資本主義の揺籃が出来て、大きな商店が、富裕な町人に経営されて、店舗の軒を並べたのだった。

最も目ぼしい大商人としては、納屋助左衛門があった。木屋彌左衛門があった。皮屋助右衛門があった。豆葉屋四郎右衛門があった。

そういう一流商店に伍して、櫛屋橋右衛門の店があった。しかし屋号は櫛屋といっても、櫛笄《くしこうがい》ばかりを取扱う専門店ではなくて、柔《やわらか》い所では三味線、固いのは鉄砲——そのほか香木でも染料でも、ビイドロ、ビロウド、絨毯《じゅうたん》、皮類、眼鏡類と、およそ当時の舶来品は、なんなりと商う輸入商だったのである。

この櫛屋に、ひとりの美しい娘があって、名をお香と呼ばれた。今は亡い先代橋右衛門の愛娘で当主の橋右衛門には妹だったが、そのお香が、ちょうど八年前——永禄十年の暮ごろ、婿を迎えた。

そして翌十一年十二月の三日に、男児《おとこのこ》を分娩して、これに松寿と名づけた。

名を選んだのは、嬰児《あかご》の父親であったが、この父親——すなわち櫛屋の妹婿は、実に不思議な人物で、歳はお香と婚姻した時、二十二歳だということと、名はただ如水軒というだけ——それ以外のことは何一つも明瞭には解らなかった。

どこの産で、いかなる身元かも知れなかった。

して見れば甚だしく得体の解らぬ代物だったに違いないが、櫛屋のお香は、ただもう無二無三に懸《け》想《そう》してしまったのだ。

で、十六の暮に婚礼をあげて、十七の師走の初旬《はじめ》に松寿を産んだのであったが、遮二無二に恋慕したほどあって、得体が知れようと知れまいと、そんなことには頓着なしに、ひたすら夫の如水大事に、まったく熱烈そのものの愛を捧げた。

お香は、時折、兄の橋右衛門に揶揄《からか》われると、むきになって、「御身分などはどうでもようございますわよ。だけど——どこか遠方の、たぶん九州あたりの歴乎《れっき》としたお大名の血筋を享《う》けていらっしゃるにちがいないと思いますわ。わたくしは本当に勿体ない気が致しますの」

そう云うのだった。

「はッはッは、惚れた欲目には大したものにも見えようよ。だがな、お香、そう卑下しなくてもいいではないか。わしたちの櫛屋にしても、家柄からいえば、失《な》くなった親父の若い時分までは播州の志方の城主だったではないか。小名にもせよ一城の主だ。——よしんば如水さんが西国辺の大名の子だとしても、流浪の境涯とあらば、櫛屋の妹婿なら随分と有難いわけだ。だからそなたも、もう少し威張れ！　なにもはらはら、ちぢこまっているには及ばんぞよ」

「あらまあ飛《と》んだことを仰有いますわ。如水さまのように何事にも勝れておいでの方は、広い世の中にもそう滅多には無いと思いますぞえ」

「ほい、たんと惚《のろ》けろ！」

「あアれ、厭なお兄さまッ！」

「おっと、厭なはお門違いだ。双《もろ》の手放しで亭主を讃めてさ、目を細くする方が、よッほど、いやらしいわい」

「あら、お酷《ひど》いこと！　もうわたし、存じませんから——」

だが兄の橋右衛門も、これはほんの戯《ざ》れ言で、内心では如水を、殊《こと》のほか尊敬していたのだった。

だから、如水が店の業務などに手も触れずに、勝手気随に振舞っていても、一向平気だった。いや寧《むし》ろ、それを望んでさえいた。

そして光陰は流れて、元亀が天正に改まってここに三年。

如水は三十歳。お香は、二十四。愛児松寿も今は八つの春に逢った。

けれどもなおいまだ、如水が実は姫路の若殿官兵衛であることは――ただ一人だけを除けば――誰にも解っていなかった。

その、ただ一人とは何人《なんぴと》か？

それは妻のお香！

――否おなじ堺に住む茶道の宗匠、休夢斎だった。

休夢斎

茶道の宗匠、休夢斎の瀟洒《しょうしゃ》のすまいは、ここ堺港の納屋衆のうちでも豪富の評判の高い小西一族の屋敷と、この小西一族の財力で建てられた天主教の寺院、サン・セヴァスチャン寺の恰度中間《なかほど》に挟《はさま》る位置を占めていた。

この天主教の寺院は、洗礼をうけた信徒でもなければ、誰もそんな口慣れない寺の名よりも、言い易い「宿屋町の南蛮寺」の名で呼ぶのだった。

数年前のことであったが、

「相当な代価で、おすまいを譲って頂けないものか」

そう小西一族の家長で、如清と号する彌十郎から交渉があった時、休夢斎は拒絶《ことわ》った。

「わたしは切支丹の信者ではないから」

と、返辞をしたのである。そこで、

「時価の五倍までは出しましょう」

代価を、せりあげて来た。慧敏《けいびん》な商人である小西如清だから、いかに休夢斎の屋敷が、教会堂の敷地と自分の屋敷を接続させるために必要だと思っても、お望み次第の代価でなどとは云わなかった。時価の五倍まではという制限附きの奮発《はず》み方で購《か》いとろうとしたが、駄目だった。

「銭はほしくない休夢斎です。金銀に目を呉れるなら、なんで茶杓など握りますかよ」

それで話は纏《まと》まらず、洋風のゴチック式の尖塔と、屋上に十字架像をのせた礼拝堂と、芝生の旋円《ロータリー》を持つ南蛮寺の、純粋な異国情緒が、茶道のいわゆる「寂《さ》び」を主調にした休夢斎の「徒然庵」と隣り合うことになった。

「どうもあの徒然庵が邪魔っけじゃ！」

小西如清は、自分の住宅を南蛮風に改造したので、教会堂との折角の調和が、惜しくもこの茶室風の寂びでうちこわれるのを残念に思った。

すると教会堂——すなわちサン・セヴァスチャン寺院の師父長ガスパル・クエロは、意外にも、

「茶湯《ちゃのゆ》と、生花《いけばな》を、私は学びたい」

そう云ったばかりでなく、休夢斎を師匠に選んだ。さすがは万里の波濤《はとう》を凌《しの》いで、極東の異邦に信教を弘《ひろ》めようとする宣教師だけに、クエロの着眼点は警抜であった。

（日本の国で、今、澎湃《ほうはい》たる流行の潮《うしお》に乗っている芸術を、自分が習得するということは、伝道の上にどのくらい便宜になるか測り知れない）

この気持を、クエロから聞いた小西如清は、

「御道理《ごもっとも》なお考です。しかし、信徒のうちにも、茶道、生花に堪能なる者もござります。探すまでもなく、あの櫛屋の妹婿――貴師《あなた》もよく御存じの如水がおりまする。すでに十年にも及ぶ信徒で、シモン・クウ・デエラと申す教名を持つ堅い信者でございまして、年はまだ若いのですが、何事にも至って器用な性質《たち》で、連歌は拙者の弟子でござりますし、あの如水という名も拙者が名づけ親で――如清の如を採ったほどの親密な間柄でござります。しかし何か深い仔細があると見えまして、身元も本名も飽くまで秘して、この拙者にさえ明かして呉れませぬが、決して下賤な出生《うまれ》でないことは慥《たし》かです。点茶と花は、休夢斎の門下でも指折の高弟だと申しますゆえ、貴師様《あなたさま》が茶道と生花のお稽古をと仰有るならば、拙者は櫛屋の如水をお薦めいたしまする」

と、云った。

だが、クエロは、この推薦に耳をかさなかった。

「もし如水が、シモンという教名を持つような信徒でなかったら私の考え方もかわるかも解らないけれど、おなじ教わるならわれわれの宗教を未だ信じない人を師匠に選んで学びたい。伝道の、どんな機縁を摑めないものでもない。それに休夢斎どのは、播州に大名の親戚を持っているという。大名の庇護と助力なしには、とても教《おしえ》の弘通《ぐつう》はのぞめません。摂津の国は、高槻のジュスト高山長房侯と、伊丹のジャン荒木村重侯の、じつに泪《なみだ》ぐましい御蔭を蒙《こうむ》った為に、神の恵の広大無限さを、おおくの人々に知って貰うことが可能となりましたが、隣り国の播州では、そうした大名の帰依が得られません。もしも私の努力で、休夢斎どのの心を動かすことが出来て、さらにその親戚である姫路の城主を、天帝の宗教に改宗せしめ得るならば、私は、どのように悦《よろこ》ばしいでしょう！」

クエロの意図が、はっきり解った。

小西如清は頭をさげた。

堺で名高い茶の宗匠、黒田休夢斎が、播州の小寺姫路入道の実の弟であるということは、それを広く知られるのを休夢斎自身は迷惑に思ったにも拘《かかわ》らず、この土地の大商人《おおあきんど》の間では、すでに知れわたっていた。

だが休夢斎の、兄入道と義絶して、まったく音信不通であるという事実を知るものは、そう多くなかった。ましてや姫路の入道の嫡男、官兵衛が、櫛屋の妹婿、如水であろうとは思いも寄らず、休夢斎とは単に、茶と華《はな》道で結ばれた師弟の関係にすぎないと見做《みな》されていたから、小西如清にしてみれば、自分は薬種商だし、櫛屋は雑貨商で、おなじ納屋衆仲間でもあり、その上に名附け親で、連歌の高弟なら、自分の方が休夢斎よりも如水には関係が深いと、そう思いこんでいるのだった。

そんなわけで、小西はクエロに、まず自分に親しい如水を推薦したのだが、クエロの意図が播州への布教にあることが解ると、

(旋毛《つむじ》まがりの休夢斎が、諾《うん》といってくれれば宜《い》いが――)

案じながらも、この事を、隣屋敷の徒然庵に通じて、

「なにとぞ神父のクエロ師の御希望を叶えて頂きとうござる」

と、申入れた。

案ずるよりも生むのは易かった。休夢斎は快く承諾を与えた。

で、クエロが徒然庵に弟子入りをしてから、約一年ほど経ていたが、今日も黒天鵞絨《ビロード》の僧服の背を猫背にまげた長身赭髯《しゃぜん》の師父長は、春とはいえど冬枯《ふゆがれ》の枯淡の味わいを、わざとその儘《まま》留めてあるよ

うな茶庵の外路地の、飛石づたいに、いとも歪《ひね》くれた枝ぶりを横ざまに匐《は》わせている松の老木の下を潜ったのである。

味介追跡

(てへえ、こりゃあ呆れけえったぐらいじゃあ追ッつかねえという港町だ！　賑やかなんぞは通りこして、これじゃあ恰《まる》で桶ん中で、芋でも洗うみたいに、ごった返していやあがる)

船から桟橋にあがって、波止場の岸壁の通路《とおり》まで歩いてきた味介は、おぼえず足がとまった。

前も後も両側《りょうわき》も、人間と貨物でぎっしり埋《うず》まっている。目の届く限り同じような恰好の倉庫の戸前が、ずらり軒を並べていて、その内部《なか》からも荷物と人が食《は》み出しているかに見えた。

「ええ邪魔だ、邪魔だ。邪魔ッ気だから退《の》いてくれ！」

「あてこともない図体で、なんだって、場所を塞いでるんだい。あッ、薄汚《うすぎたね》えッたらありゃあしねえ！」

「ちぇ、暗闇から引摺り出した牛みてえな奴だな。ええ除《ど》けと云ったらッ！」

人夫どもは、立ちはだかっている味介を、押しこくったが、地べたに根が入ったように、動かない。

「やい、あてことも無《ね》えッてのは此の荷物の嵩《かさ》と、人間の頭数だい！　どいつも此奴《こいつ》も忙《せわ》しない面をしやあがって、一体どこへ何の為に搬《はこ》ぶんだ？」

と、味介が訊いた。

「へん、どこへ搬ぼうと大きな世話だ。除きゃあアがれ！」

「ふ、てめえらが押したぐれえで動くかよ。だけど俺ア大切の用のある体なんだ。およそ見当がつきさえすりゃあ、たれがこんな掃溜《はきだめ》みたいな場所に、じいっとしているもんか」

「ひゃあ、この胴図抜けの大男め、途方もねえ馬鹿力があるとおもったら、気が狂ってやあがる。危《あぶね》え、危え！　おいらの方から除いてやらあ！」

怖じ気づいた人夫から路《みち》をあけた。

味介は、のそのそ歩き出した。——官兵衛若殿を捉まえて強意見をするのが目的《めあて》に跡を跟《つ》けて播州は室の津から、船路を堺に上陸したにはしたけれど、こんどが初度《はじめて》のこの土地ではあったし、聞いたと見たでは余りにも桁の違いすぎる埠頭の殷賑《にぎわい》、波止場の雑沓——

(まさか是程《これほど》とは思わなかった。畜生、間誤《まご》つかせやあがる！)

きょろきょろ四辺《あたり》を眺めながら、怒ってみたが始まらない。

(俺ア京も大坂も知っている。東の方は岐阜、浜松——海道筋なら眼をつぶっても歩けようと云うものだ。博労渡世を食いつめて、山坂こえて甲府へも、箱根向うの小田原へも流れて行ったし、西の方なら広島、山口、四国の端へも、九州の果までも押し渡ってみた渡り者だが、淀川尻ア何べん通っても、ふん、高の知れた商人町、堺浦がなんだ！　大名一人いねえ土地に、足踏み入れても草臥《くたび》れ儲《もうけ》で、厭なこッた、篦棒め。そりゃあなるほど荷車牽《ひ》きの駄馬ア売れもしようけれど、尾羽うち枯れても味介だ。お武家の住まねえ港町へなんぞ行くもんかと、てんで振り向いても見なかったが、さあこうなると勝手がまるでわかんないから厄介《やっけえ》だ)

味介が面喰《めんくら》ったのは道理。

そのころ堺は、市民人口の多い点では、まさしく日本第一の大都会と云えた。

「聖《サン》フランシスコ・サベリヨ書翰記」に収められてある天主教極東伝道の唱首者ザヴェの、本国ポル

トガルに送った手紙の中には、

「泉州に堺という帝国第一の市場がある。天主の庇護によって、この町にポルトガル公使が駐在するの権利を求むると同時に、印度および欧羅巴《ヨーロッパ》より船来した貨物を納むる大倉庫を建築することの許可を、請うべきものであると考える。そして日本国内の珍貴なる金銀、細工、併《なら》びに天然の産物類を、この中央市場として最も繁盛な売買地において、漸次《ぜんじ》貿易する事業を開く必要があると思う。つぎに此《こ》の国の国民との交際を親密ならしめる為に、日本国王に印度まで日本公使を派遣されることを請願しようと考えている。幸にして公使を派遣するに至らしめなば、日本公使をして印度の開港場に赴《おもむ》かしめ、実地に見聞したままを、生活上および商業上の意見として、帰国の後、日本国民に告げさせ、国民に貿易の利益の如何に大なるかを説かしめることを要する。以上の順序によって、日本国王と、印度副王との間に、確定したる条約を締結し、堺港において、税関規則を設け、収税の途《みち》を立つべきである」

と、書かれている。

ポルトガル人が、堺を日本の中央市場と見て、この地に公使を駐在させたい希望を抱いたことが、明らかに解る。

味介は、街へ出て、よくも手近な場所に、こんな繁華な町があったものだと目を瞠《みは》った。

「ぷふ、日本人の癖に、毛唐の着物をきて歩いてやあがる！　や、本物の毛唐どもが来たぞ。こいつあ珍しいや。うようよいるようだ。なんだか物騒みたいだな！」

独語《ひとりごと》を呟《つぶや》きながら、町の辻をいくつも曲ったのであるが、

「はて、どの辺を、どう探すか？　ちぇ、変に暇のねえ面ばかりだ！　ああ一寸《ちょっと》、物を訊きてえんだ。

あれッ、不可《いけ》ねえ。さっさと行っちまいやあアがった！」

模索

「こう、訊きてえ事があると云うんだ。待ってくんねえ。ええ待たんかッ、素町人っ！」

「驚いたな、素町人とは何だ？」

「混りッけのねえ町人なら素町人だろう」

「挨拶だね、人に物を訊くのにさ。いきなり素町人はなかろうぜ。あ痛、な、な、なにをしなさる？無茶は止《よ》しなさい。痛い痛い！」

通りがかりの一人の商人が、味介の大力に、むずと二の腕を鷲掴みにされて、悲鳴をあげた。小店《こみ》舗《せ》の主人という様子の中年男だった。

「ちぇっ、厭《いや》に仰山《ぎょうさん》な音《ね》を出すない！　訊きてえッてのは他でもねえが、つい此間《こないだ》、室の津から着いた船で、さあ何と云ったら宜《い》いかな、ええと――む、そうそう、今の素町人だ。ちょいと見かけは全くの素町人らしく見えるけれど、だけど、お前《めえ》さんみたいな吝《けち》な商人《あきんど》とは、商人が異《ちが》うようにお見えなさるんだ――」

「え、吝な？　お前さんはその態《ざま》で、人を吝なもないもんだ！」

「まあ聴きねえ。おんなじ商人でも、お前さんなんかとは暮しむきが、ずんと違う大店の若旦那みたいに、見えるには見えても、実を洗えば歴乎《れっき》としたお武家の若殿が、この堺港にお着きなすって、町へまぎれ込んだにちげえねえのだが、お前さんにそんな心当りが有るか無《ね》えか、もし有ったら知らせて貰《もれ》えてえ。あとでお礼は、たんまりとはずもうぜ」

「はッはッは、笑わせなさんな。なにかと思えば雲を摑むような、そんな馬鹿げた尋ねものを繁華な堺の町へ持ちこんでも、そりゃあ出来ッこのない相談ですよ。お気の毒みたいだけれど、さっぱりと諦めなさる方が、利巧だろうと思いますね、お前さんの其《そ》の形《なり》でいう若殿《わかさま》なら、たいがいお里は知れている。是非さがしたいなら木賃宿へでも、まあ行って見なさるがいい」

「ば、ばかア云えッ！」

「あ痛っッつつつ、痛いねえ此《こ》の人はッ！」

「そんな安手な若殿じゃねえ！」

「痛いよう、あやまる、あやまる！」

「さあ上旅籠《じょうはたご》、極上旅籠はどの辺だ？」

「腕が、腕が、ちぎれてしまう！　上旅籠なら此のさきを突当って右へ曲って、また突当ったらもう一度右へ曲った宿屋町の入口にずらりと両側に並んでいる」

上等旅館の所在を教わった味介の謝礼は、有難《ありがと》うという言葉諸共《もろとも》、相手を突きとばしたことだ。但《ただ》し味介自身は何も殊更《ことさら》突きとばした訳でもなかったが、件《くだん》の町人の方が、したたかに吹ッ飛んで了《しま》ったのだ。その尻餅をついた相手には目も呉《く》れず、味介は教えられた宿屋町の方へ、すたすた急いだ。

勤行の鐘

南蛮寺クエロ師父の、今日の稽古は、臘梅《ろうばい》の主華《しゆはな》に、乙女椿を配《あし》らいの華にして、これを「立華」に生けることであった。

生花《いけばな》も、「立華」となる、本格であるから、花態の構成が複雑なのである。

普通の生花なら、流派がどうあろうとも、いわゆる天地人、すなわち真、副《そえ》、体の役枝三本で花態の骨子が出来る。しかし、これが「立華」の場合は、華道の本宗、六角堂の十二世、専慶が、厳格に規式して此来《このかた》、基本の役枝が九つに定められていた。

九つの役枝というと、真、受《うけ》、控《ひかえ》、見越し、副、流し、正真《しょうじん》、胴、前置《まえおき》。そう名づけられていた。

クエロは金茶色の毛が関節と関節のあいだに房々《ふさふさ》と生えた太い指を、かなり覚束《おぼつか》なそうに動かして、だが思いのほか手際よく、花巾《かきん》に載せた花道具を捌《さば》いた。

臘梅が、花配りされた。まず真の枝と正真の枝が、それから胴の枝と、前置の枝が花器に挿された。これを陽にして、陰の方には、副と控の枝が活けられ、そのあとで乙女椿が見越しと、受と、流しの枝に配《あしら》われた。

休夢斎は生けられた「立華」の花器が、床に飾られてから、ねんごろな批評を与えた。その席には恰度《ちょうど》、隣屋敷から小西如清が来合わせていた。

批評の済んだ時は、もう昼の勤行の刻限が間近だったので、クエロは自分の寺院へ戻って行ったが、小西は居残って、

「実はな、今日伺ったのは、折入ってお願い致したい儀がござって、それでお邪魔にまかり出た次第でして――」

そう、改まった口上で、居ずまいを正した。――後に豊太閤の朝鮮陣の先鋒として、加藤清正と殊勲を競った小西行長こそは、この如清彌十郎の長男なのであった。だが、今はまだ、行長も弱冠十九歳で、堺の薬種問屋の後とり息子、彌九郎として、狭い範囲の人に知られているばかりだった。

「ほう、それは御丁寧な仰有《おっしゃ》り様じゃ。何事なりとも先《ま》ずお聴きした上で、夙《つと》に御承知のとおりの

旋毛曲《つむじまがり》にも、どうやらお諾《う》けの叶《かな》うことならば――」

休夢斎が、そう答えた。

「それは余の儀でもござらぬが、クエロ師父への、日頃の御懇情に甘えて、甚《はなは》だ身勝手なお願いながら、天主教弘通《ぐつう》の件に関して、おみ様のお力をお借り申したい」

と、小西が、依頼の筋を話そうとした時、庭に足音が聞《きこ》えて、

「休夢斎どのは、お宅か？」

櫛屋の如水の声があった。

「おお如水さんですか」

休夢斎は、小西の顔を眺めた。

「構いません。いや寧《むし》ろ都合がよいくらいです。如水さんなら信徒同士――私の希望はおそらく彼《あ》の人の願いとも一致いたしましょうから。この場へ偶然、如水さんの見えたというのは、神の摂理の現れかも知れませぬ。私はそれに違いないと信じます。――おお天に在《まし》ます神よ、イエズス・キリシテ！」

小西如清は、敬虔なる天主教信徒ドム・ジョアシム・ルウィとして少時《しばし》、黙禱を捧げた。

微苦笑が黒田休夢斎の面《かお》を掠《かす》めた。

「おはいりなさい」

如水の官兵衛は、庭から座敷に入って会釈した。

小西の依頼というのは、かねがねクエロと相談して、折を見はからって話を出すことにしていた姫路入道への、切支丹《キリシタン》伝道の斡旋を、肝煎《きもいり》して貰いたいという件であったが、それは話を聞かぬ前から休夢斎には、すでに大約《おおよそ》の察見はついていたのだった。

しかし小西は諄々《じゅんじゅん》と語った。熱心に述べた。そして真摯そのもので頼んだ。

「おみ様のお肝煎で、姫路入道殿の御庇護が得られますならば、いかばかり神の御心に副《そ》うことが叶いましょう！」

ジョアシム・ルウィ小西が、悃願《こんがん》の言葉を叙《の》べおわった時、いわゆる神意が冥々《めいめい》に働いたかのように、南蛮寺の昼勤行の鐘の音が鳴り出した。それは特に厳《おごそ》かに小西の耳朶《じだ》にひびいた。

静かに十字を切った小西は、眸《ひとみ》を輝かせながら休夢斎の返辞《へんじ》を待った。

しばらくしてから休夢斎が、

「本来ならば即座にも、きっぱりとお断り申すべきでござる。それが拙者の流儀とも云えまする。ではござるが、其許《そこもと》さまの、あまりにも御熱誠な、ひたむきなお心には、ついほだされます。さりながら拙者にとっては、久しく義絶の間柄で、音信不通の兄入道でござるゆえ、ともかくも御返答は、なおいくらか分別を経た上で――左様、明日《みょうにち》の正午までお待ちを願おう」

と、答えた。

肚《はら》の中では、なにも姫路へ、自分がじかに頭を下げて頼まずとも、官兵衛がいる。官兵衛は信者だ。官兵衛みずから此の斡旋を買って出るかも解らない。そんなふうに思われるのである。

羽交《はがい》絞《じ》め

「畜生ッ、おたんちんの畜生めッ！」

味介は、覚えず独語《ひとりごと》を云った。

にわかに腹が立ってきたのだ。拳を固めて、ぶうーんと宙を、ぶん擲《なぐ》ってみたが、むろん空気に手応えらしい抵抗のあるわけはない。ただ力が余って自分の体が、半廻りに動いただけだ。

誰を、そして何を罵《ののし》ったのかは自身にも解らなかった。しかし要するに腹が立った。

これが商人ばかり住む町の旅館かと驚かれる立派な宿屋を、軒別に訊いてはみたものの、相手にされる訳がない。

まるッきり無理な捜し方なのである。室の津から堺行の船に、それらしい人が乗ったというだけの聞込で、まったく闇雲に追っかけたのだが、なに一つ手掛のあるではなし、

（こりゃ少《ちい》っと俺が無理かな？）

少《ちい》っと所ではない大無理を、むりやり通そうとしても、さて何処《どこ》へむけて通せばいいのか、見当さえ附かなくなって、文字どおりの五里霧中で、さすが我武者羅《がむしゃら》無双の味介も、すくなからず悄然《しょんぼり》と、その魁偉《かいい》な体躯を、遣り場所に困るかのごとく佇《たたず》ませたのは、宿屋町も旅館の建ち並ぶ辺《あたり》からはかなり離れた住宅街で、人通りも疎《まば》らな路上であった。

「だけど、こう案山子《かかし》の真似みてえに突ッ立っていた日にゃ猶更《なおさら》無理だ」

呟《つぶや》きつつ又歩き出した、

（が、駄目かなあ？　こんな具合にただ歩いていても始まらん。と云って、路《みち》ばたに寝転んでいてはよけい始まらんし、鯱《しゃち》ほこだちでもして、人寄せをするか？　犬も歩けば棒に当るっていうけれど――どうも当りそうなのぞみが、だんだん薄ッぺらになって来やあがる。てへえ、厭に衝《つ》ッ尖《とが》った屋根が見えると思ったら、こりゃ切支丹のバテレン坊主の寺らしいぞ。違《ちげ》えねえ！　南蛮寺ッて奴だ。京都で見たのと似たり寄ったり、変てこれんな恰好にチャンちゃら可笑《おか》しく出来てる。おやおや、その隣ッてのは何でえ？　へ、こりゃあ又、妙ちきりんに凝《こ》った屋敷だ。風流ッてのか知らねえが、物

好にも程があらあな?）

　そこは徒然庵の入口であったが。

　ちょうど其の時だ。数奇《すき》な植込の陰から、表の街路《とおり》に現れたのは、小西如清の帰るのを、送って出た官兵衛だった。

　如清が、

「そんなら明日《みょうにち》──どうぞ宜敷《よろしく》!」

と、会釈をのこして辞し去るのを、官兵衛は少時《しばし》、立ったままで見送っていたが、ふと背後に何者か迫る気配を感じた。

　その刹那《せつな》、

「見つけたッ!」

　逞しい味介の双腕が、官兵衛の諸肩にかかって、羽交締めに抱き寄せた。

「ウわ、わ、若殿ッ?　い、犬も、犬も、棒だ、棒だッ!」

　まさしく僥倖の発見に狂喜して、犬も歩けば棒に当るという思わぬ好運の比喩《たとい》を、さっと頭の中で繰返していた所為《せい》もあったろう。棒だ、棒だと、喘《あえ》ぎながら叫んだ。

「なんだ味介か。気でも狂ったように──」

　顔を後へ、ねじ向けた官兵衛が云った。

「な、なんと云わっしゃろうとも、さあこうなったら此方《こっち》のものだ。ええ放すものか、力ずくでも引《ひき》摺《ず》って参るぞッ!」

「これさ、無茶を致すな。どこへ連れて行くというのだ?」

「ど、ど、どこへとはお情ねえ若殿、おまえ様ぐらい親不孝者は、滅多にゃあねえ！」

「馬鹿を云え。俺《わし》くらいの孝行者は、そうざらに有りはせんぞ。まあ離せと申すに、ここは往来ではないか。人目についたら見よい図柄じゃ無いぞ」

官兵衛は静かに云ったが、

「ええ、あべこべだいッ！」

と、味介が喚《わめ》いて、

「見《み》ッともねえのは此方《こっち》のことだア、入道さまや御家来衆の、お肚《なか》ンなかあ、どんなに切ねえか、ちっとやそっとは考えても御覧なせえ！　よくも性根がお腐りなすった。その根性を撓《た》め直してあげるために、おらア姫路からお前様の跡をつけて来たのだ。城を外にして武士を捨てて町人暮しへ堕落するような奴なら、腕の一本ぐれえへし折っても俺《わし》ゃお咎《とがめ》がないという母里太兵衛どのの保証づきで、入道様からのお許しも頂いて来た味介です！　根性の撓め直しにゃあ荒療治だ。ええ、これでもかッ！」

持前自慢の剛力で一ねじりねじり、しさえすれば他愛なく悲鳴をあげて、自分の云うなりになるだろうと、決めてかかった味介が、さながら赤児でも捻《ねじ》るような心易さで、官兵衛の華車《きゃしゃ》といってもいいほどの細腕を、逆に取って曲げようとしたのであるが、途端に――はっと思う間もなく、不思議にも官兵衛は、どう引ッぱずしたのか、羽交締めから、身をふりほどいて、一目散に走り出した。

（あッ、油断した！）

と、味介もまた一散に追った。

官兵衛は、植込を繞《めぐ》って、徒然庵の庭へ逃げ込んで行った。

「の、のがすもんかッ！」

荒療治

休夢斎は、茶室から母家《おもや》の縁端まで歩いてきて、乾きすぎた庭石に、打水をしていた。

（わしと兄者の入道とでは、出来る話も、ぶち壊れてしまう。むろんあの官兵衛にしても、父親と反りが合わぬからこそ姫路の城を、とび出したには違いないが、しかし今もって時たまには還《かえ》るらしい。とすれば――）

小西から頼まれた件も、官兵衛に橋渡しをさせる方が、依頼者に対して遥か深切《しんせつ》だと、そう思われてきた。

（だが、本当に姫路に還ることがあるのかどうか？）

官兵衛の日常生活は、休夢斎にも、十の中《うち》、わずか一つ位しか解っていなかった。

（実に妙な男だというほかあるまい。なにをしても器用だし、すぐ上達もする。いわゆる武士の表芸だけは酷《ひど》く不得手のようだけれど、武術以外には、なにさせても器用だし、忽《たちま》ち上達もする。難なく一廉《ひとかど》のものにはなるが、飽っぽい性質《たち》で、一芸に徹しようとはしない。あれで一本達を、わき目も振らず進んだなら、全く傑《えら》いものになれるのだが、惜しい哉《かな》、移り気じゃ。それに一番わるい癖は、なにかしら秘密を好むとでもいうのか、無闇と人に匿《かく》すことだ。近来は余計その癖が昂じて、ほんとうに得体が摑めなくなってきた！）

あの変な癖さえなければ――と思った時、地響きを立てて一人、巨大漢が、猛然と庭へ闖入《ちんにゅう》して来るのが目に入った。

「あ！」

追われているのは官兵衛だった。

「如水さん、どうなすった？」

休夢斎は二人きりの時以外は、決して官兵衛とは呼ばなかった。こんな咄嗟《とっさ》の場合でも、だから、如水さんと叫ぶことが出来た。

と、見る間に官兵衛は追いつかれた。

味介が、獰猛《どうもう》な剣幕で引っとらえた。

「ええ今度こそ金輪際ッ！」

ひと拉《ひし》ぎに、圧《お》し潰そうとしたのが、そうは行かなかった。

「うるさい奴だ！　どこまでも纏《まつ》わるのかッ？」

思いのほかに鋭い声が、官兵衛の喉から発したのと同時に、拇指《おやゆび》は屈《ま》げて、あとの四本指を真直《まっすぐ》に伸ばした右手が、まことに異常な技から繰出す怪力で、味介の鳩尾《みぞおち》の下を、ぐさッと剔《えぐ》るがごとく衝《つ》き入れた。

「ぎゃあっ！」

笠にかかった巨漢は、悲鳴を洩らして、仰《の》け反る間髪――官兵衛の左足が発矢《はっし》ッと蹴ったのは、殆《ほとん》ど目にも止まらぬはやわざ。

まるで大木の倒れる態《さま》で、巨体は撞《どう》と地に倒れて、横たわったまま声も力もなく呻《うめ》いた。

休夢斎は、わが眼《まなこ》の視力を疑いながらも、驚異と讃嘆の糾《あざな》う哮《たけび》が迸《ほとばし》った。

「官兵衛どの見事っ！」

如水の名で呼ぶ日頃の慣わしも、あまりの意外さに見ん事吹っ飛ばされてしまった。

官兵衛は、格別愉快そうでもない面持で、衣紋《えもん》の乱れを直して、縁端の石の上に立つ叔父の方へ足を運んだ。そして低い声音で、

「姫路の父入道が、道楽で養う食客の一人、博労上りで、名を味介という、稚気愛すべき一箇の豪傑でござるが、愚直がすぎて執拗《しつこ》く拙者《それがし》に強意見《こわいけん》をする気で絡まり、なんとも始末におえませぬで、向後のわずらいを除く為、すこしばかり懲らして遣わしました」

「ほう、あれで——少しばかりですかの？」

「いや御心配は無用です。あれが肋骨《あばらぼね》なら、骨も砕けましょうけれど、突いた場所が柔ッこい胃袋でござるゆえ、ほんの一時の痛《いたみ》だけ——根が巌丈《がんじょう》に出来た彼奴《あやつ》の体ですから——あのとおりもう動いて参った」

官兵衛は、そう云って仄《ほの》かに、微笑の影を頰先に匐《は》わせた。

するとやがて、抑えていた腹部の手が、動いて、味介は倒れた姿勢のまんま、暫《しば》らくは胃袋の廻りを擦《さす》っていた。だが、むっくり起きるかと見れば、そうではなくて、いきなり両手を地べたについて、

「わア、わア、若殿っ！」

恥も外聞もなく、感極まって男泣に、泣きじゃくるのであった。

「どうじゃ、少しは目が覚めたであろう？」

官兵衛は、味介の傍へ戻った。

「まだかな？」

「いえいえ、もうお有難さに、泣けて——泣けて来たんでござりますっ！」

「そんなら、痛い目に逢わされたのが、有り難かったのか味介?」

「は、はい、骨身に沁《し》んで、辱《かたじけ》ねえんでござりますッ!」

「左様か、そう思ってくれるなら、わしも悪い気持はせぬぞよ」

「おおなんという御慈悲ぶかい若殿でいらっしゃいます! ではこの下郎めの、大それた無礼をお許し下さるんでござりますか!」

「免《ゆる》すも免さぬもありはせんよ。はじめから、そなたの真心は知れている。ただそれが、わしの身にとって強《きつ》い迷惑だった。厄介だった。わしはその、厄介さを遁《のが》れるために、そなたの荒療治の手を、逆に用いたまでじゃ」

「恐れ入りました。ほんとうに飛《と》んでもねえことを申したり、やったりして了いました。穴が有ったら這入《はい》りたいようでござります!」

味介は、これまで到る所で、いかなる人と格闘しても、曾《かつ》て負けたという経験がなかった。それがかくも呆気《あつけ》なく倒されたのであるから、官兵衛の前には宛《さなが》ら平蜘蛛のように平伏したのであるが、それは単に強者に対する畏怖のみではなかった。かくもすぐれた武勇の人を、自分の主君と仰ぎ得る幸福を、堪《たま》らなく悦《よろこ》ばしく感じたからであった。

(だがしかし、この味介を咄嗟にお倒しなされたあの術は、一体なんだろう?)

まだ柔道というものが、世に行われていなかった当時としては、この疑《うたがい》は、至極道理《しごくもつとも》であった。

官兵衛の術こそは、後に柔術の原型となる「唐手《からて》」だったのである。

休夢斎が進みよって、

「いつ、いずくで鍛えられた技じゃ?」

と、訊ねた。

果して何処《いずこ》へ

かすかに仄笑《ほのえ》むのみで官兵衛は答えなかったが、休夢斎が質問を繰返すと、

「ほんの偶然に南海の琉球人から、習い覚えました護身の術にすぎませぬ。彼《か》の地では唐手と申して、すでに久しく行われておるとの事でござるが、おそらく起原は、唐土《もろこし》大陸の江南あたりかと思われまする。ひっきょう力を集約して、最も有効に働かせるまでの事ゆえ、習うには何の造作もござりませぬよ。心得ておけば多少とも便宜でしょうから、やがて我が国人の間にも普及することと存じます」

一向に誇り気もなく、淡白に説明するのだった。

だが休夢斎は、あっさり云われれば云われるほど、いまの今まで少しも知らずにいた官兵衛の半面に、おのずと頭が下るのを感じた。と、同時に、これならば文雅以外の趣好は絶無といっていい自分とは、人間の質《たち》が異《ちが》うから、武勇一点張りの姫路の入道とも、円満な親子仲を継続出来ないわけがないとも思われてきた。

(して見れば小西屋の依頼を、姫路へ斡旋して貰うには、一段と都合が宜い)心に頷き、

「いや全く意外であった。おぬしが武技に堪能であろうとはな。が、それは兎《と》も角《かく》、先刻《さっき》の如清殿の件じゃ」

休夢斎は、兄入道への交渉を、官兵衛に頼んだ。ところがなんと、ここにも亦《また》、意外があったというのは、官兵衛が即座に、首《かぶり》を横に振ったのである。

「それは真平《まっぴら》ですよ、叔父上」

「え？」

休夢斎は奇異を感じた。

「切支丹の弘《ひろ》め屋などは御免を蒙《こうむ》ります」

「はて、異なことを申すの？　洗礼とやらを受けて、シモンという切支丹名まで持つおぬしが、信教弘通の骨折《ほねおり》を厭《いと》うのは訝《おか》しい！」

「叔父上は訝《いぶか》しいとお思いですか？」

「おもいますとも。とんと腑に落ちかねる」

「明敏な頭脳を持たれるお身様には、およその御合点ぐらいは参りそうなものだが」

「いや、皆目――見当が附き申さん」

「そんな筈《はず》はないと思われますがのう」

「ほう、そんなら切支丹への帰依は、なにかの方便とでも？」

休夢斎の眼が光った。

「まず叔父上にだけは、お知らせして置く方が宜いと考えます。それには目で見て頂くのが一番早道でござろう。如実に見て頂いた上、はっきり御諒解がまいらば、改めてわたくしからお願《ねがい》の筋もござりますによって、そのお含みで、これから御案内いたす場所へお越し下されい」

官兵衛がそう云った時、

「お、お供が、お供がしたいッ！」

と、突如《いきなり》わめいたのは、今まで男泣に泣いていた味介だった。

直情径行というか、天真爛漫というか、微塵の邪気というもののない味介は、まだ脾腹の痛が去らぬと見えて、牛と紛《まが》うような体躯を、醜態《ぶざま》な屁ッぴり腰に屈めながら走り寄り、官兵衛の足許へべったりと坐って、額を土に擦りつけ、

「若殿うッ！」

と、叫んだ。

「はッは、なにを喚く？　さっさと姫路へ、なぜ帰らんのだ？」

「ええ、厭《いや》なこッた。味介めは、わ、わか殿のおそばから、離れねえ！　ど、何処《どこ》へでもお供をして、どんな御奉公でもする気でいますぞッ！」

「いい気なものだ、独りで決めている。だがそれほど俺《わし》のそばにいたくば、置いてやらぬこともないぞよ」

「ええ、そ、そりゃあ本当でごぜえますかッ？」

味介の眼から、橡《とち》のような大粒の泪《なみだ》が、ぼろぼろこぼれた。堰止《せきと》めかねた嬉し泪であった。

（この方の為なら、火水の中もなんのそのだッ！）

一本気の覚悟を、鉄石のごとく固めた味介を供につれて、官兵衛が叔父休夢斎と共に、徒然庵を出たのは、それから何程もあとではなかった。だが果して、いずこへ案内するのか？　導く官兵衛の足は、海岸の方へむかっていた。

試射

岸壁の一角に、せり出すように建築された倉庫の一棟のなかは、妙に空《がら》ん洞《どう》で、格別荷物らしい荷物も置いてはなかった。内部が厚い壁で幾区劃《いくしきり》かに劃《しき》られているらしく、外見の割に、這入《はい》って見る

と、内部は空虚《から》ながらも狭苦しい感じのする、まことに変な建物だった。

休夢斎は頻《しきり》に小首を傾げた。

だが訊ねても官兵衛は、やがて解ると答えるのみだ。

建物も得体が知れず、そこから纜《ともづな》をほどいて乗り出した船が又、なおさら不思議な恰好なのである。

むろん船体は、尋常な船と変りはないが、積まれた品物には、蔽《おおい》が厳重に被せられている。

船員は十名ほどだが、中に二人、作業服を纏《まと》ったポルトガル人が、碧《あお》い眼をぎょろつかせ、しかし黙々とおしだまったまま、積荷の蔽蓋《おおいぶた》に腰をかけていた。

船は茅渟《ちぬ》の海の浪《なみ》を白く砕いて、かなり快速で南西の方角へ走った。ちょうど順風に帆が張り切っているのだ。

「淡路島へ？」

と、休夢斎が訊いた。

「否《いな》、中途の沖まで」

官兵衛が微笑した。

「沖までとは？」

「もう程なく御覧に入れます」

「ずいぶんじらすのう」

休夢斎は仕方なげに苦わらいを漏らした。一体この船は何であろう？　まるで水夫どもは唖ばかり集めたようだ。よくも揃って黙りこくっておれたものだ。しかし唖でない証拠には耳が聞える。休夢斎にとっては、一から十まで不可解の連続なのである。

（何を見せるつもりか？）

中途の沖までといったが、この辺に人の知らない小島でもあって、なにか秘密が匿されてでもいるのか？

濃藍《のうらん》の海面《うなづら》が、淡路の島山にうすづく斜陽をうけて、銀盤のように閃《きら》めく、舷側《げんそく》を洗う高潮は、稍々《やや》黒ずんだ紫紺に起伏して、その浪頭を掠《かす》めて鷗がとぶ。

味介はただ矢鱈《やたら》無性に嬉しかった。どこへこの船が行こうと、行った先で如何《いか》なる事が起ろうと、それはどうでもよかった。彼自身が官兵衛若殿の供を、こうして許されているということだけで、十二分の満悦が感じられた。官兵衛こそ彼にとって絶対に尊敬すべき超人だった。それゆえ夕風を孕《はら》む帆の張りを見ても嬉しく、砕け散る波の飛沫《しぶき》が冷《つめた》く自分の顔にかかるのも心地よく、鷗の舞下り舞上るのを眺めても、やはり堪らなく胸が躍った。

ちょうど、浜寺と岸和田の浜を底辺とする三角形の頂点あたりと思われる沖に、船が進んだ時であった。

ぴいーっ！

と、口笛が鳴った。

官兵衛の合図と共に、水夫《かこ》たちは帆をおろした。にわかに船は進行を停めた。

両名のポルトガル人が立って、積荷の蔽蓋を取り除《の》けた。

（おや？）休夢斎は額に皺を刻んで、怪訝《けげん》な目をみはった。

ついぞ見たことのない妙な形の大きな円筒が、直径《さしわたし》一尺二三寸ほどの口を開いて突き出ていた。なにか大木をくりぬいたらしい大筒の周《まわり》には、鉄の箍《たが》が幾筋となく嵌《はま》っている。

「官兵衛、これは？」

「大炮《おおづつ》です」

「大きな筒は解っておるがの――」

「いや、まだお解りにはならん。しばしお待ち下さい」

二人の葡萄牙《ポルトガル》人は、弾丸《たま》を装塡していたが、その作業がなんであるかは、なお休夢斎には解《げ》せなかった。むろん味介にもわかる訳がない。

「叔父上、びっくりなさらぬ様に。非常に大きな音がしますから、そのお積《つもり》で――」

そう注意を与えておいて、官兵衛は大炮の炮尻の方へ、階段を数級おりて行った。

そして指で、命令を伝えた。

一人のポルトガル人が射手であった。忽ち――轟然《ごうぜん》とひびく大音響！　実弾が発射されたのである。

「あっ！」

休夢斎は、注意を与えられていたにも拘らず、喚き諸共、濛々《もうもう》たる硝煙のなかで、腰が抜けたかのように、崩《くず》折れてしまったし、味介もまたその図体を、われ知らず五尺ほども、すっ飛ばすくらい愕《がく》然《ぜん》として叫んだ。

「ど、ど、どえらい音だッ！」

しかし官兵衛は、休夢斎と味介の驚愕《おどろき》には頓着なしに、まだ烟《けむり》の消えやらぬ炮口を、もう一人のポルトガル人と一緒に、何か囁《ささや》きながら熱心に検《しら》べ始めるのだった。

「官兵衛っ、今のは？」

「若殿っ――？」

大砲というものの存在を、見たこともなければ、聞いた事さえない休夢斎と、味介とが、声をわななかせたのは無理もなかった。

官兵衛が、やがて炮際から戻った。

「これが本当に出来上ったら素敵な兵器です。一ばん解り易くいえば、鉄砲を思いきり大きく拵《こしら》えたものが此の大炮なのでござる」

岐阜の旅籠《はたご》

織田信長の本城、岐阜の城下街は、長篠合戦で大勝利をえた凱旋軍を迎え入れて、非常な雑沓を呈していた。

諸将の率いる部隊部隊が、一度に戻って来たのだから、夥《おびただ》しい兵の数だ。とても武家屋敷だけでは収容できない。

納まりきれずに食《は》み出してしまった兵士らは、町家という町家へ、どっと雪崩《なだ》れ込む。そこで岐阜じゅうのあらゆる屋根の下が、どこも彼処《かしこ》も一ぱいだ。ぎっしり鮨詰めだ。すでに飽和状態なのである。

それでなお宿にありつけぬ兵が、右往左往、うようよしている。

「これが野ッ原なら、野宿も露営も結構だけれど、岐阜の御城下街へ戻って夜露に体を曝《さら》したくはないからなあ」

「同感だ！　憚《はばか》りながら昔から例《ためし》のない勝ち方をしてきた我々だ。信玄以来負けたことのない武田という強敵を、叩きのめした我々だ」

「そうとも、そうとも！　甲州勢の主力を撃滅して、討取った首がなんと一万一千箇だ」

「武田二十八将が、幾人《いくたり》生残ったと云うのだ？　ちぇ、これが輝かしい勝利でなくてなんだッ！　畜生っ、これほど栄《はえ》ある凱旋兵の我々が、立ちん坊とは何事だッ？」

「む、以《も》っての外《ほか》だ！　立坊《たちんぼう》じゃあ祝酒も飲めはせん。構わず、押込め押込め！」

城下を流れる長良川の清流。鵜飼で名高いこの川畔《かわばた》の旅籠、長良屋も、むろん押込まれた。

旅籠屋という商売柄、間数はあるし、部屋は小綺麗、食べさせる物は美味《うま》かろうで押寄せられては、亭主も番頭も悲鳴をあげた。

「もうもう駄目でございます。御容赦を願います。御勘弁を願いますッ！」

だが戦場帰りの武士たちは、颯爽と気が立っている。

「へい手前が亭主、五三次でございますが、へい、真平御容赦を！」

「ええ間抜奴《まぬけめ》、あの見晴しの佳《よ》さそうな二階座敷が三間ほどもひっそり閑《かん》のがら空《あき》ではないか。通せ！　なぜあそこへ通さんのだッ？」

「いけません。空いている様に見えましても実はその、塞がってるのでございまして、お客様は只今《ただいま》、御城下見物にお出掛けなすって御不在《おるす》なんですけれど、じきにもう帰られましょうし――」

「黙れ、そんな客なんぞは帰って見え次第、つまみ出して了えッ！」

「そうは参りません。此方《こっち》が撮《つま》み出されっちまいます。図ッ法もなく力の強い、おッそろしく大男の手代が一人、附き添っておりますんで、こう申しては何でございますけれど、なんぼ貴方《あなた》がたでも、あの鬼みたいな男には、お手もお足も出ることはございません！」

「なに、なんだとッ！　ふ、不埒なことを申すな。やい亭主っ、其方《そのほう》は一体我々を、何と心得ているッ！　苟《いやし》くも我々は、河尻与兵衛様御家中の武士だぞ！　聞けば今、手代の大男とか申した様だが、手代というからには商人客に相違なかろう。なんで我々の手に負えんことがあるものか、馬鹿野郎っ！」

「しかしそれがござりますよ。ついさきほども、あの下座敷に押詰められておいでの、丹羽五郎左衛門様の御家来衆が、実に気の毒な目にお逢いなすったものですから、貴方がたが、またぞろ同じ様に痛い思《おもい》を遊ばすのもどうかと存じますんで、それで駄目でござりますと、お諦めを願った様な次第で、へえ！　折角《せっかく》御無事で長篠から御凱旋になられたのに、お腰の骨をへし折りでもなされたら、これこそ飛んだ面《つら》の皮でござりますよ」

「だまれ黙れ、云わせて置けば無礼雑言！」

「そのお高飛車がお悪うござります。丹羽様御家来衆も、なにを無礼な町人風情がと、嵩《かさ》におかかりなすったのが、お怪我《けが》の因《もと》でした。屈強な鎧武者が、五人六人、他愛もなくギュウギュウという憂目にお遭いなされました」

「ほう、本当の話かそれは？　丹羽様御家中の鎧武者が、その商人風情の手代にか？」

「へえ、決して見よい図ではござりませんでしたよ。へえ」

お香の希望《のぞみ》

噂の主――大力の手代というのは味介であった。

「若殿、じゃねえ若旦那！」

「争われねえもんでござりますよなあ！」

「なにを感心するのだ？」

「お坊ちゃまは、いまあのお城を御覧になって、あんなお城の大将に成って見たいなあ、と仰有いました！」

「はッは、少年《こども》の時分には、大がい御山の大将を夢見るものだ」

官兵衛は、壮麗な岐阜城の景色に驚異の目を見張っているわが子、松寿の頭《かしら》を撫でながら、そう云ったのであった。

そばには妻のお香が立っていた。

味介が、

「ですけれど、何と申してもお血筋でござりますよ。さすがですよ。お育《そだち》よりも、やっぱり氏《うじ》でござりますてなあ！」

ますます感じ入るように云った。

お香は胸に拡がる嬉しさを覚えた。

まだ一言半句も、口に出して官兵衛は、自分の素姓を妻子にむかって明かしてはいなかった。しかし、味介の今の言葉を聞くにつけても、

（違いない！）

つね日頃、想像していたことが、真実に間違いない。良人《おっと》は必ず、然るべき一城の主《あるじ》の若殿なのだ。

（どうぞ一日も早く、人に賤視《さげす》まれる商人暮しを、お捨てくださるように！）

そう願わずにはいられない気持になるのであった。

お香と同棲このかた九年の間、官兵衛は、いつ旅へ出るにも独りきりだった。なんのための旅か、

どこへ出掛けるのか、皆目わからなかった。それが今度ばかりは、妻子《つまこ》をつれての旅行なのである。

だが目的は相変らずお香には見当が附かない。ただの見物ではなさそうだ。その証拠は、まるで得体の知れぬ荷物を、車に積んで、それを五人の人夫に曳かせて、運んできたことだ。

いかにも厳重に荷造りがしてあるので、内《なか》の品物は、到底外からは窺い知れない。ただ、それが頗《すこぶ》る貴重品であることは、ここ岐阜までの途中の宿々で、泊った夜は屹度《きっと》、寝ずの番が交代でついていた一事でも解るが、さて何であろう？

けれどもお香は訊ねなかった。良人に対しての無言の従順は、彼女の久しい習慣になっていた。だから今も、その疑問の荷物が、城下見物にまで附いて廻っている不思議さに関しても、お香は何事も云わなかった。わが子の松寿にも、訊かない方がいいと言い聴かせて置いたほどだ。

が、兎も角も彼女は、今までに曾て覚えぬ強さで、希望の光が、いろんな空想の中で閃《きら》めくのを感じた。

(こんどこそ良人は、何か仰有るのではないか知《し》ら？)

なんとなく、そんな気がしたのだ。

するとこの予感が、ぴたり的中した。

「お香や」

「はい！」

「お前は武家生活への憧憬《あこがれ》は、本当に根のある真実か、どうじゃ？」

官兵衛の表情は、お香がついぞ見たことのないくらい、深刻なものだった。

「それはもういつも申上げておるのでござりますものを――」

「武士の妻子には、確乎《かっこ》たる覚悟が要る。つまり死ぬということを恐れてはならんのだ。必要に招かれた場合は、いつ何時でも、健気に、雄々しく、命を捨てる。取乱すことなしに泰然自若と死地に就くという心構《こころがまえ》は、これは商人の妻子には、不似合なことでもあるし、また必要もない意地といえる。それゆえ商人の妻子は、生きてゆく上には至極気楽に過せるが、武士生活ではそうは参らんぞ。わかりきった事じゃなどと思わずに、よく考えて返辞をおし。――な、それでもなお、武家の生活を、お前は望むのか？　お前と松寿は、武士の妻子と呼ばれたいのか？」

「はい！　わたくしの望みが叶いますなら、どんなに嬉しゅうございましょう！」

お香の眸《ひとみ》は、ゆくりなくも希望の実現に近づくことの出来た悦ばしさに、燦《さん》として輝くのであった。

「うむ、では敢《あ》えて死をも怖れぬと誓うか？」

「はい、誓いまする！」

傍では味介が、さも怡《たの》しそうに呻っていたが、この時おぼえず太い声で、

「偉い！」

と、喚いた。

八歳の松寿には、父母の話は半分しか解らなかった。が、母親から禁じられていた質問は発しても差支《さしつかえ》のない時がきたと思ったらしく、

「お父様、あのお荷物はなアに？」

と、訊ねた。

奇異《ふしぎ》な荷車は、空濠《からぼり》の裾の路上に止まっていたのである。

「あの荷物か。あれもじきに知れるだろう」

官兵衛は微笑と共に答えた。

一見旧知の状《さま》

お香は嬉し泪が流れた。

自分は姫路城主の世嗣の妻だと思うと、平常《へいぜい》の念願のとどいた有難さよりも、あんなに何事もよくお出来になる良人官兵衛殿が、一城の主の後嗣《あとつぎ》なら、こうして岐阜の御城下においでになったのも、さだめし深いお目論《もくろ》見《み》が何かおありなのであろうと、それに大きな期待が持てる嬉しさに、胸は躍るし、つい目頭が熱くなって、屋敷街の街路《とおり》を、官兵衛のあとに従《つ》いて、松寿の手をひきながら、歩いてゆく中《うち》にも泣けてくる。

どの屋敷も兵で溢れていた。どの屋敷からも戦勝祝賀の、凱旋を寿《ことほ》ぐ歓声が、嵐のように聞えていた。

そのなかで、たった一構、さながら屋敷じゅうの者が皆揃って昼寝でもしているかのように森閑と静まっている、かなり広そうな屋敷があった。

ちょうど、その屋敷の門の前まで来た時、官兵衛は、

「ここが木下藤吉郎殿のお屋敷だ」

と、足を停めて、

「わしはこのお屋敷に用があるのだから、お前たちは暫くここで待っていて呉れ」

むしろ無造作に、そう云い置いて、自分だけ門内へ入って行った。

屋敷のあるじ木下藤吉郎秀吉は、他の諸将と同様、やはり今朝、凱旋してきたのだった。それにも

かかわらず、誰が長篠で戦争してきたとでも云いそうな顔で、さっさと武装を脱ぐと、高鼾《たかいびき》で寝入って了った。昔の猿面草履取とは変れば変る今の境涯だった。小谷・長浜の両城は我が城なのである。二十二万石を領する大名なのである。織田の幕下に大小名の数は多い。だが、二十万石以上は三大名にすぎない。第一は柴田勝家の三十五万石、第二が二十五万石の明智光秀だ。湖西の江州と、山門領を併せ領していた。それから、越前一国を領していた。亡《ほろ》びた浅井長政の遺領を、そっくり信長から賜わったのだ。すでに二十万石以上の身分になっては、従来の木下では面白くないというので、羽柴と姓を改めてみたが、まだこの新苗字では通りが悪かった。三番目は即ち木下藤吉郎であった。

「殿、殿――」

「申せ」

「殿！」

と、奏者番の侍は、またも呼んだ。

秀吉が、申せと云いながらグウグム大鼾を止めなかったからだ。だが鼾と聴覚は、あまり緊密な関係はないらしい。鼾声雷《かんせいらい》の如《ごと》くでも、案外耳は聞えることがある。

「申せと云うのに」

「只今玄関さきに、甚だ突拍子もない推参者が舞込みまして、身装《みなり》は裕福そうな町人体《てい》で、人品も決して賤しくは見えませぬが、申すことが如何《いか》にも気狂じみております。――もし、殿え！」

「聞えている。なんと申したのだ？」

「仕官の志があって御当地へ、妻子同伴で罷越《まかりこ》したが、御城下一帯、いずこの御屋敷も申さば蜂の巣を壊したように騒《ざわ》めいておりますにもかかわらず、当木下殿お屋敷のみは、さながら森林の如く寂寞《せきばく》とお静かな体を拝見し、自分の主と頼むべき御方は、藤吉郎秀吉殿以外に、絶対にあるべからずと存じ、かくは推参仕《つかまつ》った。よろしくお取次を願うというのでござります」

「なに、森林のごとくだと？」

秀吉は、昼寝の枕から離れて、起き直って、

「林のように静かな所に惚れ込んだと申すのか。ふーむ、面白いことを云う」

「面白いよりは、訝《おか》しゅうござります。変でござります」

「いいや、変なことはない。静かなのは事実だからな。通せ、会ってみよう。ここへ連れて参れ」

「殿、御油断はいけませぬぞ！」

「案ずるな、大丈夫じゃ、用心といえば害心を抱く曲者だけだが、刺客などというものは、そんな気の利いた口はきけないものじゃ。心配せずに連れて来るがいい」

秀吉は、名前をさえ訊かなかった。

やがて奏者番に伴われて、官兵衛は秀吉の面前に現われた。

「初めてお目にかかります る」

会釈の顔を擡《もた》げて、官兵衛は秀吉と視線を、つと合わせた。

おお、互《たがい》のこの一瞥《べっけん》見こそ、日本の歴史の上に、重大な結果を刻む契機となったのだ。

能《よ》く英雄を知る者は、英雄のほかに無い。

なかんずく俊髦《しゅんぼう》、隼の眼よりも鋭い秀吉の眼光は、全くの咄嗟のうちにも官兵衛その人に存する卓抜な非凡さを、はっきりと見ぬくことが出来た。

「これはこれはようこそ！」

一見旧知の如しとは、正《まさ》しくこの事であったろう。

まるで待人《まちびと》に会ったかのように云ってから、

「さて、見られる通りの藤吉郎じゃ。これでも其許《そこもと》は、わしに随身すると申さるるかな?」

「随身をお許し下さるるや?」

「其許の所望次第」

「お願い仕る!」

「左様か! では主従、固めの杯を致そうぞ」

「は、辱《かたじけ》のうござる!」

「それ、杯を持て」

秀吉は、次の間の近侍に命じた。

爛《らん》たる炯眼《けいがん》は独自独得の秀吉の利器だったし、決断の速さは信長の藍に学んで、その藍より色濃いという趣さえあった。

(聞きしに勝る!)

と、官兵衛が感じた時、

「其許の姓名、略歴を告げられい」

秀吉は、依然として丁寧に云った。

「申後《もうしおく》れました。播州姫路に住む小寺入道の長男、官兵衛孝高《よしたか》にござりますが、わが家を外に放浪流寓《るぐう》の十年を閲《けみ》しております。その間に堺の町家に入婿と相成り、櫛屋如水と名乗って今日に及びました私、本年三十歳でござります」

簡潔で、しかも要を得た自己紹介であった。

これが若《も》し、秀吉のような偉人が相手でなかったら、勿論《もちろん》あまりにも漠然とした申条《もうしじょう》であったろう。

だが流石《さすが》は秀吉、それで満足をおぼえた。

主従を契《ちぎ》る杯は、まことに呆気ないほどの手取早《てっとりばや》さで済んで了った。

両人はすでに肝胆相照らした模様だが、傍《はた》は茫然となった。なんのことはない、狐に憑かれた揚句、烟《けむ》に捲かれた形なのである。

献上物

杯が済むと、

「殿よ、手前はここ当分の間、特別な御奉公を致したい」

「む、特別と云うと？」

「それは、至って気随気儘《きまま》な仕え方という意味と思召《おぼしめ》せ」

「いや、そうであろう。予《わし》もそう思った。では呼び棄てに致す。官兵衛よ、どうなと勝手に振舞うがよいぞ！」

「は、ありがたき仕合せ！」

傍《はた》で聞いていても、何が何やら薩張《さっぱ》り呑み込めない。秀吉はそう思ったかも知れないが、秀吉の家来は面喰《めんくら》った。

（そんな我儘な家来が世の中にあるものか？）

官兵衛が言葉を継いだ。

「然《しか》らば仰せに甘えて、手前は近いうちに播州へ参って、暫《しば》らくの期間、殿のおんため極力働こうと存じますが――？」

「うむ、結構じゃ！」

「就きましては、信長公より頂戴仕《つかまつ》りたい品がござる」

「なに信長公より？」

ものに驚かない秀吉も、これには少からず意外さを感じた。

「手前も、いきなり頂戴が出来ようとは思いませぬ」

「ふうむ、して望む品というのは？」

「それは信長公に、お直々《じきじき》、御拝顔をとげました上で」

「ほほう、もう御拝顔することに自分で決めておるのか？」

「叶いますまいか？」

「否々《いやいや》、叶わぬとは云わぬが――」

「手前は、信長公への献上物を持参しておりまする。これを信長公の御覧に入れさえ致せば、拙者《それがし》の希望《のぞみ》の品のごときは、なんの造作もなく頂戴できることと存じます」

官兵衛は、事もなげに、そう云ったものだ。

（おお、なんと自信の強さよ！）

秀吉ほどの人物が、ひそかに舌を捲いた。

（それにしても、どんな献上物であろう？）

好奇心は、湧然《ゆうぜん》とわくのであった。

信長の居館

迅速を尚《とうと》ぶ秀吉は、官兵衛が門前に待たせておいた妻子を呼び入れて対面し、若党の味介にも会い、それからこれらの四人を伴い、いわゆる献上物——それは件《くだん》の荷車、すなわち先刻官兵衛が愛子の松寿にむかって、もう程なく得体も知れるだろうと云い聞かせた奇異《ふしぎ》な荷物、ずいぶん目方の重いにちがいない物が積んである五人曳きの車をも、一緒に引き具して、岐阜城内へ入るまでに、どれほどの時間も費《か》けなかった。

(すみやかだ！　これでこそ)

官兵衛は、自分の選択が誤らなかったことを感じて、

(きっと目算どおりに行く)

と、思った。

歩きながら秀吉が、ふと思い出したように、

「わしの屋敷が、凱旋の日と思えぬ程静かなのが、気に入ったと申したのう」

そう云うと、官兵衛が微笑《ほほえ》みながら、即座に答えた。

「長篠の御戦勝を、当然すぎる事と、殿はお考えになった。武田軍は殆《ほとん》ど鉄砲を持たなかったに対して、織田軍には精鋭な銃が三千挺、揃っておりましたからな」

ずっぱり、これだけのことを言ってのける剃刀《かみそり》のような感触に、秀吉はおぼえずヒヤリとさえした。

岐阜城は、稲葉山の頂上と、それから麓《ふもと》の城と、この両構《ふたがまえ》に分れていた。

巍然《ぎぜん》とそばだつ山頂に築かれた城郭は、万一の場合の要害にすぎなかった。従って規模は小さかっ

たが、麓の城の中には、信長の住む四層楼の宏大《こうだい》な居館が建っていた。

耶蘇《ヤソ》教の宣教師フロイスが、

「ポルトガルおよび印度《インド》より日本に至るまでに私の観たあらゆる宮殿建築のうちで、かくまでに壮大で、精巧で、美麗且《か》つ清浄なものは絶対に無かったと信じる。織田卿信長の住む四層楼は、ゴアの政庁よりも大きく、印度諸王の宮殿よりも遥かに立派だ」

と、ベルショール・デ・フィゲンドに送った手紙の中で驚異の言葉をならべたその建物の奥の庭園に、秀吉は、まず官兵衛だけを導き入れた。

そして自分は、君公、信長の常の座所へ入って行ったが、待つほどもなく官兵衛のそばへ立戻って、

「上首尾じゃ！」

と、莞爾《にっこり》したのである。

そのとき早くも信長の姿が、四層楼の第一階の廊に現れたかと思う間に、速いことにかけては本家本元だけに、つかつかと階段を庭へ下りて、

「官兵衛の如水とやら——今、木下から話を聴くが否や乃公《おれ》は其方《そち》を好きになれたぞ。大いに面白い男じゃ。近う進め」

と、なんの隔ても無いように声をかけた。

「はあ、御ゆるされませ！」

官兵衛は、信長の面前、数歩前まで進み寄って、秀吉侍立の傍で跪坐《ひざまず》いて頭をさげた。

「予は、其方《そち》の持参に及んだ進物というのを、速《はよ》う観たい。大層重そうな車積みの物だと申すがさっそくこれへ搬《はこ》びこませい」

信長の好奇心は、秀吉よりも一倍強く弾んだ。

「実は車に造りつけの構造の物でござりますが――」

と、官兵衛が答えた。

「ほう、造りつけといえば、車ぐるみじゃの。藤吉郎の話の模様では、一向に牛馬に曳かせる乗物らしくもないし、乗車でないとすれば――まあ観よう、曳き入れさせい」

新奇なる物への愛好は、信長の著しい性癖の一つであった。

畏《かしこま》って官兵衛は、中門そとへ出て行ったが、やがて戻ると、囲の塀の彼方から、車輪の軋《きし》る音がきこえ、味介が宰領で、五人曳きの車体は奥庭うちへ、搬びこまれた。

(やあ!)

秀吉はおもわず心で叫んだ。

(おや?)

と、信長も同時に眸《ひとみ》を押しひろげた。

それは道理、被せてあった車の覆《おおい》が取り除けられて、載せられてある物体が露わに眺められたのである。

ふたたび跪坐《ひざまず》いて、官兵衛が、

「献上の品は、これなる大炮《たいほう》でござりまする」

そう云った時、味介はじめ五人の搬夫が、一列に並んで平伏した。

「おお、大炮!」

信長は、一瞬、秀吉と見交した眼《まなこ》を、すぐにこの超珍奇ともいうべき献上物へ、じいっと注いだまま、つつッと炮車に近づいた。

「木下っ、来て見い！」

「は、これは実に、この上もなく珍しい物でござりますな」

「珍しいどころか、始めて観るのだ！　ほほう、これが大炮という物か、なるほど！　かねて切支丹《キリシタン》の宣教師たちから、異国にはこういう火器があると話に聞いて、一日も早く実物を観たい、観たいと思っておったのを、今ここで――うむ、辱《かたじけ》ないぞ官兵衛、礼を申すぞ官兵衛」

信長は、太い銅《あかがね》張りの炮身を撫でて見、さすって見、炮口《つつぐち》を覗いたのみではなお物足りないらしく、手先を入れて掻き廻してみたり、筒の外側に嵌《は》めてある鉄箍《てつたが》を、指で弾いたり、譬《たと》えていえば、頑是《がんぜ》ない少年《こども》が、物珍しい玩具《おもちゃ》を夢中になって愛撫するかのように、まるで余念なく、ためつ、すかしつ、炮車のぐるりを幾度となく巡るのであった。

「乃公《おれ》はこの大炮というものが欲しさに、どれほど宣教師どもに強請《せが》んだか知れない。いかに高価でも厭《いと》わん、構わんからと云ったが、駄目であった。金銀を山と積むつもりでも手に入らなかった。それをじゃ、官兵衛は、どんな手蔓で、いずこから購《もと》めたぞ？」

「おん館。――この大炮は、決して外国から購めた物ではござりませぬ。これは手製でござります。官兵衛めの自製の武器と思召《おぼしめ》されませ」

「なに、なんと申す？」

「工夫の途中には、異国人にも手伝っては貰いましたが、これを完成仕ったのは手前でござります」

「おお、ではこの大炮の製造を、其方《そなた》がやり遂げたのか！　むむ、傑《えら》いぞよ官兵衛、偉なるかな如水！　そして、弾は？　炮弾は？」

「弾丸《たま》は、その函の中にございます」

「射《う》てるか、今すぐ?」

「射てまする」

「む、射って呉《く》れ! 射って呉れッ!」

銃と称せられる火器が、最初に堺に輸入され、ついで種子島に渡来して以来、日本の武器にも一大革命が起った。この革命を群雄に先んじて、最も充分に認識したのは信長であった。今後の戦争は、銃火の強弱によって勝敗が決まる。信長は、他の武将に率先してそう信じた。さればこそ鉄砲の輸入と、銃隊の整備には、特別な熱意を示した。その結果として織田軍の近代装備は断ぜん他を凌《しの》いで、姉川合戦にも、長島の攻略にも、また最近には武田とたたかった長篠の大戦において、その威力を発揮し、敵に殲滅的《せんめつてき》な打撃を与えたのであった。

してみれば、ここで信長が、鉄砲以上に有力な火器である大砲を眼のあたり見て、狂喜の感情を溢れさせたことに何で無理があろう。

「官兵衛! この炮口の大きさでは、さぞ炮弾も巨《おお》きかろうの?」

「径《さしわたし》が尺二寸ございます」

炮弾一発の効果《ききめ》

「そんな重い弾が、あの岩石まで届こうかのう?」

信長は、半信半疑の面持で、標的の岩石を仰ぎながめた。

この奥庭の際から急勾配でそそり立つ稲葉山の、中腹よりやや上——水手口《みずのてぐち》の坂路《さかみち》が、右の方へ迂曲する曲り角に、兀々《こつこつ》とその岩肌を露わしている大岩石の一塊。——それが射撃の標的だった。

官兵衛が、狙《ねらい》の照準を合わせた。

「射て！」

引金をひいたのは味介だ。

刹那《せつな》に轟《とどろ》く百雷の大音響！

「うわあ！」

信長も秀吉も、太刀持の小姓も、草履取の下僕《しもべ》も、諸共《もろとも》にみな期待以上の激しい衝撃をうけて、もとよりそのつもりでいながら愕然《がくぜん》と、いろめいた、いわんや、何の心用意もなく、全く不意にこの大音響に驚かされた城内の人々は、これこそ青天から霹靂が轟き落ちた想いで、はッと腰を脱《ぬ》かす者、有り合うものに強嚙《しが》み附く者、階段《はしごだん》から辷《すべ》りおちる周章者《あわてもの》、抱き合って転ぶ女たち。

——だがそれは館の屋内のこと、庭苑では信長が、

「見ん事っ！」

と、叫んで秀吉もまた、手を昂《たか》く揚げて、

「天晴《あっぱ》れ命中っ！」

と、歎賞の声も迸走《ほとばし》らせた。

硝烟は正《まさ》しく標的に渦巻いて、大岩石は微塵に砕け飛んでいた。

「おそろしい威力じゃッ！」

信長は、俄然《がぜん》走り寄って、まだ熱のさめやらぬ炮身を、叩きつ、押えつ、

「立派、立派ッ！」

と、感動に上《のぼ》せた声音だ。

「官兵衛っ！」

「は！」

「予は愉《たの》しい！　有《あ》り難《がた》く思うぞッ」

「思召しに叶い、手前こそ恭悦至極《きょうえつしごく》！」

「なんなりと遣わすぞ。所望の品は勿論《もちろん》のこと、なお望み次第、申せ、申せ！」

信長は、この献上に対しては、本当にどんな恩賞を出してもいいと思った。

ところが何と、官兵衛の所望の意外であったことよ。

「拙者《それがし》が頂戴仕り度《た》く存じますのは、他でもござりませぬ。おん館の御墨附を以《もっ》て、播州に於《お》ける大小名およそ三十家に対し、本領安堵の御沙汰を頂きとうござります」

これには信長と雖《いえど》も、しばし、言葉が出なかった。あまりにも風変り、奇体な所望だったからである。

なぜかといえば、播州は、信長にとっては全く他《ひと》の領分だ。

わが分国内でこそ、自分の墨附には絶大な権威がある。しかしながら織田の領土ではない播州の大小名に対して、信長の辞令書が、いくばくの価値を持つ？

墨附を与えるのは、いとも易い事ながら、そんなものが何の役に立とう？

「変な所望をいたすではないか？」

しばらくして信長が、そう云うと、

「いえいえ決して、苟且《かりそめ》なお願いではござりませぬ」

と、官兵衛が頭《ず》をさげた。

信長は、どう考えても解せなかった。

「苟且《かりそめ》ではないかも知れぬが、変妙じゃ。訝《おか》しいぞよ官兵衛。其方《そなた》が、十年放浪して町家の入聟になったという左様な来歴を、聴かなければ兎《と》も角《かく》、姫路城の嫡男に生れながら、家を外に流寓《るぐう》の生活を営んでいては、播州とは絶縁の状態にちがいない。むろん詳しい事情は解らぬけれど、よしんば其方が信長の墨附などを持って帰国しても、播州を領分する大小名のうちの、たれが相手にする？」

「おん館！　拙者《それがし》は、お墨附以外にもう一条、お願仕りとうござりまするが――」

と、官兵衛が、言葉を挟んだ。

「うむ、何条なりとも申せ！」

「では申上げまするが、播州の地は畿内地方と中国地方とを繋ぐ重要な場所でござります」

「いかにも」

「播州と申す土地は、大坂本願寺の勢力と、中国の覇主毛利氏が、互《たがい》に手を繋ぎ合う場所でございます」

「いかにも」

「釈迦のお耳に説法の類《たぐい》とは存じながら、なお申上げまするなら、播州の地は、中国地方を制圧いたす為には、肝腎要な戦略上の基地であろうと存じまする」

「む、たしかに」

「おん館が、天下御平定の御雄図を、すみやかに御実現あそばす為には、是非とも木下藤吉郎殿を播州一国の大守となされまして、姫路へお下しに相成る御賢慮こそ願わしゅう存じまする。姫路は書写の山を控え、播磨随一の要衝にござりまする」

官兵衛が、そこまで述べた時、

「傑《えら》い！」

と、信長は手を拍《う》って、

「大炮男のみではなかった！　木下よ、お許《こと》は幸福者《しあわせもの》じゃ。冥利が尽きぬ様にいたせ！」

げにも寛《おお》らかに笑ったのは、墨附に就いての疑問も、ここに到って釈然と解けたからであった。

不世出の英邁主、信長の洞察力は、官兵衛の、これから行おうとする腹案が、およそ如何《いか》なるものであるかを感知できたのだ。

「官兵衛、望みどおり、墨附を遣わすであろうぞ！」

置土産《おきみやげ》

四層楼の第二階は、信長の妻妾侍嬪《さいしょうじひん》のすんでる場所だったから、おびただしい数の腰元どもが、かしましく廊下に群れて庭苑の方を覗き見していた。

「ほんとうに吃驚《びっくり》しましたのねえ」

「御凱旋のおめでたい日に、だしぬけにあの恐しい音でしょう。わたし気が遠くなってしまいましたわ。もう、大丈夫か知《し》ら？」

「わからないわ。大炮《おおづつ》とやらが、あれあそこに、ちゃんと据えられてありますもの。また何時《いつ》なんどき凄《すさま》じい音がするか、もうもう油断はできないと思いますわ」

「でも大炮というものの音だと解っておれば、まさか先刻《さっき》みたいに驚きはしませぬぞえ」

「だけど妾《わたし》、気が気でないわ。いつダダッと戸障子までがゆすぶれるか解らないのですもの」

「あんな物騒なものを、持ち込んだ人が憎らしい！　あれ、憎らしい人が、お杯を頂いておりますわ」

庭苑では、信長が杯を官兵衛に取らせた。

すでに祐筆両名は、三十余通の墨附の作成を終っていた。

いずれも相違なく本領を安堵せしむることを保証した辞令で、宛名は官兵衛が云うままに記入されたのであった。

信長は、それらの墨附を官兵衛に与えてから、秘蔵の太刀、「へし切り長谷部」を、

「これは当座の恩賞ぞ、長谷部国重じゃ」

そう云って、取らせたのである。

押戴《おしいただ》くと、

「官兵衛、その太刀は乃公《わし》が若かった頃、弟の勘十郎信行の謀叛に内通をしおった近習めを手討ちに致した折に、彼めが床の地袋の下へ逃げ込んだのを、地袋の厚板諸共、水も溜らず、へし切ったものじゃ。稀代な切れ味——乃公《わし》が『へし切り長谷部』と名づけて、今日まで愛蔵してきたのが、それじゃ。其方への返礼に、適《ふさ》わしいと思うが、どうじゃ？」

「はあ、勿体《もったい》なき御恩賞——身にあまる光栄に存じ上げまする！」

「む、悦《よろこ》んで呉《く》れて乃公《わし》も満足じゃ。——さてもう一つの返礼は、其方の推薦を聴き届けて、木下を、中国方面に作戦すべき軍の総督に任ずることに致す。それと同時に其方をば、藤吉郎の参謀たらしめるぞ」

信長は、ほほえましく秀吉を顧みて、

「むろん異存はあるまい？」

と、云った。

「あろう様《よう》がござりませぬ」

秀吉もまた莞《にこ》やかに返辞をした。

「のう木下、お許《こと》はよくよく兵衛《ひょうえ》に縁が深いと見えて、竹中半兵衛という軍師のほかに、こんどは小寺官兵衛という軍師を得て、二人《ににん》兵衛を、左右の参謀に使うことが出来る。竹中の方はいずれかといえば旧派じゃ。純粋な武人型とでもいうかな。あれに較べると、新軍師の官兵衛の方は、ずんと新派じゃよ。全く最新型の鮮かさは、素敵なものだ。日新月歩の時勢では、官兵衛ほどの新知識――すなわち、新しい頭の働《はたらき》に、頼らなくてはならんことが、いかばかり多いか？」

信長は、秀吉の意見を徴するように、見つめた。

だが秀吉はただ、

「御意――まさしく御意の通り！」

と、答えただけであった。

いま信長の云った事には、一言の附け足しも要らなかった。秀吉は、官兵衛を得たことを運命の神に謝すると共に、信長という大器を自分の主君に戴く幸を、今さらのごとくに感銘するのであった。

――信長・秀吉・そして官兵衛。この三傑の連繋《つながり》は、わずか小半日――数時間のうちに固く結ばれた。なんという神速さであろう。

やがて。

意義ふかかった会見も終ろうとした。

信長は、

「毛利は大敵じゃ。そんなら頼むぞよ官兵衛！」

と、云い残して庭から屋形へ入ろうとした時、官兵衛が呼びとめた。

「恐れながら暫時《しばらく》――」

「うむ？」

「置き土産――と申しては些《いささ》か礼儀を弁《わきま》えぬようにもござりますれど、持参いたしたるもの、御納め下さりましょうや？」

「ほう、それはまた念の入ったことじゃのう。置き土産とは！」

傍では秀吉が、

（はて何を置いて行くつもりだろう？）

と、心に訝《いぶか》る。

官兵衛は重ねて、

「御納めを願われまするか？」

と、云った。

「貰うとも！」

しかし信長も、稍《やや》いぶかしさを感じた。

官兵衛は、中門外へ去ったが、程なくお香と松寿の両人《ふたり》をつれて庭苑《にわ》に戻った。両人が平伏すると、

「只今《ただいま》置き土産と申しましたのは、これなる両箇《ふたつ》の生命《いのち》でござります。なにとぞ、お膝元にお納め下

しおかれませ！」

妻子を、人質として岐阜に残すという意味なのであった。

（ああなんと行届いたやり方であろう！）

秀吉は、胸に迫るものを覚えて、

「上《かみ》！　官兵衛の妻ならびに一子、松寿でござりますぞ」

そう、語《ことば》を添えた。

すると信長は、首《かぶり》を振って、

「いや、それには及ばぬ！」

だが官兵衛は、面《おもて》をあげなかった。

秀吉が、

「上！　御納め下さる様に、官兵衛は再度御念を押しての上、いざない入れた両箇《ふたり》のものでござりますぞよ！」

と、云うのだった。

信長は、いつになく思案に少し手間どったが、

「よし！　然《しか》らば預かって置く。但《ただ》し、木下の城、長浜の城内に住ませようぞ」

情理に叶った裁決を与えた。

御着会議

播州で大きな河といえば、加古川、市川、揖保川、千種川の四つだ。加古川の流域を東播州といい、

市川・揖保川の両流域を中播州といい、千種川の流域はこれを西播州という。

東播州における旗頭は三木の別所長治で、これは無二の毛利党だった。隣国丹波の領主・波多野秀治の妹を娶《めと》って、自分は山陽道の関門を毛利氏のために扼《やく》し、おなじく山陰道の入口に蟠踞する波多野と固く手を握りあって、中国へは織田の軍勢を一歩たりとも入れはせぬという気勢を示していた。

「しかし我々の中播州では、事情が異《ちが》うと存ずる」

「どう異うと申さるる？」

「敢《あ》えて毛利家の節度に、服さなければならぬという義理あいは、なかろうと申すのだ」

「否々《いやいや》、義理を云うたら織田は猶更《なおさら》、あかの他人じゃ。いや他人どころか大泥棒じゃ。織田は天下を盗もうとする大泥棒でござるぞ。毛利家では我々から領土を奪おうとはされぬ。ただ我々をして外敵を防ぐ牆壁《しょうへき》たらしめようとなさるだけじゃ。しかるに織田の遣り口を眺めると、侵入したとすれば必ず滅ぼす。じつに猛だけしい国強盗は即ち信長ではござらぬか？」

そう云ったのは西播、佐用《さよ》の城主、福原主膳助就《すけなり》であった。

――真夏の炎天、旱熱灼《かんねつや》くがごとき日の午《ひる》さがりのことであるが、中部播磨の平野のまんなかに建つ平城、小寺政職《まさもと》の御着の城には、およそ二十人ほどの大小名が集まって、汲み流すような汗に浸りながら、本丸の大書院で会議をつづけていた。

「福原殿の御意見、至極と存ずる」

賛意を表した上月《こうづき》十郎景貞が、

「まさしく血も泪《なみだ》もない信長でござる。美濃を略せば斎藤氏を滅ぼし、近江に入れば先《ま》ず観音寺山の佐々木氏を亡《な》い者に致し、叡山からは山門領をうばい、妹の婚家小谷の浅井氏をさえ根絶しにしたのみならず、越前に入れば朝倉館を取潰し、京都に入れば足利将軍家を断絶させた。天下の兇賊に相違なし」

と、きめてしまった。

列席の城主たちは、そう云われてみると成程《なるほど》それに違いないような気がした。

この会議の司会者ともいうべき姫路入道すら、

(やはり戦うほかあるまい。たとい敵《かな》わぬまでも羽柴の軍勢を邀撃《むかえう》つことだ)

と、思わずにはいられなくなるのだった。

高砂の城主、梶原采女正《うねめのしょう》が、

「籠城籠城!」と、汗を拭いながら叫んだ。

明石の城主、明石正言《まさこと》入道は東播州の大名として別所の勢力範囲に領地を持っているのであったが、小寺氏との親類関係から此《こ》の会議の席につらなっていた。

「明石入道」

と、意見を徴されたので、ここぞとばかり、

「防戦一途と存ずる。——噂に聞けば猿面秀吉は、主家の姻戚浅井長政父子を、小谷に攻寄《せめよ》せた際、虎御前山《とらごぜやま》に向い城を築いて、あくまで執拗《しゅうね》く敵を苦しめた攻撃振りは、残忍そのものであったと申す。その猿面が侵入軍の大将として乗込んで参るからには、なにとて情《なさけ》も容赦もござろう。我々いずれもが箇別に籠城の惨苦をなめるよりも、むしろ播州が悉《ことごと》く一団となり、三十余家が兵を合《がっ》して、勝敗の運はこれを天にまかせ、いさぎよく決戦すべし」

と、云った。

「然り！」

「決戦決戦！」賛同の声がきこえた。

だがその時、最も上座の小寺政職——すなわち此の御着の城主が、

「従順《すなお》に、羽柴の軍勢を迎え入れたら如何《いかが》相成ろう？」

そう訊ねると、

「それは鏡にかけて見るごとし。やはり滅亡でござる！」

答えたのが、佐用の福原だ。

「従順《すなお》に迎えても滅びるならばじゃ。決戦か籠城かの、両途《ふたみち》しかないのう！」

と、政職が、姫路入道を顧みた。

姫路入道は腕を拱《く》んだ。

声々が、

「決戦っ！」

「籠城っ！」

と、喚《わめ》いた。

「籠城して毛利氏の救援《すくい》を待つ。これが一番の上策と思うがどうじゃ？」

政職は、姫路入道を眺めた。

姫路入道にとっては、舅なのである。だから既に歳八十を超えた高齢者であったが、非常にすこやかで、矍鑠《かくしゃく》としていた。一風変った気質で、壺中斎《こちゅうさい》と号してはいたが、当時の老人《としより》の世間並に頭を円《まる》めたわけでなくて、白銀《しろがね》を束ねたような髪毛《かみのけ》を蓄えているのだった。

居並んだ城主たちが、口々に、

「姫路の入道っ！」

「入道殿っ！」

と、促す。

この八十翁の政職も、

「いかに？」

と、白い眉をひそめた。意外にも姫路入道が口を噤《つぐ》んでいるからであった。

官兵衛現る

ちょうど此の会議の最中だった。

御着の城の大手門を入って来たのは、官兵衛と味介の両人《ふたり》であった。

平常《ふだん》とは違って、諸城の家来たちが雑多に入り込んでいる際なので、守衛の者どもも格別見咎《みとが》めもせずに通した。本丸の入口でも同様だった。見知らない顔ではあったが、悠々と通って会釈ひとつしないから、たぶん今日の評定に出席することになっていた何処《どこ》かの小城の主《あるじ》かその代理かが、定刻に遅れたのであろうぐらいに思われた。

「だがあの自棄《やけ》に大《でっ》かいお供は、ありゃ一体なんだい？」

「無作法ったら無いな。いかに暑い日だと云うても、暑いのはお互様だなあ。あれじゃあ、まるで真ッ裸と変らんではないか」

味介は、袖無し襦袢を一枚、ほんのお印みたいに着用に及んでいるだけだ。熊を欺《あざむ》く毛脛も腕も丸出しなのである。

「だけど御主人の身装《みなり》は、おッそろしく立派だぞ」

「だから釣合わんお供だと云うことよ」

果然、表玄関では、この従僕の露出的な半裸体が問題になった。

「あこれこれ、待たっしゃい。お供は、あちらに供侍《ともまち》の控部屋《ひかえべや》があるから、そっちへ廻るがいい」

そう云われても味介は、一向頓着なしに、官兵衛のあとに随《つ》いて式台を越えてしまう。

玄関の侍がびっくりして、追いすがると、

「いや苦しゅうない」

と、味介が云う。

「なに？　苦しゅうないと？」

侍は、呆れ顔で叫んだ。

「余計な心配は要らんと云うのだ」

味介は、遮る侍を鳥渡払《ちょいと》いのけた。

しかし侍にしてみれば、決して鳥渡どころではなかった。したたかに吹ッ飛んだ。そして廊下の羽目板に、があーんと頭を突き当てて、

「あ痛っ！」

「狼藉っ！」

と、ばらばら駆け寄る人々を、苦もなく左右へ投げ倒して、泰然と官兵衛に続いて廊下を渡って行った。遠侍を越えれば、すぐ評議の会場であった。

その書院の入側で、

「これは姫路の小寺、官兵衛でござる」

大きな声で名乗った時、どたッ、どたッと又も味介が、侍どもを手玉に取って擲《は》り飛ばした。あわてて追い縋《すが》った面々は、全く得体の知れぬ痛い目に逢わされたのであったが、書院の内では、

「や、官兵衛とは?」

「姫路殿の、嫡男ではないか!」

「久しく行衛《ゆくえ》の知れなかった?」

「だがあの物音は何事ぞっ?」

起ち上るもの。腰を浮かせるもの。

会場もまた忽《たちま》ち騒然となったのだ。

と、官兵衛は、一礼して、つかつかと座敷の中央に進んだ。しかし突立ったままで、

「かく申す官兵衛は、もはや一介の浮浪人ではござらぬぞ。長年の間、行衛を晦《くら》ましてはおったが、今日この場に出現いたしたのは、当御着の老殿を始め、其許《そこもと》ら御一同の衆を、滅亡から救わんが為じゃ」

まず劈頭《へきとう》から一発巨弾をぶッ放したようなものだ。

満座は、呀《あ》っと、度胆《どぎも》を抜かれた。

官兵衛は、騒ぐなとも、静まれとも云わなかった。むしろ反対に、わざと騒がせて置いて、いきなり頭から圧《お》し挫《ひし》いだ。

その時、半裸形の味介が、座敷の框《かまち》に立ち塞がるように、ぬっとその巨体を現して、雷とも紛《まが》う大《だい》

音声《おんじょう》で、

「やあやあ殿方、聴かれませ！　小寺官兵衛殿は、決してここ姫路城の御嫡男として現れた訳ではござりませぬぞ。官兵衛殿こそは、織田信長公より、軍参謀として、中国派遣軍の総督たる羽柴筑前守の殿に、差添えられたる名誉の御仁でおわすによって、御一統はそのお積《つもり》にてお聞きなされ！」

と、呶鳴《どな》った。

（おっ！）

人々は、抜かれたあとの胆を、更に引き抜かれた。――姫路入道が、

「ああ味介！」

と、一声叫んだばかり。

さすがの入道も、おのが耳を疑い、眼をも疑った。

最初に我が嫡男の声を聴き、その姿を一瞥した時は、

（おうそれでも感心に、播州の大難を憂えたと見えて、戻って呉れた！）

と思った。また味介の顔を見ても、

（む、彼奴《かやつ》も一緒に！　あれほどにも、意気込みきって官兵衛を、引戻しに出掛けたものの、梨の飛礫《つぶて》になって了《しま》ったのが、それでもやっと今！）

そう感じたのは、然《しか》しほんの束の間で、俄然《がぜん》と軍参謀だの、派遣軍だのと、然もそれが我武者羅《がむしゃら》一図《ず》の、馬喰労上りの口から呶鳴られたのである。

姫路入道までが面喰《めんくら》って、云うべき言葉が出ないようでは、その他の人々の驚《おどろき》は推して知るべきであった。愕《おどろ》かされたのみでなく、まったく気圧された。皆が覚えず、べたべたと坐ってただ茫然と眼

を瞠《みは》る。

官兵衛は静かに、父入道のまえに進み寄って、懐中から取出した一束の書類を、

「御覧下さい！」

と、云って渡した。

姫路入道は、物に憑かれたように想いながらも、手渡しされた書類の一通を披《ひら》いた。

見ると、それは御着の小寺政職に対して、その本領を相違なく安堵せしむべきことを、保証した信長の墨附であった。

「やあ？」

驚異の眸《ひとみ》が、これを何として手に入れたと訊ねた。

「その他も、一々お目に通されい」

と、官兵衛が云った。

父入道は、ただ云われるままにするほか無いような、不思議な威圧を感じた。

重なっている書類を一通一通披いた。

いずれも同様な本領安堵の墨附だ、宛名は播州一国の大小名を残らず網羅していた。

「父上、御覧の如《ごと》くでござるぞ！　早速、宗家の老殿へ、御披露あれ」

官兵衛は、指図するように云った。

入道は、又も言われる通りになった。墨附を重ね直して、それを老政職の手許へ差出すと、老翁もやはり姫路入道がしたように、まず御着領安堵の旨の墨附を眺め、それから他の城主たちへの安堵状をも一々披見《ひけん》したのであった。

政職は、披見を終ると、おのずと形が改まった。言葉遣いも丁寧に、

「官兵衛殿は、そも何時《いつ》ごろより織田家に仕官されて、今日の如き重い地位まで立身をとげられたのか、それを承わりたい」

と、訊ねた。

大義名分

満座は水をうったように静まった。官兵衛の話に耳を傾けた。すべてが意表を、はるかに凌《しの》ぐ事ばかりであった。

なかには、到底信じがたいと思う者もまじっていたが、しかし疑う者も斉《ひと》しく息を凝らした。

官兵衛は、自分が中国派遣軍の軍参謀となり得た次第を、ひと通り語り終るまでは、うち解けた様で坐っていたが、やがてつとたち上り、

「さて改めて聴かれよ!」

と、態度をも、語調をも、がらりと一変して厳《おごそ》かに、

「わが日の本は神国でござる。即ち天《あま》つ日《ひ》嗣《つぎ》の皇御国《すめらみくに》である。されば畏《かしこ》くも万乗の大君のおん下《もと》に天下一統の政治に服すべきが、本然の姿なるにもかかわらず、世は稲麻《とうま》竹葦《ちくい》と乱れ果て、豪族は各地に割拠して互に譲らず、あまつさえ、大なる寺院は救世菩提の本分を忘れて兵馬を蓄え、武器を具《そな》えて、貪婪《どんらん》の慾に恥ずる気色がござらん。かくては日本の国家の将来、まさしく寒心に堪えずとあって、敢然と尾張の一国から奮い起ち、乱を払い不逞を討ち平げることを志されたのが織田殿、信長公でござる。織田殿こそは、断じて私利私欲のゆえに戦っておられるのではなく、上御一人の大命を奉じて、

天下を乱なき治に統一あらしめんが為に兵を用いてござるのじゃ。従ってまず説いて、これを聴かざれば乃《すなわ》ち討つ、軍を進むると雖《いえど》も、決して掠奪を目的とする織田殿ではござらぬぞよ。拒み抗する者は、これを撃滅いたす。しかしながら、柔順に帰服すれば、撫で綏《やす》んずる。なによりの証拠は、見られよ。それなる本領御安堵のお墨附じゃ。この上は何等危惧するところなく、信長公御派遣の軍総督、羽柴筑前守殿を迎えて当播州の国主とあがめ、中国平定の御事業を助け参らするが、各々御一同の最も正しき道であろうと、官兵衛は堅く信じ申すぞ！」

そう云って、列座の城主たちを、ぐるりと見廻したのであった。

それは堂々たる論旨だった。大義名分の説などは曾て聞いた経験のない人々ではあったが、かように説かれてみると、異論を挟む余地が見つからなかった。

（織田氏に対する我々の考え方は、まるで違っていた。それほどに遠大な、そして寛《おお》らかな精神を持たれる織田殿ならば、なにも我々が滅亡を賭して抗戦すべき、理由も必要もなかろうではないか）

つい先刻《さつき》、悲壮な覚悟の臍《ほぞ》を固め、おなじ滅ぼさるるものなら、死闘を以て領土と運命を倶《とも》にしようという相談の纏まりかけた御着会議は、忽然《こつぜん》と出現した官兵衛の、どれほども費さぬ弁舌一つで、全く百八十度の回転を示した。

城献上

会議が満場一致で、織田氏への帰順を議決したその夜のことであった。

「のう姫路。——羽柴殿をお迎え致すとなると——どこに置き申すかの？」

政職は、入道にむかってそう相談をかけた。

「さあ、その事でござるて。新しく築かれるに相違はござりませぬが、その新城の場所の選定を、――いずれに致すか――」

「官兵衛殿に、御意見がおありであろう。お許、伺って来て呉れぬか？」

老翁は、すっかり慇懃に、官兵衛を主人扱いにした。

「殿、さように御丁寧では恐入《おそれい》る。羽柴殿の軍参謀とは申せ。現実あれば殿のお孫でござりますのに！」

「いや、孫は孫でも、あのように偉《えら》い孫ともなれば、ぞんざいに呼び捨てにも出来ぬぞよ！」

老翁は、心から敬服しているのであった。

入道も、わが子をそうまで讃め称えられるのは、無論わるい気持のする道理がない。

実さい夢のような嬉しさだ。

姫路入道は、愚かしいまでの満足感を胸一ぱいに湛《たた》えて、城内の別館に宿る我が子を、おとずれた。

ところが、なんと意外なことには――官兵衛は、その別館にはいなかったのである。

「全く驚きましたなあ！」

と、味介が云った。

「驚いたとは、いずれへ参った？」

「室津へ、お出掛けなさいましたよ、お独りでね」

「え、室津へ？」

「手前までが、お供叶わずでござります！」

「ええ、何を申すッ？」

と、思わず入道は怒声を発した。

だが味介は、縁側に、どっかと坐ったまま手拭で汗をふいた。

「今夜の篦棒《べらぼう》な暑さにも驚きますが、それよりもでござりますよ。室津と申しましても、此の際ですから、まさか、遊女買でもおあんなさらぬとすれば、猶更のこと、変てこれんでござりまするて――」

「味介っ！」

「はい！」

「はいとは何だっ？　出掛けるのが解ったら何故、わしに知らせて呉れんのだ？」

「入道様、それは不可《いけ》ませぬ。味介めが叱られまする」

「そんならなんで室津行きの用件を、訊いて置かぬッ？」

「それも不可《いけ》ません。伺った所で、お目玉が関の山でござります」

「はて？　なんでまた今夜あたり――」

「相変らずでいらっしゃいますよ」

「なに？」

「でも――、変てこれんなと思うことが、後になるといつも定《きま》って、ははあ成程と感心いたさぬ訳には参らなく相成る。つまりそれが官兵衛さまの十八番《おはこ》でもあり、とびはなれたお偉さでもござりましょうかな。しかし手前など、十八番とは承知しきっておりましても、やはりな、今晩のようだと驚きまするでなあ！」

驚いたと口では云うものの、味介は落着いて体中の汗を拭いてばかりいる。

入道が、なんとしても腑に落ちぬらしく、

「――異なことになったものじゃ！」

と、呟《つぶや》いた。

「しかし入道様、決して御心配には及びませぬぞ」

風体の無作法さは元と変わらぬ味介であったが、ぞんざいな言葉づかいだけは、大分直っていた。

「そちは心配するなと云うけれど――肝腎な相談の、仕残りがあるのじゃ」

「御相談と仰有ると、そりゃあお城のことではございませぬか？」

「や、よく当てた！」

入道は、怪訝《ふしぎ》そうな面持《おももち》で、

「どうしてそれが解る？」

「官兵衛若殿は、すべてお見透しでござりますによってな」

「ほう、官兵衛が何か申したのか？」

「お出掛けぎわに、たぶん貴方様《あなたさま》からそのお話が出ようから、そうしたら、自分の考《かんがえ》では播州中で、姫路に上越《うえこ》す場所はないと存ずる故《ゆえ》、父上に御異存がなくば、あの姫路城を羽柴の殿様へ献上したいと思っている。むろんあのままではお手狭だが、新規に御建て増しになれば、中国御平定の――立派な根拠地とやらに――何とか、かとか仰有ったようでござりますが、一々覚えてはおりませぬけれど――まあそんなふうに申上げろ、ということでござりましたで」

味介がそう答えたので、入道は、

「ああ、確かに見透しじゃ！」

と、またも新《あらた》な驚きを感じた。

すくなくとも城の件に関しては、官兵衛が、ここにいて相談に乗って呉れたのも同様であった。

(それにしても室津へは、なんの為に?)

買収

東には半島を繞《めぐ》らし、南には地唐荷島、中唐荷島、沖唐荷島の三つ小島を擁しているので、風波を防ぐこと室の如しという所——これが室の津の名の起源だ、瀬戸内海で指折りの良港として大昔から港町が出来、中古以来、遊女が住み、山陽道の名所として栄えた。

遊女も昔は、貴族の遊宴《うたげ》に侍《はべ》ることが多かった。そのために、土地の長者の娘さえ、遊女になった。浮川竹に身を沈めるというのは、近世の話で、昔に溯《さかのぼ》るほど、遊女は品が良かった。たとえば此の室津で全盛を謳《うた》われた花漆という遊女などは、室君と敬称されて、非常に幅を利かせたものだ。室の津の五箇寺といわれる見性寺、浄名寺、大雲寺、正洞寺、正法寺——これがいずれも遊女花漆の建立だという伝説が残っているほどだ。

しかし時代が天正まで下ると、遊女も可《か》なり下落して了った。

「あアれ彌九郎さま、もうどんなにか彼方様《あちらさま》は、お待ちかねでございましたか知れませぬぞえ」

はしたない媚《こび》を見せて、大勢の遊女が取巻く。裾も露わに、しどけなく纏《まつ》わる。

彌九郎は、さもうるさげに舌打をしたが、そんな生優しい舌打ぐらいで、退散する女どもではなかった。

「ええ退《の》かんと、痛い目に逢わすぞ!」

「どうぞ痛い目に、たんと逢わせて下さいませな。彌九郎様ったら本当に、ずいぶんお久方ぶりでござんすものを——」

店先から下へも置かぬもてなしは、よほど大切な客と見えて、この津の花街では随一の店、室山は、まるで福の神に舞い込まれたようにさんざめく。

無理はなかった。美男で、今年が十九歳、気前がよくて金銀は湯水のように費《つか》える身分で、しかも高ぶらず、横柄でないから、近寄りやすい。三拍子も五拍子も揃っている。

「うるさいと云うに。こんな、暑苦しい陽気にそう群《たか》られては、髪油の匂《におい》と白粉の香が鼻について、どうにも蟲酸《むしず》が走ってならん」

「まあ憎らしいお口でいなさんしたこと！　若旦那様がそんなに極道仰有るなら、わたしが抓《つね》って蟲酸とやらを、止めて差上げましょうか?」

「こやつ、飛《と》んだ事を吐《ぬか》す女郎だ。一体お客人というのは、どんな方なんだ?」

「お馬に召して、ただお独りでおいでなんした、お身装《みなり》の、大層御立派なお武家様でござんすぞえ。若旦那様にお心あたりはおあんなさいましょう?」

「いや、それが無いのだ」

彌九郎には、とんと心当りがなかった。

(はて何人《なんぴと》であろう?)

同業の遊興《あそび》仲間の、誰かだろうと思って来てみたのであったが、歴乎《れっき》とした武士だ、と聞くと見当が附きかねた。

彌九郎は、堺の豪商、小西如清の長男で、近頃はずっとこの室津の支店《でみせ》を支配して、堺の本店ですごす日数よりも、ここで暮す方が多かった。十九で独身だといえば、部屋住みで、まだ商売もろくに覚えぬというのが世間一般の大店の若旦那だ。せいぜいこうした遊里に羽振を利かすくらいが通り相場なのであるが、この彌九郎だけは、ずんと桁の外れた出来物だった。すでに十五六の頃から遠洋航海をした。朝鮮、支那大陸の沿岸は勿論《もちろん》のこと、比律賓《ヒリッピン》諸島までも数回渡っていた。頭脳明晰で、商売上手という点でも、老巧な経験者を瞠若《どうじゃく》たらしめる。物覚《ものおぼえ》がよくて、外国語などはいつのまにか自由に読み書きの出来るようになっていたし、何をさせても人に後れは取らぬという、器量抜群の青年《わかもの》だったのである。

「やあ、これは意外――貴方でござりましたか！」

彌九郎は、座敷の入口でそう云って、閾《しきい》を跨いだ。待っていたのは別人ではなかった。堺の豪商交《づき》際《あい》で、昵懇《じっこん》に往き来していた官兵衛その人であった。

「その後は久闊《しばらく》、御無沙汰いたしたが、ますますお盛んで結構じゃ」

「異数な御立身の趣は――先般、父如清からつぶさに承わって、ただもう驚《おどろき》の眼を見はっておる次第ですが、今晩ここでお目にかかれようとは、じつに思いがけない事でござりました」

杯が献酬《けんしゅう》された。

「だしぬけにお呼び立ていたしたのは折入って御《ご》懇談《こんだん》申したい儀がござって、急に出先の御着の城から、供も連れず、身一つで脱けてまいった」

官兵衛は、一兵の血をも流さずして、羽柴の軍が播州へ入国出来るように計らった事情を語りつつ、暫時は女たちに酌もさせた。だが慧敏な小西彌九郎は、話に耳を傾けながらも、

（何か、自分にかかわる重大事が？）

という気がした。

官兵衛のここに来た目的が、尋常一様な性質のものでないという察見がついたのだ。

しかし、たといそれが如何なる重大事であろうとも、あせり周章《あわ》てて、女どもを遠ざけるのを急ぐような彌九郎でない。

その胆の据り方を、

(それでこそ!)

と、官兵衛は、心ひそかに頷くのであった。

だんだん酒が酣《たけなわ》になり、遊女たちは仲居の婢《おんな》どもを交えて、ここを先途と酒興を添えた。

いつしか夜半は過ぎて、さしも酷熱に灼かれるようであった蒸暑《むしあつ》さも、海から吹き渡る潮風に幾分かは涼味を覚えてきた。小高い丘の上に建つこの室山の奥座敷からは、港の前面に泛《うか》ぶ唐荷の島影が、二十五夜の片割れ月に仄々《ほのぼの》と浮彫りされているかのように、風情掬《きく》すべく眺められた。

「如水どの!」

と、彌九郎が呼びかけた。霊犀《れいさい》通ずるものがあったのだ。

「願いましょうか」

と、官兵衛が答えた。

やがて人払いされて、広い座敷に、両人《ふたり》だけが残った。

「実は、買収の御相談じゃ」

「買収? と仰有るのは?」

「国二つをでござる?」

「えっ、国二つを？」

容易ならぬことと予想していた彌九郎でさえ、鸚鵡《おうむ》返しに、訊き返さずにはいられないのであった。

宇喜多の向背

「彌九郎どの、御身の最も懇《ねんごろ》にお出入りされる国を二つでござる」

官兵衛は杯を置いて、団扇《うちわ》を、しずかに使った。

「と、仰有《おつしや》れば宇喜多家の御領国——備前・美作の二箇国と思われますが——」

そう云いさして、彌九郎は両手を膝にのせて、稍々《やや》首を傾げた。

（それを買収とはどういう意味か？）

少時《しばし》無言で見つめてから、官兵衛が、

「左様でござる。買収と申しても、領国そのものは金銀、珍貨の類では、とても購《あがな》い得らるるものでござらぬ。拙者が買いとりたいと存ずるのは、備・作二国の好意を——でござる。拙者は、播州一国の約《およそ》三分の二ほどを、織田館ならびに羽柴の殿のおんために、どうやら首尾よく買収いたした。ただしこれは拙者出身の地でもあり、且《か》つは親父入道の関係も浅からざりしゆえ、信長公のお墨附のみで、いわば全くの無償で買いとることとの出来た帰順でござったが、宇喜多家の備前・美作となれば、そうは参らん。しかしながら、すでに御存じの通り、羽柴殿が御総督の中国派遣軍の参謀たる拙者にとっては、強大十箇国を領有する毛利氏との対抗上、ぜひとも備・作の二国は、味方の側に引き入れなければ、今後の作戦は覚束《おぼつか》のうござる。よって彌九郎殿に御相談をおかけいたす次第じゃ。いかがでござろうな？」

と、云った。

「――若輩な私に、お身様が御相談などとは恐縮でござります」

彌九郎は謙遜すると、

「いや若輩など、飛《と》んでもない！　御親父とは長い間、御別懇《ごべっこん》に願い、如水の号の授け親でいらっしゃるにもかかわらず、拙者は、この御相談を堺の御本店へ持ってまいろうとは考えませぬぞよ。もしも彌九郎どのが、そのような話に乗れぬと云われるならば、残念ながら拙者、思惑を断念いたすほかござらなんだ」

「如水どの、御断念とは――それはまた何故《なぜ》でござりましょうや？」

「憾《うら》むらくは、第一に、拙者一手では肝腎な買収費に不足いたす。第二には、宇喜多家への手蔓《てづる》が見つからぬからでござる」

官兵衛は、彌九郎の鮮かに若い眸《ひとみ》の光が、力づよく輝《かがやき》を増したのを見遁《みのが》さなかった。

「小西の若！　倖《さいわ》いお身が、この助力に肩を入れて下さるならば、拙者の妻お香の実家、櫛屋の財力を、この仕事のために傾倒させることが出来まする。さすれば、宇喜多家を買収して、備・作を味方に加担せしむるに足る金銀貨物を得られましょう。申すまでもなく宇喜多家の向背は、羽柴殿の中国における御地盤《ごじばん》の強弱を決定いたすもの、彌九郎殿の御援助により――」

官兵衛が、そこまで云った時、

「いや、及ばずながら！」

と、彌九郎が、手で膝を打った。

「おう、力をおかし下さるか？」

「極力、父を説いてみまする。父如清が、もし心進まぬ様ならば、たとい微力とは申せ、私一存、独力でも御用を相勤めましょうぞ！」

断乎たる決心が、眉宇《びう》の間に漲《みなぎ》った。

実にもこの決断こそ、そしてこの一言こそ、彌九郎を小西摂津守行長にする、土台たらしめたのであった。

後に豊太閤の雄図《ゆうと》鬱勃《ぼっこう》と、征韓の大軍を渡海させた時、加藤清正と、まさに歴史的な先陣の軍功を競い、勝ったのが、ほかならぬ彼、彌九郎であった。

「まことに辱《かたじけ》のうござる！」

と、官兵衛が謝した。

「あいや、それでは恐れ入りまする！」

彌九郎もまた頭を、低く下げた。互《たがい》に交換したこの会釈が、なんと大きな効果を齎《もたら》したことであったろう。

時代は人を作るが、人はまた時代を作る。

至難の使命

財貨の力で宇喜多氏の好意を購いとるという買収策は、いとも鮮かに成功した。

これは偏《ひとえ》に官兵衛の炯眼《けいがん》が、宇喜多直家の腹の黒さを見抜いたからであった。宇喜多が、その主家、浦上氏を滅ぼして六十三万石の大領主になることが出来たのは、毛利の後援によるものであったから、もし直家が飽くまで義理堅い人物ならば、よしんばどんな場合にも毛利氏の恩義を忘却はしまいが、しかし利に就くことに慧《さと》い直家は、工作次第でどちらにも傾くと、そう官兵衛は見通しをつけて、そしてこの買収に見事な効果を収めた。

宇喜多直家は、堺の富豪中の巨頭である小西と櫛屋が、共にその財力を傾けた賄賂《まいない》の贈物の莫大さに釣られて、毛利氏への誼《よしみ》を捨てる気になった。

「よろしい。羽柴殿を助けよう」

と、諾したのである。

彌九郎の手引で直家に会った官兵衛は、

「播磨・備前・美作の国境、要害堅固な上月《こうづき》の城に、尼子勝久殿と山中幸盛を籠らせる手筈《てはず》が調《ととの》っておりまする。尼子殿は宿敵毛利氏のために父祖累代の領国、出雲・石見を奪われて家は滅び、身は流浪の惨苦をなめ、怨《うらみ》は骨髄に徹しておりまする。同時にまた、毛利氏におきましても、睚眦《がいさい》の敵、尼子の遺族遺臣が、羽柴秀吉の庇護の下《もと》に、遺恨重なる復讐の旗をかかげたと聞かば、かならずやその旗風の未だ振わぬうちに撃滅して、禍《わざわい》を絶とうとばかりに、大軍を発向させて上月城へ来襲するに違いございませぬ。毛利氏は上下挙《こぞ》って山中鹿之助幸盛を怖れておりますゆえ、この幸盛が上月に籠りますれば、いかなる無理をしても城攻めには全力を竭《つく》しましょう。されば其《そ》の時でございます――」

そう云って、毛利氏に対する宇喜多の裏切りを翹望《ぎょうぼう》したのであった。

「成程《なるほど》。軍機の妙を極《き》わめた策謀じゃのう！　潮時を見はからって、予《わし》に、寝返りを打てと申すのであろう。面白い！」

五十歳の坂をこえて、腹黒さにも脂の乗りきった直家であった。

毛利の大軍が、上月城を囲むまでは、依然表面は毛利の与党として行動しようが、囲まれた城の後詰めに羽柴軍が、千種川を渡るのを合図に、戟《ほこ》を逆さまにすべきことを直家は、官兵衛にむかって約束したのだった。

まったく思いどおりに事を運べた官兵衛は、播州に還《かえ》って、秀吉の軍勢を、尼崎の駐屯地から迎える準備を完了した。

そこで秀吉は、提供された姫路の城に入城した。まず大規模な増築工事を起した。いわゆる白鷺城が築かれたのである。

一兵をも損せずして秀吉が、播磨に根拠を据えることの出来たのは、悉《ことごと》く官兵衛孝高《よしたか》の功であったから、軍参謀としての信望は、まさしく決定的に確立された。

やがて天正が四年となり、五年となり、六年となった。この三年間に、信長は岐阜から、居城を安土に移し、従三位左近衛中将を経て、従二位右大臣に任ぜられて、名実ともに中原の覇者となったし、秀吉の軍は官兵衛を帷幄《いあく》に置いて東播州を略し、さらに但馬を討ち平げ、松永久秀が大和の信貴山《しぎさん》に拠って叛《そむ》いた際は、その討伐戦に参加してすぐれた勲《いさお》を立てた。

松永の乱が片附いたので、

「いよいよ毛利攻めに取掛れ」

と、信長は秀吉に命じた。

官兵衛が、秀吉のために用意周到な作戦計画を練った。敵は、なにしおう大毛利だ。十州王である。安芸、周防、長門、備後、備中、伯耆、出雲、石見、隠岐、因幡の十国二百五十万石を領して、その兵力は六万、と号する日本一の強敵なのであるから、官兵衛の計画にも、絶大な苦心が要る。

日夜肝胆を砕いて、あらゆる智慧を絞った。

そして、一滴の水も漏らさぬような、緻密な計画が、ほぼ出来上ろうとする時であった。それは天正六年の初冬のことだったが、姫路白鷺城の二の廓《くるわ》うち、官兵衛の住む建物へ、本丸から秀吉自身が、いつになく当惑顔で見えたのだ。

天気晴朗で、眩《まぶ》しいほどにも明るい朝であったから、秀吉の面持《おももち》の曇りが一層目立った。

「おや、どうぞなされまして！」

官兵衛は怪訝《けげん》らしくそう云いながら、上座へ迎え入れた。

驍勇《ぎょうゆう》の荒木

（官兵衛が顔色を変えた！）

秀吉の心痛は、ぎくりとその痛さを加えた。相識《あいし》ってから三年のあいだ、曾《かつ》て一度も相恰《そうごう》を激変させた官兵衛を見た例《ためし》がなかった。白皙《はくせき》の顔の皮膚は、ただ春夏秋冬、冷温乾湿による変化を、それも極《ご》く微細に反映するのみであった。心理の窓ともいえる眼《まなこ》には、むろん喜怒哀楽の情は現れたが、顔色までが共に動くということは、殆《ほと》ど認められなかったのである。

「困ったのう！」

と、秀吉が太息《といき》を吹いた。

「いかにも！」

官兵衛は一言、そう答えただけで、秀吉の視線を避けるように目を、庭先へ転じた。

そこには柿紅葉があった。

樹々の葉はみな落ちるか、色褪せるかして、ただ柿の実だけが鮮紅《せんこう》の色彩を、わびしい庭に止《とど》めていた。

官兵衛の目は、その柿紅葉をながめた。

じいっと眺めているうちに、いつしか蒼褪《あおざ》めた貌《かお》が、恒《つね》の白皙に復《もど》った。

そのとき秀吉が、

「無理な御命令じゃと思う」

呟《つぶや》くと、

「いかにも！」

官兵衛は、やはり同じ調子で答えた。

「こればかりは、相勤めかねると、お断り申すほか、なかろうではないか？」

秀吉は、こんども同様、「いかにも」という言葉が、官兵衛の口から漏れるのを期待して、横顔を見つめた。

「不可《いけ》ませぬ」

「む、行けるものではないよ。ただ殺されに参るような使者《つかい》じゃ」

秀吉は、そんな使者には行けないと、そう官兵衛が云ったものと取り違えたのだ。

「いや安土へ、お断り申上げる事はできぬ」

「なに、勤めかねるとお断り申すのが悪いという意味か？」

「左様、拙者は勤めましょうぞ！」

官兵衛はここで視線を、秀吉の眸へ戻した。

「や、おぬしが？」

さすがの秀吉も、すっかり意外の感じに打たれて、二重瞳とも見える独自の瞳孔を、くるくるッと回転させるがように押拡げて、

「あの、荒木の伊丹城へ？　出掛ける積《つもり》なのか？　虎穴に入って虎児を探るたぐいどころか、万に一つも生きて還ることは難しいと、わしは考えるが……おぬしの見込を訊こう」

いぶかり尋ねたのは当然だった。

荒木村重が叛旗を飜《ひるが》えしたということは、とうていかりそめな出来心などではあり得なかった。よくよく思いきったればこそ――然《しか》り、熟慮の上にも熟慮をかさねた結果の反噬《はんぜい》でなければならない。

いま旭日昇天の概ある織田氏の幕下に、驍将の数決してすくなしとしない。だが就中《なかんずく》、指を屈するとせば、柴田勝家、滝川一益、羽柴秀吉、明智光秀、そして荒木村重であったろう。

宿老佐久間信盛も、この五指の中には入れない。名門細川藤孝といえども、はみ出す。信長とは乳兄弟の池田信輝もまだ伍せない。闘志鬱勃《うつぼつ》たる佐々《さっさ》成政も、前田利家も、老巧な丹羽五郎左衛門長秀も、狡智な筒井順慶も、やはり一段の遜色がある。――その実力において、ならびにその勢望において、荒木こそは、第一流だった。

この第一流の大名荒木摂津守村重が叛いたことは、織田氏にとって、まさしく大事件に相違ないが、荒木自身にしてみれば、これぞ安危存亡を賭けた、最大の博奕《ばくち》だったのである。

よほどの自信なくしては、振れる賽《さい》の目ではなかった。荒木ほどの驍勇なくば、断行できる謀叛ではなかった。

鷲尾雨工

剣尖《けんさき》の饅頭《まんじゆう》

およそ信長くらい非凡を好んだ人は、他の英雄に類があるまい。極端に平凡なもの、尋常なものを嫌って、すべて常軌を超越した遣り方をする。

天正元年といえば、ちょうど六年ばかり前のことであったが、足利の最後の将軍、義昭公方が槇ノ島に立籠って、打倒信長の旗印のもとに兵を集めた。

これを聞いた信長は、岐阜から疾風のような速さで上洛した。すると近畿の大小名のうちでも逸早《いちはや》く荒木村重が、居城茨木の兵をひきいて出迎えた。

そして信長の面前に畏《かしこま》ると、

「おう、さっそくの着到、神妙じゃ。当座の褒美に、これを――」

と、侍童《じどう》に持たせた太刀を、いきなり取って、ぎらりと引き抜いた。

居あわせた人々は覚えず冷《ひや》りとした。中には不覚な叫声《さけびごえ》を立てる者さえあった。

信長は、傍の台の上――高坏《たかつき》に盛られた大きな饅頭を一箇《ひとつ》、ぐさと太刀の尖で刺した。

「遣わすぞ!」

剣尖の饅頭を、荒木の鼻さきへ突きつけた。信長の側近にいた細川藤孝、明智光秀、その他の諸将たちは、

(ああどうするだろう?)

と、眼をみはった。

「は、頂戴仕《つかまつ》る」

荒木村重は、坐ったまま、ぱっくり、大口を開いた。

「む！　そうれ」

信長は、抜身の太刀尖を、つと延ばして、荒木の口のなかへ饅頭を押込んだ。

（危い！）

人々は、はっと驚いた。しかし荒木は神色自若として、口で饅頭を受取ってから、それに手を添えて、さも美味《うま》そうに、むしゃむしゃ食べた。剣尖は、唇をも舌をも傷つけなかったと見えて、血も流れず――

食し了《おわ》ると、

「辱《かたじけ》のう頂きました」

慇懃にお辞儀をしたものだ。

「荒木、おことは切支丹《キリシタン》の信者だと聞くが、それは伴天連魂《バテレンだましい》かな？」

と、信長が訊ねた。

「ちがいまする。これは持前でござる」

村重は、そう返辞《へんじ》をした。

心のなかで信長は、

（此奴《こやつ》、柴田や明智よりも、物が大きいぞ！）

と、思った。

豪爽な器が、非常に気に入ったのである。その後、村重は抽《ぬき》んでて愛された。新参にもかかわらず、ぐんぐん古参の将たちを追い越して出頭した。

この信長の殊遇に対して、村重は十二分の功労を立てて報いた。そして摂津の国の九郡を領して今は蟠然《ばんぜん》たる一大勢力を、きずきあげていた。

すなわち、伊丹城を本拠として、その支城《えだじろ》には、高槻、茨木、能勢、尼ケ崎、三田、大和田、花隈（現今の神戸市内）などの諸城を構え、高槻の城は、これを高山右近長房に、茨木の城はこれを中川清兵衛清秀に、花隈の城は、これを荒木村正に守らせ、能勢城には能勢十郎を、尼ケ崎城には荒木村次を、三田城には荒木重堅を、大和田城には阿部仁右衛門を置いて、寸分も隙はないという武備の充実につとめていたのであったから、これが毛利氏ならびに本願寺という織田の強敵と窃《ひそか》に策謀を通わせ、いよいよ裏切りの潮時が来たとばかりに、敵対の旗を、へんぽんと翻したと聞いては一大事――安土の信長は、しかし怒るよりも先《ま》ず、

（あの惜しい男を！）

と、思う念《こころ》が強く動いた。

豪爽を愛することが深く、信頼が篤《あつ》かっただけに、荒木を敵にするに忍びなかった。

（なんとかして考え直させる手段《てだて》はないか？　決して訳のわからない男ではない筈だ。――む姫路の官兵衛を使《つかい》に遣ろう！）

こうして白羽の矢が、ぷっすり官兵衛その人に射込まれたのだが、果して使命を全《まっと》うするだけの成算が、あるのか、ないのか？　官兵衛ほどの人物が、さっと顔色を変えた。それから柿紅葉を眺めた。やや少時《しばらく》の後、その使者の役、相勤めましょうぞと答えた。

さて――暴風《あらし》か雨か？

それとも凪《な》ぐであろうか？

出発の前夜

それから数刻の後――官兵衛は、父の入道および重なる家臣たちに自分の重大な使命を告げて、単身伊丹城へ赴《おもむ》くという覚悟を発表した。たちまち姫路城の二の廓は、驚《おどろ》と異議の声々で煮えたぎった。

「生還の見込のないお使者など以《もっ》ての外《ほか》だ！　たとい安土右大臣家の御指令にもせよ、われわれの官兵衛殿は播州を支えて立つ太柱ではないか？」

しかしながら断乎として官兵衛は、それらの異論を抑えた。

「信長公のごとき果断英邁の英傑おわさずば、稲麻竹葦《とうまちくい》の乱世が、なんとして統一の治を成そうや？　それが如何《いか》ほど無理に見えようとも、至難に感ぜられようとも、信長公の意志を、ひたすら貫徹させてこそ、乱天下は平和統一の新曙光に浴することも出来る。わしの一命は伊丹の城内で消えるかも知れない。だが官兵衛の一死が何だ！　身命の安危に汲々恋々《きゆうきゆうれんれん》たる態《ざま》ならば、初めから志なきに如《し》かず、天下一統の大業に参加するものが、必要に招かれたのだ。なんで尻込みするか？　人間一個人の生命は、遽《にわ》かに卒中を病んで路傍に斃《たお》れることとさえある」

さかんなる気魄《きはく》であった。

父入道も今は、

（凡慮では律しがたい！）

と、諦めるほかないのだった。

栗山善助が母里太兵衛を顧みて、

「しからば、せめて御供をさせて頂こうではないか？」

そう云った言葉が、官兵衛の耳に入ると、

「いや、無用。供は堅く無用ぞ。――要らぬと申すのは、邪魔に相成るからじゃ。わし単身《ひとりみ》ならば叶うことも、手足纏《てあしまとい》があっては叶わなくも成ろう」

明朝、単騎で出発するによって、見送るにも及ばぬ。別れの酒杯《さかずき》は、今宵汲もうということに官兵衛は独りで決めてしまった。

ちょうどそこへ本丸から官兵衛を呼びに来た。秀吉もまた送別の宴《うたげ》を催すというのであった。

官兵衛は本丸で飲み、二の丸に戻ってまた大いに飲んだ。別離の宴が終った時は、夜もかなり更けていた。官兵衛は酔い心地も手伝って少し睡気を覚えた。明晩は明石泊とすればゆっくり発てる。支度は朝起きてからでいい。そんなふうに考えながら臥戸《ふしど》へ入ろうとした。

すると、襖《ふすま》のそとで、

「若殿っ！」

味介の声だ。

その声音を聞いた途端に、すぐ官兵衛はこの忠僕の肚《はら》のなかが、隅まで解ったのである。

「駄目駄目、こんどばかりは不可《いか》んぞ！」

先手を打って、てんから突放《つっぱな》した。

「そ、そ、そんなことを仰有らずに、て、て、手前だけは、どうぞお願いでござります殿、若殿、官兵衛さま……如水さま、どうぞどうぞ御供を！　味介めは、火の中でも水の中でも、たとい奈落の底までも、いっかな御そばを離れずに、かならずお附添い……」

「ええ、うるさい。不可《いか》ぬと申すに！」

「おお、ではどうあっても？」

「くどい奴じゃ！」

「お許し……下さりませぬかッ？」

「許すものか！」

「………………」

呼吸《いき》のつまるような荒い鼻息が聞《きこ》えたと思った刹那《せつな》――男泣きに味介の、泣き倒れた気配が襖越しにも瞭然《はっきり》とわかった。

寝間着姿の官兵衛は、臥戸に入るのをやめて襖をあけた。

うす暗い次の間の行灯《あんどん》のわきで、味介は、栃のように大粒の泪《なみだ》をこぼしていた。

「その図体で、泣くという事があるか？　そちのような正直馬鹿を、伊丹の城内へ、つれて行けるか行けぬか位、なんぼ血のめぐりが悪うてもわかりそうなものではないか。だが思いつめている其方《そち》の気持を、わしは決して、おろそかに考えはせぬぞ。それゆえ、伊丹城の大手までは、其方《そち》ひとりを召連れて参ろうが、しかしそこで又ほえ面を見せるようなら、罷《まか》り成らんぞよ。わしの入城を見届けたら、その足で城下の銀屋《しろがねや》八右衛門という両替店を訪ねて、わしのこんどの使者の件に就き何かと相談相手になって貰うがいい。おそらく俺《わし》は、入城したら最後、城から出るということは覚束ないだろうと思うからな」

「え、なんと仰有ります？」

あわてて訊き返した。――入城したら最後、城から出ることが覚束ないとは、どういう意味であろう？　味介は不吉を感じた。

「荒木殿は、わしを殺すかわりに、捕虜《とりこ》にして抑留するか、監禁するか、ともかくも城から出さないだろうと思われるのだ」

官兵衛は、さきのさきまでも見透していたが、喫驚《びっくり》したのは味介だ。

「若殿っ、あなた様はまあ、そ、そ、そんな御覚悟で伊丹へいらっしゃるんでござりますか？」

「あたりまえだ」

「でも、ただのお使ではない。御軍使というんでござりましょう？」

「軍使を血祭に斬って籠城ということもある」

官兵衛の予想では、荒木村重を翻意させることは到底望めなかった。

（しかし、望外な倖《さいわい》という機《はずみ》を、摑めないとは限らない。どんな偶然が僥倖《ぎょうこう》を齎《もたら》すか、それは何人《なんびと》にも見究めはつかないのである。自分は行かなければならない。行くからには最悪の場合に対する心構が要る）

官兵衛は、伊丹の城下に、銀屋という昵懇《じっこん》な商人がすんでいることを、すくなからず心頼みに思われたのだった。

消息絶ゆ

官兵衛が、重い使命を帯びて伊丹の城に入ってから、三日過ぎ、五日過ぎ、十月も中旬《なかば》を越したけれど、杳《よう》としてその消息は解らなかった。

銀屋八右衛門方に泊っていた味介は、全く腹臓《はらわた》の千断《ちぎ》れる想《おもい》だった。

八右衛門は堺の出身で、官兵衛の櫛屋時代には特別に懇《ねんごろ》な交際《つきあい》を、何年か続けた間柄だったので、いろいろと手を廻して城内の様子を探ってくれたが、依然模糊《もこ》として、官兵衛は、殺されたのか、生きているのかさえ知れなかった。

「どうも訝《いぶか》しい！　知れない筈はないのだが……」

銀屋は、眉をひそめて呟くのだった。

味介は居ても立ってもおれなかった。何を食っても砂を嚙むようで、やがては食慾というものがまるで無くなってしまった。

「なんぼ味介どのの巌丈《がんじょう》づくりでも、食物がいかんでは体が続きませんぞ！」

親切に八右衛門は、ねぎらい労《いた》わり、あるいは励ましもした。味介が、この上は城内へ乗込んで安否のほどを、突留《つきと》めると焦立《いらだ》つときは、叱りもすれば宥《なだ》めもした。そのうちに銀屋の店の者が、官兵衛の身の恙《つつが》ないという事を慥《たし》かめてきた。本丸の奥深くに匿《かく》まわれて、丁寧な待遇《とりあつかい》をうけているというのであった。

主人の生命《いのち》に別条はないと聞いて、味介は、ほっとして食慾を恢復《かいふく》した。と同時に、官兵衛が姫路を発つ前夜、「荒木殿はわしを殺すかわりに、還しては呉《く》れないだろう。入城したら最後、あの城から出ることは覚束ないと思う」と云った言葉が思い出された。味介は心ひそかに、（こうなることが、お解りであったらしい）

と、頷かれはしたが、

（さてどうする？）

どうしたらいいのか、八右衛門には智慧は泛《うか》ばなかった。ただ一旦は姫路へ戻って、このことを報せてから、また出直すほうが宜《よ》かろうと、味介にすすめた。味介も至極尤《しごくもつと》もだと思った。そこで心を残しながらも一先ず伊丹の城下を去って、姫路へ帰ることになった。

　姫路の秀吉は、味介の報告を聞くと、

（困ったな。想像していたうちに、最も悪い状態になりそうだが、安土に対して黙っているわけにはゆくまい）

　と、思った。

　注進の飛脚が安土へ発った。

　味介もまた韋駄天《いだてん》走りに伊丹へ戻った。

　だが馳せ戻ってみて驚いたのは、姫路まで行ってくる僅《わず》か数日の間に、伊丹の城下の有様がすっかり一変していたことだ。街通りは、どこもかしこも武装兵ばかりだった。尼ケ崎、能勢、三田というような支城《えだじろ》から、召集された軍勢にちがいなかった。城内の屋根の下には納まりきれずに、民家を宿にして群がっている。

　いざ籠城という際、これらの兵士たちを収容するための俄普請《にわかぶしん》で、城のなかは混《ご》ッた返しているらしく、総構の応急修理として、石垣の築増《つきま》しや、空濠《からぼり》を掘り拡げるために、町人どもは残らず人夫に徴発されていたし、すべてが濃厚な戦時気分につつまれているのだった。

「いよいよ戦か？」

　と、味介は、路傍の人に訊いてみた。

「そうとも！　安土から大軍が攻めてくる」

「へえ、そんなら御籠城かね？」

「心配面《づら》は止《よ》してくれ！　よしんば何万の大軍で押寄せても、びくとも成さらん荒木様だい！　そりゃあそうとお前さんは、一体どこのあぶれ浪人だ？　自棄《やけ》に巨大《おおき》な形《なり》をしてさ」

「おれかね、おらア銀屋の居候だ」

「なに、居候だ？」

「用心棒よ」

「ああ、用心棒か。道理で厳《いか》つく出来ている。だがあの店の用心棒なら、なぜこんな解りきった事を？」

「ちょいと旅をしてきた間に、この騒《さわ》ぎだ」

「そうか、そんなら喫驚《びっくり》したかも知れんな。実あ俺たちのお殿さま、荒木館に小寺官兵衛殿という、どえらい軍師が随身なすったたんだから、鬼に鉄棒よりかお強いって訳合だ」

「な、な、なんだって？」

味介は思わず叫んだ。

「ええ魂《たまげ》消るではないか！　途轍もなく太《でっ》かい声を出す男だ」

「はッは、体が大きいとな、自然声も細くは出ないのだ」

「太いにも程があらあ。だけどその官兵衛殿って方を、お前さんは知ってるのか？」

「知らなくってさ。小寺官兵衛殿といえば、姫路の大守、羽柴館の軍師だろう？　荒木様が織田家の大軍と戦をなさるなら、その官兵衛殿とは、敵同士じゃないか？」

「それは理窟《りくつ》というもの。なるほど理窟じゃそうか知れんけれど、現在お城のなかで軍配を振っておいでなのが官兵衛殿じゃ。昨日の敵が、今日は味方ってことも、よく言うではないか。なんでも噂によると官兵衛殿は、姫路から、お使者に来られて、それがどうした機《はずみ》からかはわからないがね、そのまま此方様《こちらさま》へ、寝返りをおうちなすって、今では伊丹城の大軍師だってことさ」

味介の頭のなかは、もやもやッとなってしまった。

(そんな篦棒《べらぼう》なことがあるものかッ！)

そう呶鳴《どな》りたかった。

(だけど、ここで呶鳴っては打《ぶ》ち壊しだ)

やっと我慢をして銀屋に戻り着いて、あるじの八右衛門にこのことを語ると、

「誰に訊いても、みんな同じように云いますので、わたしも頭痛に病み病み、おぬしの戻りを待っていましたぞや」

と、云うのみで——城の内部の確実な事情は、銀屋でもまるで解らなかった。

むろん味介には、そんな噂は信じられない。しかし街へ出て、探れば探るほど、奇怪な評判ばかりが耳に入った。

一徹な忠僕は、歯を喰いしばったのである。

(ああ、どうかして慥めたい！)

ただ風説だけで、官兵衛そのひとからは、何の音沙汰も聞かれないのだった。

伊丹城囲まる

信長は大軍に出動を命じた。

雲霞《うんか》の勢《せい》で、荒木村重の本城伊丹を包囲させた。

北国からは柴田勝家の軍勢を、信州路からは滝川一益の軍勢を、それぞれ半分ほど引上げさせ、こ

れを伊丹攻めに使ったという一事でも、いかに信長がこの攻囲戦を重大に考えたかが知れる。

荒木の策戦では、本願寺の兵と呼応することで、淀川尻の陸路は完全に遮断ができるし、播州三木の別所長治の兵で、羽柴を喰いとめ、花隈沖に毛利の水軍を集中させれば、海上権の制圧も困難ではないから、この戦には勝てるという見込であった。

ところが信長は、荒木の目算の桁の上を行った。荒木の考えでは、柴田は越後の上杉と鍔《つば》競《ぜ》りあいの最中であるから動けない。滝川も武田の軍勢と対峙していることゆえ、これも移動が不可能だ。また佐久間は大坂の押えで手一杯であるし、明智は丹波の波多野に備えなければなるまい。とすれば、押寄せて来たにしても、知れた兵力であろうと、実はたかを括って、見縊《みくび》ったのが大当てちがいだった。

伊丹城は目に余る大軍に、まったく十重《とえ》二十重《はたえ》に囲まれてしまった。

けれども慓悍《ひょうかん》な荒木は、策戦の齟齬《くいちがい》は大きかったが、屈する気色は微塵も見せなかった。もとよりどんな窮境をも考慮に入れた上で覚悟を決めての敵対だった。兵糧は充分の蓄《たくわえ》があったし、海を渡って毛利軍の、援けに来てくれることも信ぜられた。また本願寺の大坂城が、難攻不落の要害だという点も心強かった。

で、荒木は、

「官兵衛のことを、櫓《やぐら》の上から寄手の奴輩《やつばら》に、触れて聞かせよ」

と、言いつけた。

これは苦肉な謀計《はかりごと》だった。荒木は、信長の猜疑心を巧く利用して、秀吉を苦しい立場に陥《おとし》れようという策略をめぐらしていたのであった。

さっそく城兵のうちから、最も大音声《だいおんじょう》のものが選ばれて、櫓に登った。

「やあやあ、寄手の人々へ物申さん。去んぬる月の半ば、姫路の城より使者として当城へ罷《まか》り越されたる小寺官兵衛孝高こそ、今は何をか隠そう、夙《つと》に我等の主君、荒木摂津守と意気投合し、かねて密々のうちに気脈を通じ、必勝の計成るに及んでの旗上げ、かくの如しとも知らずして、烏滸《おこ》がましとも笑止とも、安土表の信長公は、その官兵衛孝高を、御丁寧にもこの伊丹へ謀叛の心飜せとの使《つかい》として、差し向けられし片腹痛さよ。わッはッはッは。なんの返辞も音沙汰も、梨の飛礫《つぶて》は当然当然、譬《たとえ》にもいう、獺《かわうそ》に塩誂《あつら》えし愚かさ。わッひッひッひ。さあ口惜しくば力攻めに、ならば手柄に攻めて見よ。何十万騎で迫るとも、びくとも揺がぬ金城鉄壁、守る我等の腕ッ節にも、筋鉄《すじがね》束ねて入れてあるぞよ。わッはッはッは！　そうれ揃って、嘲笑《あざわら》ってやれ――一《ひ》い二《ふ》う三《み》い――」

「わッはッはッは！」

と、櫓の上下で城兵どもが、弄笑《ろうしょう》の声を合わせた。

選ばれて今喚《よば》わった大音声は、その名も大口銅鑼右衛門と渾名《あだな》で通る声量第一の城兵だけあって、その雷のような音吐《おんと》は、寄手の陣へ、広く、遠く響きわたったので、

（や、あの官兵衛殿が！）

（返忠《かえりちゅう》とは！）

攻囲軍前線の軍兵は、いずれも顔見あわせて、事の意外に驚いたばかりでなく、士気が立ちどころに白けた。小寺官兵衛が裏切るようでは、播磨一国すべてが叛《そむ》くかも解らないし、むろん備前や美作は心許ない。すると羽柴殿はどうなる？

（播州の地盤は乱離骨灰ではないか！）

それが大きな不安を醸すのだった。

安土の疑惑

荒木村重の苦肉反間《はんかん》の計略は、図に当った。

小寺官兵衛返忠の件が、安土に申告された。

しかし信長も初めは信じなかった。

「戯《たわ》けた事を申すな！」

てんで取り上げようともせず、播州姫路の秀吉に対しては、伊丹攻めの攻囲軍に参加すべしという命令を伝えた。

ところが、その命令の伝達と行きちがえに秀吉からの早馬が安土に着いた。その報告によると、これまで恭順を装《よそ》おっていた別所長治が、三木の堅塁に拠って東播州を塞いだのみならず、御着の小寺政職《まさもと》までが、年来《としごろ》の誼《よしみ》を忘れ、三木の別所に加担して叛乱を拡大させた為、これを討伐する必要上、伊丹陣への出兵は到底不可能だというのであった。

「なに、御着の小寺までが？」

信長の額には、竪《たて》に深く皺がきざまれた。

（御着は官兵衛のお袋の家だ――）

皺が、ぴくぴくと蠢《うごめ》いた。

官兵衛の母の家で、しかも宗家の御着小寺が、三木の別所と共に、荒木の乱に与《くみ》して敵対の戦端を開いたという事実は、信長の神経に苛《いら》っと障《さわ》った。

三木と御着に叛かれては、秀吉の足元に火がついたのである。信長は折返し命令を発した。

「伊丹への出兵に及ばず。専ら三木城ならびに御着の城を攻め陥《おと》し、地元播州の叛乱を鎮圧せよ」

急使が、姫路へ派遣された。

信長の心に芽ぐんだ猜疑が、しばらくの間は官兵衛への信頼の念と激しく相剋《そうこく》した。

（あれほど見透しの利く男が、予《わし》を、そして羽柴を、荒木に見替える訳はないと思うけれど――人の心は畢竟《ひっきょう》各自のものだ。傍《はた》からの判断は、ある程度までしか出来ない。なにかしら、魔がさして叛く気になったのか？）

味方として頼もしかっただけに、敵に廻せば怖るべき人物であった。

決断に迷うということの殆《ほとん》ど稀な信長が、惑ったのだ。

「そちはどう思う？」

と、愛童の森お乱にむかって、もちろん半ば以上に漫《そぞ》ろ気で云うと、わずか十四歳の弱冠ながらも、極めて鋭敏な触角にも似た不思議な感受性をもつ乱丸は、ちょっと艶《なま》めかしく、小首を傾けたが、

「わたくしなどが申しましては……」

「いいや構わん。そちの勘のよさは別誂《べつあつら》えじゃ。申せ」

「そんなら申しますけれど――荒木村重殿はすぐれた器量人でございまする。その証拠には、上様さえ、荒木は敵にいたすは忍びない、実に惜しい将の器だとお考えあそばしました」

「む、凡物ではないからな。一旦はそう考えたによって態々《わざわざ》説得のために、官兵衛を遣わしたのだが――」

「それならば官兵衛殿が、伊丹の城内に引き留められて、強いられたとすれば、儘《まま》よ、この人の為に

働こうという気持になるのも、あながち意外とも申されますまい。それに荒木殿は、熱心な切支丹信者でございまする。官兵衛殿もおなじ信徒でございます。いつぞや耶蘇《ヤソ》教に帰依したのは方便だとやら官兵衛殿が、申したように憶えておりまするが、シモンという受洗名を持つ位なあの人でございますもの――切支丹の信者同士は、たとい敵になっても殺さないと申しますし、信者と信者が手を握り合うのは、無理もないことだと存じまする」

森お乱は、賢《さか》しくもそう答えた。

ここで信長の疑惑は、一歩深まる方向へ動いた。

「官兵衛の返忠を、計画的とは思わないが――入城後、強いられたとすればな」

それから数日後のことであるが、伊丹攻囲軍の総司令、明智光秀の注進が届いた。

この注進を齎らしたのは、溝尾庄兵衛だった。

「庄兵衛、まだなかなか落せそうもないか？」

「御意にございます。籠城の敵は寔《まこと》に頑強に防戦仕り、包囲の諸陣も攻めあぐんでおりまする。なにぶんにも城内の火砲の威力逞しく、これには散々に悩まされ、所詮力攻めは徒《いたずら》に味方の損害を大きくするのみと、諸将方合議の結果、遠巻の長陣《ながじん》をもって、兵糧攻めに致すほかなかるべしと――」

「ああ待て！　火砲とは大砲《おおづつ》を？」

「御意にございまする」

「荒木は左様な大砲――持たぬ筈だが？」

「それでござります。敵城に小寺官兵衛これあるゆえ！」

「なに、官兵衛ゆえと申すかッ？」

「は、塁上に、たまたま見ゆる四つ目の定紋――その紋所は裏切者、官兵衛の差物に紛れなしと、将兵こぞって悲憤の眥《まなじり》を逆立てておる次第でござりまする」

溝尾庄兵衛ことの言葉は、信長の深まっていた疑《うたがい》を決定的にした。

（おのれ官兵衛っ！）

怒ったとなると激しいこと烈火のごとき性分である。いきなり近習どもへ、

「呼べ、呼べっ！」

と、呶鳴ったものだ。

「は、誰をでござりましょう？」

「羽柴を、秀吉を呼び寄せよ！」

「播州から羽柴殿を御召還に相成るのでござりまするか？」

「なにをくどく申すッ！」

信長は、しかしそう云った途端に、

（いや、竹中でもいい）

と、思った。秀吉を呼び寄せては、不在《るす》の播州陣が困る。竹中は近頃すこし健康を損ねているという。ちょうど保養させるにも都合がよかろう。そんなふうに思われたので、直《す》ぐ信長は云いなおした。

「ああ、今のは取消しじゃ。羽柴のかわりに、竹中を召還するのだ。大至急、使者を出せ」

平山の陣

毎日、朔風《きたかぜ》の荒《すさ》ぶ中で、三木の城を攻め続けている羽柴軍であった。

秀吉は向い城を平山に築いて、そこを本営にしていた。御着の小寺は、その兵を残らず別所の堅城三木に入れて、何年でも籠城する覚悟で、別所勢に力を添えて、がっちりと防戦に努めた。で、秀吉も、軍監の竹中半兵衛も、このぶんではどの途長陣《みち》は免れない。焦るのは愚かだ、こちらも腰を据えよう。そう思って向い城の内部は、半永久的な造作で拵《こしら》えかけていた。

長陣だと落着いてしまえば怖《おそろ》しい敵ではなかったが、秀吉が差当り心にかかるのは、伊丹の城内に抑留されている官兵衛のことと、もう一つは大切な客将でもあり、また信長の命令で自分に附添っている、軍監でもある竹中半兵衛の躰《からだ》が、めっきり衰えた事——この二つの為に気が腐った。

官兵衛に関しては真相が少しも判らない。味介からは報《しらせ》はあっても、なんら推定の材料にはならなかったし、竹中の方はその衰弱の真相は解っていたが、三十五歳という壮齢でも、壮《わか》さというものが何の効《かい》にもならぬ不治の病——労咳《ろうがい》だという医師の診断《みたて》であるから、これはまた別な意味で心細い限りだった。

立ち病みが既に一年以上にもなって、近来は起きているよりも臥《ふ》せっている時間の方が多かった。体熱も、微熱という程度を超えていたので、安土から召還状が届いた時、秀吉は、

「病気には勝てぬ故《ゆえ》、御免蒙《こうむ》ってはどうかな?」

と、云った。

だが竹中は、かぶりを振って、

「いや参ろうと存ずる。たぶん官兵衛殿の件でござろう。とすれば拙者、まいらずば、取返しのつかざる事に相成るやも測られず——」

冬の短日《みじかび》は暮るるに早く、外はもう、射干玉《ぬばたま》の夜の闇であろう。室内を灯す燭《しょく》の光が、血の気淡く

顴骨稜《けんこつりようりよう》々とやつれ、痩せた竹中の貌《かお》を、ひときわ蒼白く見せた。木枯しは真冬の寒風と変って、武者走りの建付を、がたがたと揺すぶる。隙間漏る風の脚が、病む竹中を咳入《せきい》らせたのである。

咽喉《のど》に絡む痰《たん》を、懐紙に吐いて、その紙を丸めたのを袂《たもと》に入れてから竹中は、言葉を継ごうとして、

「されば――」

と、苦しそうに云った。

秀吉が、察したという態《てい》で、手振で支え、

「おぬしは、さまでに官兵衛の、長浜におる妻子のことを懸念して呉れるか！　わしは官兵衛に代って礼を申すぞ！　ああ、持つべきものは良き友じゃ。しかしその躰ではのう――長旅は心許ないが、と云って安土へ秀吉が自身参らば、却って御不興が募るであろうし――はてさて困った事に相成ったぞよ！」

常日頃、ついぞ見せぬ屈託顔を、鬱陶《うつとう》しく曇らせる。

だが竹中は、胸元の苦しさに引きかえて、頭のなかは存外暗くなかったらしく、

「殿！　その御配慮は辱のうござるが、重治の命数《めいすう》は、旅をするとせぬとにはかかわりますまい。いずれ長からぬ身でござりまするよ。しかるに長浜のお城に住む官兵衛殿の妻子を、むざむざ危難におとして、死なすようなことがあっては、拙者黄泉《よみじ》の障礙《さわり》とも相成ろうと存ずる。官兵衛殿が今尚《なお》、伊丹の城内に生きてありとせば、おそらく無事に、やがては殿の傍に立戻り得る日が参ろうと、そう拙者は信じまするによって、将来の為――この竹中重治亡き後の、わが殿のおん為に、この際安土へおもむこうと思いまする」

そう云うのだった。

聴いている間に、秀吉の眼は熱さを覚えた。

ぽろぽろと泪が零《こぼ》れおちた。

（おおなんと麗わしい義侠よ！）

秀吉は、竹中が自らの定命《じょうみょう》を悟って、わが病躯をいたわるかわりに、敢然《かんぜん》と、親友官兵衛の妻子を庇《かば》う、その高潔な心持に対しては、ただ頭が下った。

そして再び、

（ああ、持つべきものは良友じゃ！）

と、思わずにはいられなかった。

まさしく竹中こそ、官兵衛にとって、且《か》つまた秀吉そのひとにとっても、無二の良友であったに違いない。秀吉の竹中に対する関係は、主従のそれよりも、遥かに強く親友の関係だったと云える。

――あくる朝。

竹中重治は、供を揃えて向い城を発った。

平山陣の搦手《からめて》まで見送って出た姫路入道は、わが嫡男官兵衛の妻お香と一子松寿のために、病躯を輴《かご》に搬《はこ》ばせて安土まで出府してくれる竹中重治の厚意が、身にしみて泪が流れた。

「なんと申してよいやら、御礼の言葉が見つかりませぬ。ただこうでござる！」

と、手で、拝んで眼を瞑《つぶ》った。

竹中は輴から顔を出して、

「及ばずながら！」

と、云った。そして附け足したことには。――

「たとい如何様《いかよう》なる風聞が安土表より伝わりましょうとも、それは聞き流されて、この重治をお信じ下されい！　さらばでござる」

供は、手兵一百。

道中の警固として秀吉から特に銃隊が添えられた。鉄砲三百挺である。ほかに槍騎兵五十騎。徒歩《かち》百五十名。

敵地である摂津路を通るので、用心堅固だったのである。

「竹中殿っ！」

と、姫路入道が凍る朝嵐のなかで、声を顫《ふる》わせた。

供廻《ともまわり》の踏む踵が、霜柱に軋《きし》む。

人質を斬れ

出府におよんだ竹中を引見した安土の右大臣、信長は一目見るが否や、

「やあ重治、なんという窶《やつ》れ様《よう》じゃ？」

聞きしに増《まさ》る衰弱の容態に、ぎくり胸を衝《つ》かれては、傲岸直情も、さすがにあたまから官兵衛の件を、がみがみ詰問する気にもなれなかった。

実は手ぐすね引いて待ち構えていたのだが、みるも痛々しく、青褪《あおざ》め細った貌容《かおかたち》をながめると、まずその病状についての質問が先立つ。

「いつ頃からそんなに悪くしたのか？　羽柴のそばには碌《ろく》な医者はいまいけれど、しかし診断はどうなのだ？　手遅れになったのではないかな？　其方《そなた》の躰《からだ》は大事の躰だ。あんまり粗末にして呉《く》れては、

秀吉が困るだけでないぞ。第一に乃公《わし》が迷惑する。京都はす通りか？　どれほどの手間暇もかかるまいに、なぜ曲直瀬《まなせ》に診て貰わなんだ？　あの翠竹院なら診違《みたが》えはあるまいに、折悪しく他行でもしていたのか？」

信長は、たて続けに訊ねた。

しかし竹中は、一言半句もそれらの質問には、受け答えをしなかった。

「なんで押黙《おしだま》っている？　さあ返辞《へんじ》をして呉れ重治！　乃公《わし》は、其方がそれほどまでに病んでいようとは、思いもよらなかった。その有様で戦の陣は無理じゃ。無理すぎる。だが精神の力が、病気に克《か》つという例《ためし》も無くはないによって訊くが、一体どうなのじゃ？　おことに自信があるのか？　それで病魔に打ち勝てると思っているのか？」

またも畳みかけて尋《き》く。

愛憎ともに熾烈に、極端に行くのが、この蓋世《がいせい》の覇者、信長の持前なのである。憎んだとなれば物すさまじい。けれども愛すれば又飽くまでも愛惜する。

竹中は、自分自身が如何《いか》に信長に重んぜられているかを、はっきり認識できた。

にもかかわらず、やはり、

(諫《いさ》めても徒労《むだ》であろう！)

と、思った。

「上《かみ》――」

「云って呉れ、竹中！」

「御召寄せは、拙者めの健康をお慥《たし》かめあそばす為ではなかった」

「これさ、何を申す?」

「上は、小寺官兵衛の志操を、依然お疑いなされまするか?」

竹中はそう云って、がっくりと窪んだ眼窩の底から、きっと眸《ひとみ》を光らせた。

と、信長は稍々《やや》、致され気味に、

「それは、別問題じゃ!」

「そう仰せられまするか?」

「………」

「上っ!」

「む、云うぞ!」

たちまち信長は、受身だった気魄《きはく》を取戻して、竹中を一瞥する以前の心理状態に復した。

見よ、その額の竪皺《たてじわ》を。

「他でもない。赦《ゆる》し難《がた》いのは官兵衛めの不逞なる行動じゃ。一々ここに贅するまでなし」

信長は、ぐいッと竹中の反撥の眼差しを、睨み返した。

(御反省の余地なきや?)

(無し! 絶対になし!)

眼《まなこ》と、眼が、叫び合った。

もしこれが余人ならば、竹中は懸河の弁をふるって官兵衛の無辜《むこ》を擁護し、信長の疑惑は邪推であろうことを説くに骨折ったでもあろうし、信長もまた、贅するまでもなしなどと、一言の下に片附けずに、官兵衛の返忠《かえりちゅう》を断定すべき所以《ゆえん》を、これこれ爾々《しかじか》と逐次並べ立てたであろう。

が、互《たがい》にそうはしなかったのである。信長は、

（するに及ばん！）

と、思ったし、竹中もまた、

（説いても効《かい》なし！）

と、これは初めから諦《あきらめ》をつけて来たのであった。

播州平山の陣で、召還状を見たその瞬間から、すでに信長の肚《はら》のなかは、読めていた竹中だった。

どんな要求か、どんな命令か――それは明らかに見透しを遂げてきたのだ。

「竹中、予《わし》は、おことに命ずるぞ！」

信長は、言葉に厳《いか》めしさを着せた。

「は、何事でござりまするか？」

面《おもて》をまともに上げると、

「官兵衛めの質に置いた妻と、子を、斬首せい！」

「彼の妻子の首を、斬れと仰せられますか？　――委細畏《かしこ》まってござる！」

万止《ばんや》むなしという面持で、竹中は頭《かしら》を下げた。

「よいか、中付けたぞよ！」

「は、御下知とあらば！」

信長は然《しか》し、予期した手応《てごたえ》の無さに、いささか拍子抜けを感じた。

「苦労をかけて――気の毒じゃのう！」

すると、竹中が、

「病体とは申せ、まだまだ明日、明後日の生命《いのち》もござりませぬ」

そう答えて、仄《ほの》かに微笑《ほほえみ》を泛《うか》べるのだった。

「おことに、果して斬れるか？」

「斬れますとも！」

「相違？」

信長が、鋭く念を押すと、

「慥《しか》と！」

淋しげに竹中の半顔が歪《ゆが》んだ。

母子の首

年新玉の天正七年。

その元旦のこと——信長は、

（竹中はどうしたであろう？）

と、思った。同時に、

（斬れますともと！　慥と！　そう、きっぱりと申しおったが、果して官兵衛めの妻子の首、斬ったかどうか？　案に相違の、理窟《りくつ》ぬきで、事もなげに易々《やすやす》と引受けた——？）

疑惑と共に、竹中の重い病患《やまい》の容態も気にかかった。

この元朝まで、忘れていたわけではなかったけれど、あまりにも多忙を極めた去年《こぞ》の暮だった。師走の月は全く一日も寧日《ねいじつ》がなかった。晏如《あんじょ》として過すのは大嫌いな信長も、こう忙しくては遣りきれぬと思ったほどだ。東奔西馳《とうほんせいち》、席の温《ぬく》まる暇が持てず、したがって竹中の病状をも、官兵衛の質妻質子《ちさいちし》の首についても、顧みてはいられなかった。

なぜ然《さ》までに信長自身が凝乎《じっと》しておれなかったかというと、打倒信長の大聯盟《だいれんめい》が、八方絡みに策動し、その全機構をあげて、対織田の攻勢に出たからであった。

毛利・別所・荒木・本願寺・波多野・叡山の残党、北国の上杉・甲信の武田という広大な聯合なのである。播州の別所と、摂州の荒木の反噬《はんぜい》が烽火《のろし》となって、武田勝頼がまず大軍を率いて信州から天竜川の谷を下った。上杉景勝は先代謙信の意図を継いで加賀へ侵入した。しかも本願寺の兵は、何度か、織田の将、佐久間信盛の包囲陣を、逆襲してこれを破っていた。

だから信長は東へ動いた。大天竜で武田と対峙する家康を励ますためであった。信長はまた北へ馬を転じた。上杉軍を防ぐ勝家を督するのが目的だった。さらに信長は西に向った。丹波の波多野が意外に頑強だったからである。そして最後に南へ巡って、本願寺攻めの佐久間を叱咤し、安土の本城に戻ったのが、つい昨日――即ち大晦日。

総見寺の除夜の鐘を聞いて、新しい年を迎えた元朝の賀を、うけつつ今やっと、竹中は如何《いか》にせしと考えたのだった。

竹中重治の菩提山の城へ、使者をつかわそうと、そう信長が思ったのは、年頭第一日の礼参受けを済ませて、天守閣の座所に戻ったときであったが、ちょうどそこへ、愛童の森お乱が参入《はい》ってきて跪《ひざまず》いた。この元旦から奏者番を勤めることになったのだ。

「竹中半兵衛殿の御礼参でござりまする」

「む、見えたのか重治が?」

「は、一段と御憔悴の体に見うけられまする」

「すぐさま、これへ導け」

畏まって退《さが》った乱丸は、やがて重治を案内した。

だが思いのほか窶《やつ》れてはいなかった。信長の眼には、この前——十一月に会った折にくらべて寧《むし》ろ容態が良いようにさえ感じられた。お乱の奴の目が、どうかしている。信長はそう思った。このぶんならという気もした。竹中が年賀を叙《の》べ、信長は杯を与えた。

「旧臘《きゅうろう》は、無闇と忙《せわ》しくてのう。其方《そなた》に申付けたまま、擲《ほう》っておいたが、運んで呉れたであろうな?」

「官兵衛の妻ならびに一子松寿の首の件でござりましょうか?」

「いうまでもないことだ。慥と斬ったか?」

「申すまでもなく、上の御命令でござりますゆえ」

「ほんとうに斬首したのか?」

「不憫ながら。おん下知には背き難《がと》うござりますによって」

「む、不憫とは思ったが——斬り捨てたのか?」

信長は三度まで、斬ったのかと念を押した。

「は、斬りました。なれど捨てては致しませぬ。埋めたのでござります。親友官兵衛の妻お香と、いとし子松寿の首、ねんごろに葬った重治でござりました」

竹中が、そう答えた。

「なぜ報告しなかったか?」

「埋葬をでござりますか?」

「否《いな》、斬ったという報告をじゃ」

「それは申上ぐるに及ばずと存じたからでござります。あだかも上におかせられて、大天竜の徳川殿御陣を訪《と》わせ給《たも》う御出馬の当日のことでござりました。おん首途《かどで》に御覧あそばすべき二箇《ふたつ》の首ではあるまじと、重治が判断仕《つかまつ》った。さりながらかく申す竹中半兵衛の忠誠を、もしも御疑いなされますならば——」

竹中は稍々《やや》困難そうに息継ぎをして、信長の顔色をうかがうと、

「其方《そち》の忠誠を疑いはせぬが、ただ物の順序の手落を申すのじゃ。重治にも似気なき脱漏ではないか?」

「いえいえ、手落とは存じも寄らず。しかし御疑念のなお霽《は》れざるものあらば、なんの造作もなき儀でござります。埋めし母子の首二箇《ふたつ》、菩提山より持参いたし、御実検に供えましょうや?」

「ああいや、今更みても始まらん」

「十一月の末に埋めましたる首でござりまする」

「だから持って来るには及ばぬというのじゃ」

いかに冬の季節でも、埋められて一箇月以上経た首ならば腐爛《ふらん》して、形は白骨に留まるのみであろう。頭蓋骨を実検しても詮なしと、そう信長は思ったので、どこか割りきれない気持ながら、相手が病める竹中だけに、この問題には終止符がついた。

「御実検は成されませぬか?」

「するものか」

竹中帰陣

信長は松の内を過すと、また活動を開始した。

安土山の苑《にわ》には、梅と沈丁花が匂い、花椿と木瓜《ぼけ》が紅に咲き、一重ざくらが白く散り、楓の嫩葉《わかば》がくれに、山吹が黄金色の花叢《はなむら》をのぞかせるまで、八重五層の大天守閣は、その主《あるじ》が不在だった。

およそ百日ぶりで信長が城に還った。そして数日後のことである。

「竹中重治殿、御出仕でござりまする」

「左様か、病は案外進まぬと見えるな」

「お会いあそばしますか？」

「会うとも。通せ」

信長は会ってみて驚いた。正月元旦に見た容態とはまるで違った衰え方で、これもよく生きていられると危《あや》ぶまれるくらい弱っていた。

「無理はせぬが宜《よ》いぞ重治！　その病体で、出歩くなど、自ら命を縮めるようなものじゃ」

「御いたわりの思召《おぼしめし》、辱《かたじけ》のう存じ奉《たてまつ》る」

「大切な体じゃ。自愛してくれ」

「わたくし儀、不治の病重り、いよいよ死期も近づきました故《ゆえ》、居城菩提山にて落命いたすは不本意、せめて、病躯を播州まで運び、筑前守殿御陣所なる平山において息を引きとりたく、就きましては今生最後のおんいとまごいに参った次第にござります」

竹中は、中国の陣営に還って、軍司令官たる秀吉のそばで命を終ろうと決心し、菩提山の城に住む妻子家族にも、家臣一同にも永訣《えいけつ》を告げて、死後の事どもを遺言した上で出掛けて来たのだった。

おなじ死ぬならば、軍参謀として戦地で歿したいという希望は、実に天晴《あっぱ》れだと、信長は感じ入った。

「ああ左様か、左様か。それなら予《わし》も止めはせぬ。行くがいい。出来るだけ安静な旅をして、決して急がずに、日数をかけて緩々《ゆるゆる》と参るがよろしかろう。名残はいかに惜しむとも尽きまい。想い出のかずかず語り合っていたら際限のないことだ。どんな人間でも命数は運命によって決定される。だから予《わし》は、悲しみを超越するのが死であると思っている。信長は死を怖れない。重治よ、そなたもやはり、死ぬことを怖れていないから、立派に死ねるのだ。さあ永劫の別れに杯を汲もう！」

信長と竹中の訣別はまことに、超人的に特殊なものだ。

安土を辞した竹中は、徐行の轎《かご》を街道に進めた。

泊りを重ねて四日目に尼ケ崎に宿った。

そして翌日は花隈泊の予定で、朝ゆっくり発ったのであるが、宿場外れで俄《にわ》かに供先が噪《さわ》ぎだした。

「狼藉者っ！」

生死判明せば

狼藉者は、供侍どもを手だまにとって投げ飛ばし、踏み倒して轎《かご》に迫った。

だが轎の中の竹中に対して、危害を加える目的でなかった証拠には、轎わき、近づくが早いか、べったり地べたに坐ったのである。

「やあ、汝《そち》は味介ではないかッ！」

と、顔見知りの侍が叫んだ。

「おうさ味介だ。味介だから訊きに来たのだ。お輴の内へ物申そう！　な、なんで俺《わし》の御主人官兵衛様の奥様と、若さまのお首を、無慈悲にお斬んなすったのだッ？　ええ、うるさいッ。訳さえ解りゃあア俺《わし》ゃあ乱暴はせんのだ！」

豪力の巨漢《おおおとこ》、味介は、引立てようとする輴わきの侍四五人を、なんの苦もなく突放《つっぱな》した。大勢で、押しても引張っても根が生えたように動かず、坐ったままだ。

そのとき輴から竹中重治の蒼ざめた貎《かお》が、しずかに現れた。

「久闊《しばらく》じゃ、味介！」

顳顬《こめかみ》の肉は落ち、頤《おとがい》の骨あらわに、頸筋は棘《とげ》とげしく細って、頭部の重さを支えかねるようにさえ見える。

「あッ、竹中の殿でいらっしゃいますか？」

おぼえず味介は愕然《がくぜん》とした声で云った。そう問い訊ねるかの如《ごと》く云わなければならぬ程に、変り果てた面影《おもかげ》であった。

（おおこれが、これが重治殿なのか？）

味介の記憶に残っている竹中重治は、いとも逞しい馬に、その身長《みのたけ》高い躰躯《からだ》を、ゆらりと跨らせ、「虎御前」とかいう太刀をきらびやかに提げ、具足は荒なめし革に、つぶ漆を塗ったのに浅黄の木綿糸で荒々と縅《おど》した鎧をきて、一の谷の立物を打った兜を猪首にかぶり、鎧の縅し糸と同じ浅黄色の胴服を長々と羽織った堂々たる姿だったのである。

「甫菴《ほあん》太閤記」にも、

（まことに雷電左に落つれども動ぜず、糜鹿《びろく》右に起れども目瞬《まじろ》がず、此《こ》の人、魁《さきが》け、または殿《しんが》りに在りし時は、軍中なんとのう心を安んじけり）

と、書かれている。どんな危急が突発しても、びくともせぬ偉丈夫の相貌は、ただこの人がいてくれると思うだけでも一軍は安心が出来たというのだ。

それほどの竹中重治が、こうも繊細《かぼそ》く痩せ衰えて、弱々しく見えようとは、まったく予想しない味介だった。

しかも意外はそれのみではなかった。おぼえずも、

「呀《あ》っ！」

と、叫んで目を瞠《みは》ったのは、竹中が突如、手を口に押当てて、くず折れるように俯向いた途端に、だらだらッと鮮紅色の血液が、その手の指と指の間から溢れ出して、ぽとり、ぽとりと轎の縁へ、滴り落ちたからである。

供頭の武士が、

「御喀血じゃッ！」

と、馳せ寄った。だが狼狽するだけで、どうしてよいか解らなかった。轎舁《かごかき》の者も顔色を変えたが、これも処置に迷った。

竹中の額は蒼白さを加えた。

供頭は、ますます周章《あわ》てて、

「て、て、典薬っ！」

と、喚《わめ》いた。

　すると血に染まぬ方の竹中の片手が、動いた。それは轎を地に据えよという意味の手真似であった。しずかに轎がおろされた。行列の後尾から典薬が走ってきて、応急の手当を施した。竹中は轎から抱え出されて、間にあわせの敷物の上へ、仰向けに横たわった。

「暫時の間は、絶対に動かし申すことは出来ぬ。こりゃ困った次第じゃ。場所が場所でござるによってな」

　典薬は供頭にむかって、そう云うのだった。誰も彼も無言で、主人の容態を気遣うほかに、余念のありようがなかった。

　ただひとり味介のみは、なんとしても恰好がつかないのである。思う存分呶《ど》鳴《な》ろう、哮《た》けってやろうと意気込んで詰め寄った拍子に、俄《が》然《ぜん》、相手に血を吐かれては、むろん言い度《た》い事も出詰ってしまったし、そうかと云って引込みもつきにくい、いわば進退谷《きわ》まったのであった。どっしり坐った尻を、提げてよいのか、据えていいのか自分にも判断が出来なかった。

　けれども少時《しばし》すると、瞑《つぶ》っていた竹中の眼が見開かれた。低い声音で、

「味介――近《ちこ》う」

　と、呼ばれて、

「はアい！」

　ぬくぬくと味介は、いざり出た。

「汝《そち》は嘸《さぞ》かし、この重治を恨んでいよう。憤っていよう。どんなにか口惜しく、主家の仇《あだ》として俺《わし》を憎んでいるだろう。が然し、逸《はや》まってはならぬぞよ。お香どのと松寿どの、御両人についての真相は――やがて――遠からず判明する時が来る。かならず来るぞよ。それが何時《いつ》わかるかといえば、荒木

の、あの伊丹の城が籠城の力竭《つ》きて陥る時の来た暁じゃ！」

わきから典薬が、

「殿っ、どうぞお静かに！　さようにものを仰有《おっしゃ》ってはいけませぬぞ。この上御喀血あそばしては、由々しい御衰弱がまいりまする！」

と、制した。

しかし竹中は、構わぬという風に手を振った。そして言葉が続いた。

「つまり――官兵衛殿の生死が、はっきりと解る時が来れば、おのずとお香どの、松寿どのの真の消息が知れてまいろう。……味介よ、もはや余命はどれほども残らぬ重治が、ここで汝《そち》に出会ったのを倖《さいわい》に、申しておく。竹中の遺言じゃ。俺の死んだ後、官兵衛殿の生死いずれにもせよわかり次第、汝《そち》は、竹中の城――菩提山へ――行くがいい！　ただ行けばいいのだ。よいか？」

「は、はい！」

味介は、まるで引き込まれるような不思議な力を感じた。仰《ぎょう》に寝て、身動《みじろ》きもせず、細い声で発音された言葉に、譬《たと》え様《よう》もない希望が鼓舞せられるかの如《ごと》く思われた。もちろん竹中の言葉の含蓄は、味介に解る筈《はず》がなかった。云われたことは、云われた通りにしか理解できないのであるが、それにもかかわらず、無性に嬉しさをおぼえた。同時にまた、竹中に対して非常に済まなかったという気もした。なぜかは解らないが、竹中を仇として怨んでいたことが、飛《と》んでもない間違《まちがい》だったという感じなのである。

（ああ俺は、竹中の殿の御寿命を、ちぢめたかも知れない。おれが此処《ここ》へ、こうして現れなかったら、血をお吐きにはならなかったかどうか、それは解らないけれど――）

再び遺言

それから二箇月あまり経った。

五月雨が降りやんで、梅雨明けの夏が来るまで、味介は伊丹城内の偵察へ、あらゆる苦労を重ねたが、籠城堅固な敵城内の模様は、官兵衛の安否に関する限り、すこしも嗅ぎ出せなかった。

「城は落ちなくも、官兵衛様のお生死《いきしに》さえ判ってくれれば、菩提山へ行けるのだが——ちぇえ、自烈《じれっ》たいなあ！」

明けても暮れても、歯ぎしりと、地団駄ばかりで暮すのだった。

「ああ癪だ、癪だ！　なんて業の煮えることだア！」

味介は、敵城の塁壁を睨むばかりでなく、遠巻の兵糧攻めで長陣《ながじん》を根気よく張りつづけている味方の諸軍勢をも、憎々しげに罵《ののし》らずにはいられなかった。

だが、なんと熅《いき》んでも、焦立《いらだ》っても、一人の念力でどうなるものでもない城攻めなのである。攻囲の織田軍は、司令官の明智光秀を初め、諸将はいずれも糞落着《くそおちつき》に腰を据えて、

（どうせ力攻めでは落ちない城だ）

と、決めてかかった。

暑い六月も半ば過ぎた或《あ》る日のこと。

遠巻といっても攻囲軍の最前線は、ほぼ城の外郭《そとぐるわ》の濠端《ほりばた》に接していたから、城下町は、その第一線の後方《うしろ》になって、城に附属した町が、あべこべに寄せ手の御用をたす商人街に変ってしまった。銀屋《しろがねや》八右衛門の店舗《みせ》も、勿論《もちろん》そうした商家の一軒だった。味介は、この銀屋の世話になっていたのである

が、今日も朝から、相変らず無駄骨を磨《す》りへらして、ぐったりと肉体よりも余計気疲れがひどく、外出から戻るとごろりと横になって、大粒の汗を流しながら眠るともなく眠ったのだった。

「おうい、起きろ」

味介は、呼びさまされた。

主家姫路小寺の重臣、栗山善助が立っていた。

「やあ、栗山殿いらっしゃいませ。——ええと、何か手掛りでもございましたか？」

「手掛り？　それは此方《こちら》で訊くことだ。只今播州から着いたばかりじゃ。とうとう竹中重治の殿が、平山の御隠所で、お亡くなりなされた」

「おう、とうとう！」

「む！　実に惜しまれた死であったが、御命数が竭《つ》きてなあ。筑前守様は諦めきれぬと仰有ったそうだが、しかし大往生だったという。俺《わし》は御臨終には会えなかったが、その二日ほど前に、俺へ御遺言があったのじゃ」

「竹中の殿からですか？」

「そうだ。ちょうど汝《おまえ》に向って、尼ケ崎の街道ばたで仰有ったという、あのお言葉と少しも変らない御遺言なのだ」

「そんなら同じことを、お前様にも！」

「だから善助は、石に噛りついてもという覚悟を固めて、入道様のお許しも頂き、官兵衛様の御安否を突き留めないでは二度と播州へ帰らぬつもりで、やって来たのだ」

「ああ御尤《ごもっと》もだ、御尤もだ！」

と、味介が胴間声を顫《ふる》わせた。

「おれは、汝《おまえ》と一緒に、城内へ忍び込もうと思う」

「結構です！　やりましょう」

「二人のうち、どちらかが命を捨てれば、一人だけは突き留めた御安否の確証を握って、生きて戻れようではないか？　やり損ねて二人とも、斬死《きりじに》を遂げたところで、格別惜しくもない命だ。ふたりが死ねば、志を継いで呉《く》れる者が、かならず出てくる。国元には、母里太兵衛らがおるし、ここには銀屋がいて厄介を厭《いと》わないし、あとのことは、そう心配せんでもよくはないか？」

栗山善助が、潜入して敵状を探ろうという相談をかけたので、味介は躍りあがって悦《よろこ》んだ。独りでもやりたい冒険なのである。しかし味介はこれまで何遍もこの冒険を思い立ち、そのたびに、銀屋の八右衛門に無謀は止《よ》せと云って留められた。考えてみれば、生還は到底むつかしい。よしんば主人官兵衛の消息を知ることが出来たにしても、殺されて了《しま》えばそれを人に告げるわけにゆかない。安否の消息が、闇から闇へ葬られることになれば、犬死にちがいなかった。味介は、腕をさすりながら、今日まで怺《こら》えていたのだった。

「善助殿ッ、お前さまさえそのおつもりなら、さっそく今晩にも忍び込むことにしましょう！」

「よかろう。俺には相当これで自信があるのじゃ。ここへ来るまでの道中で、ありったけの智慧を搾ってみた」

「ほう、うまい思案が、おつきなすったんですかい？」

「うまい思案かどうか、それはその場にぶッつかって見ないことには解らぬけれど――どうじゃ味介、汝《おまえ》はもう長い間、伊丹城と睨めッこで暮してきているから、城のどの方角がどうなっているくらいは知っているだろう。牢屋のある場所は、二の丸か、三の丸かな？」

「善助殿には、城の牢屋のなかに官兵衛様が繋がれていらっしゃるというお見込だと見える。だけどですね、去年このかた敵方に云わせると、官兵衛様は籠城の軍師におなんなすって、本丸に納まっておいでなさると申しますぜ。わたしの考《かんがえ》だと、もしか官兵衛様が生きてござらっしゃるとすれば、城内の奥深い場所で、見張りだけは厳重でも、取扱いは、うんと丁寧なんじゃないかと思いますがね」

味介がそう云うと、栗山はさも信ずる所がありげに微笑《わら》った。

「左様か、だがともかくも濠端について、城の総構を、ひと廻りして見よう」

栗山善助は味介を戸外へつれ出した。日は丹波高原に傾いて、国境の峯の夕映えが赤く、城の外郭をめぐる石垣が、黒い影を濠の水に落していた。膠着状態の戦線は、これでも戦をしているのかと怪しまれるほど、静かで、たまに監視兵の姿が目につくだけなのである。

「穏《おだや》かだのう」

「根くらべですよ。だから厭《いや》になッちまう」

濠端

ふたりは濠を繞《めぐ》って、黄昏《たそがれ》のなかを歩いた。歩いてゆくうちに、両三度、警戒網にかかって誰何《すいか》された。しかし、味介の顔は包囲軍のどの陣地でも知られていたし、割符を持っていたから、通りぬけは自由だった。

かなり隔たった場所から銃声が二回ほど聞《きこ》えた。

「撃ったな。敵も油断はないらしい」

「そりゃあ鵜の目、鷹の目ですよ」

濠の幅が、目立って広くなった。

此方岸《こちら》から城側の堤《どて》までは五十間以上もあろう。しかし水面が大きいだけに、防禦用の石垣は低く、土居も急ではなかった。

「水は、深いか知《し》ら？」

と、栗山が云った。

「水は五六尺くらいでしょうが、底の泥が深いと云います」

味介が答えると、

「やはり泳いで越すほかないね」

「あ、そうそう、牢屋は何処《どこ》かって云わっしゃいましたね」

「云ったよ。その見当をつけるために出掛けてきたのだ」

「左様でしたか。そんなら彼処《あそこ》ですよ、牢屋は」

「どこさ？」

「あの低い石垣の上の土手に、樹が茂っていましょう。たしかあの向《む》こうの辺《あたり》だということです」

「そうすると、三の郭内かな」

「あすこ辺は、二の丸内でございますよ」

「どちらでもいい。が、ちょうど都合のよかりそうな場所だぞ味介！」

「どうしても牢屋にちがいないという御察見なんですか？」

味介は、立ちどまって、小首を傾げた。

「泳げるか？」

と、栗山も足をとめて、そして訊いたのである。

「わたし？　そりゃあ泳げますとも、歩くよりも上手なくらいです。だけど、お前様はどうして牢屋ばかり覘《ねら》わっしゃる？」

心もとなそうに味介が質《たず》ねた。

「十のうち九つまでは牢に押込められていらっしゃると思うのだ。ただ残る一つだけに、或《あるい》は殺されてしまっておいでなんじゃないかという疑《うたがい》が引ッかかる――けれど、まあそんな事はあるまい。おそらく牢の中だろう」

「そりゃお前様の独合点《ひとりがてん》というものだ」

「そうじゃないのだ。実をいうと、これは竹中の殿から授かった分別なのだ。官兵衛様が生きておいでで、それで牢に繋がれていらっしゃらないとすれば、あの智慧者の殿のことだ。なんとしても是《これ》これ爾《しか》じかだという音沙汰をなさる筈だ。しかるに、半年余り経っても御消息が、さっぱり解らん。――なぜ、解らんのか？　そう考えてみると、牢内に監禁されていらっしゃるに相違ない、ということになるではないか」

「なアるほど。聴いてみれば至極《しごく》解りやすい理窟ですね」

「その解り易い理窟が、久しいこと解らずにいたのだから、俺《わし》も自分ながら情なくなったぞよ。竹中の殿から教わって、ようやく気がついたのじゃ」

「よし、呑込めたッ！」

味介は、忽《たちま》ち勇み立って、肋骨《あばらぼね》の上を、握り拳で、どんと叩いた。

「これさ待ってくれ。話はこれからが肝腎なのだ」

と、栗山が制すのを、聞きも敢《あえ》ず、

「そりゃそうでしょうとも！　いずれ夜が更けて、城の不寝番《ねずのばん》が居睡《いねむり》の出る時刻になったら、ここんところの濠を泳ぎ越し、牢屋へ飛び込んで番卒どもを、片ッぱしから、みなごろしにして――」

「味介！　それが早呑込みだと申すのだ」

「へえ、違いますか？」

「大違いだ！」

「どう違います？」

「今夜はまず瀬踏みという段取よ」

「せぶみ、と云いますと？」

「ここを泳ぎ越して、牢屋へ忍び込んでからが、汝《おまえ》の思わくとは大違いなのだ。――そろそろ戻るとしよう。話は歩きながらでも出来る」

栗山善助は、先に立って夕靄《ゆうもや》のなかを歩き出した。

闖入《ちんにゅう》

宵の口から曇ったのであろう。空には星影ひとつ瞬かぬ真の闇だ。

泳ぎながら、小さい声で、

「暗すぎますねえ」

と、味介が云った。

「結局はこの方が宜かろう」

栗山善助も細い声で答えた。

ふたりとも素裸で、頭の上に、刀と、包み物を二箇ずつ結わいつけていた。

どちらも達者な泳ぎ手であるから、なんの造作もなく向う岸に着いて、石垣をよじ登ると、見張りの士卒が居た。

そこで顎に結んだ紐を解いて、腰に刀を挿《はさ》み、包も一緒に提げ替えてから、手探りと、爪先さぐりで木立のなかを進んでゆく。

やがて葉がくれに淡く灯影《ほかげ》が洩れた。

「あれでしょう！」

と、味介が囁《ささや》いた。

「む！」

栗山善助も傑《すぐ》れた骨格の持ち主だ。逞しい巨大漢の味介と、こうして全裸体で肩を並べて城内へ侵入した状《さま》は、もしこれが昼の明るみに曝《さら》されたなら、ほとんど、類人猿の出現のように見えたでもあろう。

だが、ぬばたまの闇は、四辺《あたり》をぬりつぶしていた。ふたりは暗黒を縫って、牢獄の建物に辿りついた。

むろん手順はきめてあった。囁き交しもせず、番卒の詰所へ卒然と闖入したのである。夜警の者は四人詰めていたが、あまりにも激しい驚愕《おどろき》に打たれて、「げえい」と喚いた叫声《さけびごえ》さえ押ッ潰れた。

四人が四人とも、べたべたべたッと腰の蝶番《ちょうつがい》が外れたように尻居にすくんでしまったのは、極度の恐怖のためだった。裸形の闖入者の怪異の姿は、灯火《ともしび》の薄ら明りの中で、現実の大きさよりも遥かに尨大《ほうだい》な嵩《かさ》に感じられたからである。

さながら仁王像が動き出して突如現れたかの如く出現した両箇《ふたつ》の怪物——それを人間とは思われず、まさしく化物だと番卒らが怖れおびえたことは、闖入者としては勿怪《もつけ》の倖《さいわい》だった。栗山善助が、味介へ、

「猿轡《さるぐつわ》ッ！」

と、云うが早いか番卒の一人に、轡の布を銜《は》ませた。味介もおくれず、栗山に倣《なら》った。むろん猿轡だけでなく、ぐるぐるまきに手足を縛りあげた。のこる二人の番卒が、このとき援《すく》いを求めて大声を張りあげたなら、それを聞きつけて郭うちの城兵が騒ぎ立てたでもあろう。そうすれば栗山の予期したように、今度は瀬踏みだけのことで終ったかもしれない。だが倖なことには、のこる二人も同じ様に猿轡を、喚きもせずに喰わされた。

「思いのほか巧くいったな」

「こうなりゃあ此方《こっち》のものですよ」

「だけど、察見どおりこの牢内なら有難《ありがた》いのだが——」

栗山善助は、そう呟《つぶや》いて、持ってきた小判と銀子《ぎんす》の包を解いた。提げてきた二箇《ふたつ》の包は、一方が縛るための縄と猿轡の布であったし、もう一箇は金銀の包だ。いうまでもなく、買収用の金貨銀貨なのである。

「見せますか？」

味介も小判と銀子を出した。

栗山は、ざくざく音をさせて番卒どもに、金銀を示した。すると味介は、小判と銀子を持って廻って、

「どうじゃ欲しかろうが？　欲しけりゃあ呉れて遣ってもいいのだ！」

と、人別に目の先へ突きつけたので、脅えきった番卒にも、それが金銀であることが解り、あながち自分らは命を奪《と》られるとは限らないという微《かす》かな安堵が感じられて、いくぶん人心地が戻ってくるのだった。

「しかしただは呉れて遣らぬぞ！　正直に、匿《かく》さず、返事をすることだ」

栗山善助は、そう云ったかと思うと、ぎらり腰の大刀を引き抜いた。すると味介が、それを待ちかねていたらしく、一段と長い大太刀の鞘を払って、

「やい野郎共！　うそ偽りを申したら、大枚な金銀を摑ませるかわりに、この切味の結構な刀ですっぱり引導を渡して、娑婆《しゃば》の苦労を消して遣わす！」

こんども人別に、刀の峯《みね》で一々頸《くび》の附根を撫でて廻った。

番卒どもは、真っ青に顫《ふる》えて、猿轡の下で、

（ひゃあッ！）

と、挫《ひし》げた。

土牢の湿気

そのとき栗山が、ふたたび金銀を、ざくり掌《てのひら》ですくって、

「どうじゃ？　これだけあれば此《こ》の城が落城しても、逃げ出すか、降参するかして命助かったのち当

分は、のんびり安楽に暮せようというものじゃ。兵糧は食えば竭《つ》きる。食う物が竭《つ》きたら城は落ちるにきまっている。だから大切なのは後々の思案じゃ。な！　そこで肚《はら》を決めて本当のことを云ってくれ。ありのままに云って貰えば、持ってきただけの金銀は、みんな汝《おまえ》らのものになるのだ。――さあ、偽らず申せ。小寺官兵衛という御方が、この牢のなかに押籠められていらっしゃる筈だが、それに相違ないか？」

そう訊ねると、猿轡の番卒どもは、目を見合わせたが、やがて一人が、こくりと、おおきく頷いたのであった。

味介が覚えず、

「しめたっ！」

と、叫んだのは無理もなかった。ああ――かくも容易《たやす》く目的に近づけようとは！

栗山にしても想《おもい》は同じく、嬉しさを胸一ぱいにたたえて、

「うむ、相違ないだろう！　して、御無事か、御、御無事でおわすかッ？」

と、訊ねた。

番卒の一人が、またも頷いて見せる。

「く、く、栗山殿ッ！」

「お、味介ッ！」

ふたりは抱き合わぬばかりに寄り添って、互《たがい》に犇《ひし》と腕を握り交さずにはいられなかった。

「成功じゃ！」

栗山善助は、そう味介に言捨てて、すぐさま獄卒の足縄を緩めた。

まず頷いた男の足を自由にしてやって、ぐいっと引立てたのである。

「鍵は？　持っているか？」

（持っている）と、その番卒が頷いて答えた。

「よし！　そんなら案内せい」

云われるままに獄卒は、歩き出した。

「味介、いよいよ首尾がいいぞよ！」

と、栗山が顧みた。

しかし味介は、言葉が出なかった。総身が鳥肌に粟立つ悦ばしさなのであった。

獄卒が導いたのは、階段を下りてゆく地下牢だった。

「待て、口も手も、利けるようにして遣わす」

栗山は、暗黒な土牢の廊下で、獄卒の、縄と猿轡を解いた。もう観念しきった獄卒は、神妙に懐から鍵を取出した。

板鉄《いたがね》ばりの扉の錠前に、がちり、鍵の入った音がする。

息づまるように湿っぽい。そして黴臭《かびくさ》い土の匂《におい》がぷうんと鼻をさす。

けれども酷《ひど》い場所だと、この陰惨を憤る心の余裕などは、栗山にも味介にもなかった。

「お殿さまッ！　官兵衛さまア！」

と、まず怺《こら》え性を吹ッ飛ばした味介が叫んだ。

重い扉が、ぎいーっと開く。

「殿ッ、栗山善助にござりますッ！」

「味介でございますッ！」

灯《あかり》のない獄舎の内部は、見張る眼の痛いほどの闇である。

官兵衛の姿は全く見えない。寝ているのか坐っているのかさえ解らない。のみならず、うけ応えすら無かった。両人の頭には、重苦しい不安が咄嗟《とっさ》に蔽いかぶさる。

「お、お、お殿様あ！」

味介は泣かぬばかりの声で、喚いた。

栗山と雖《いえど》も亢奮《こうふん》は烈《はげ》しかった。嵐のように焦燥の情が渦巻いたのであるが、さすがに用心ぶかく、獄卒の手頸を握った片手は依然そのままだった。いつ心変りがして、逃げ出すか知れない。ここで逃げられたら折角《せっかく》の首尾が打ち壊れる。

だが嬉しや、殿のお声！

まぎれもない官兵衛の声音——

「——栗山と、味介が、来てくれたのか！」

きくと斉《ひと》しく、

(おお御無事、御無事っ！)

栗山は、心で喚くが否や、腰に挟んでいた縄で、ぐるぐるッと、またも、獄卒の手足を縛り括った。

「呀《あ》あ、あ、あ、にげはしません！　だ、だ、大丈夫です。ど、ど、どうぞ！」

縛られた獄卒が哀れッぽく訴えるのを、

「畜生ッ、黙れい！」

と、足蹴に突ッ転がして。

官兵衛の声を頼りに、近づく栗山。

その間に、味介は、ただ男泣きに泣き倒れていた。

「栗山よ、味介よ。――わしは運命の波に攫《さら》われて、漂いつくべき陸《おか》を見失ったが、それでも今日今夜まで絶望はしなかったぞ。ただ膝の骨が腐ってしまった」

「えッ、なんと仰有りますッ？」

栗山は、匐《は》い寄ったし、味介は呻《うめ》いた。

「――土牢の湿気に蝕まれた。今は一足も歩けないのだ」

官兵衛は静かな言葉つきで、かかる重大事を告げたのであった。

何故《なにゆえ》の沈黙ぞ

地下の牢獄から救いだされた官兵衛は、豪力味介の背に担《にな》われて伊丹城の二の丸曲輪《くるわ》から脱出することが出来た。

濠を越す時は、腐爛《ふらん》した脚部を水に浸さぬように、栗山善助が自分の頭と肩で、主君の下半身を支えつつ泳いだ。そして上半身は味介がこれを擁して、水を捌《さば》いた。

落着く先は、銀屋八右衛門の家であった。官兵衛はその途中で、妻のお香と、嫡男の松寿の身に降りかかった災厄と、菩提山で斬首の刑に惜《あた》ら生命を落したことを聞いた。竹中重治の病死と、遺言の件についても聞いた。

だが官兵衛は、聞くにつれて、ただ要《かなめ》、要で頷くのみ。一言も自分からは語《ことば》を洩らさなかった。背負っている味介も、そばに附添う栗山も、まったく主君の胸中が解《げ》せなかった。

（ああ、これほどの大事を！　申し上げたのに、なぜ押黙っておいでなのだろう？）

疑念は疑念を生んで、それが太息《といき》となって出る。嬉しさが、半分ほども掻き消されそうな気さえする。

（さまでに御弱りなのであろうか？　お頭《つむり》までが御衰弱かしら？）

三百日にも近い土牢入りは、膝の骨を腐らせたばかりでなしに、あの明快緻密な頭脳をも蝕んだのかと案じられ、憂えられたのだ。

しかし味方の陣地の夜警に出会って、

「何者だ？」

と、訊かれた時は、味介が、凄《すさま》じい元気で、

「これは羽柴殿の軍参謀、小寺官兵衛殿じゃ！」

と、呶鳴った。

夜警の哨兵は、呆気にとられた。

（官兵衛殿といえば、敵城の軍師とやらになったというのに、はてさて訝《おか》しな。一体それが？）

首を捻《ひね》る間に、その官兵衛を背負った丸裸の巨大漢と、もう一人の、これも裸体《はだか》の武士が、さっさと行き過ぎてしまう。

（おれは夢を見てるのではないかな？）

哨兵は、もう一度首を捻り直した。

去年の十月以来、はじめて安眠の一夜を銀屋八右衛門方で過した官兵衛は、翌日、攻囲軍の総督へは銀屋を以《もっ》て脱出の顚末を報告させることにして、轎で有馬の温泉へ赴《おもむ》いた。

癘湿《れいしつ》の獄生活は、肉体を甚《はなは》だしく疲憊《ひはい》させていたから、湯治によってこの衰弱を癒そうとしたのだ。湯に浸かること十日ほどで、眉をひそめさせた全身衰弱が、どうやら栄養を取戻せたので、

「栗山、おことは播州へ還ってくれ。わしが伊丹城の牢獄から脱出できたということは、銀屋の注進で平山御陣に知れてはいる筈だが、さぞかし父上は、おことからの報告をお待ち兼ねであろう。官兵衛が命を全《まつと》うしたと聞《きこ》し召さば、羽柴の館もお安堵下さるだろう。また出直して参るとも、一度還って、詳しく申し上げてほしい」

官兵衛は、栗山善助を播州平山の羽柴本陣へむけて発たせた。

有馬の湯は、瘡《そう》の疵《きず》には特効があった。爛《ただ》れ腐った両膝は、めきめき治って、栗山が報告を済ませて平山陣から、秀吉と姫路入道の、たとえ様もない歓《よろこび》を齎《もたら》して戻ってみると、疵口はすっかり癒着していた。

けれども、膝蓋骨《しつがいこつ》から脛骨《けいこつ》が蝕まれた為に、官兵衛の右の一脚は、曲ったままで癒着し、屈して伸びなくなってしまった。

「味介よ、頼みがある」

「はい、どんな御用なりと」

「栗山は立戻って呉れたし、一緒につれて来た侍どもや若党で、人手はあり余るくらいだし、わしもこの通り、跛は曳くが、もう独り歩きは自由だから、汝《そち》の背中をかりることは止《よ》そうと思うのだ」

「嬉しいような、だけど味気ないようでもある、お話でござりますな」

「なんの、味気ないことがあるものか。そこで頼みというのは、汝《そち》に、美濃の菩提山まで行って貰いたいのじゃ」

「おお、菩提山のお城へでござりますか。それはもう行くなと仰有っても参りたい所でござります。それが竹中の殿の御遺言なんでござりますもの――」

味介は、菩提山へ行きさえすれば、なにか深いいわれのありそうな、奥方と若君の死の真相が解るのだと思うと、胸がわくわくした。

（殿が、なぜ御両方のことを、おくびにもお出しにならなかったか？　それも、あちらへ行って見れば解るのかも知れない）

そんなふうにも思われるのだった。

月の花

味介が菩提山の城についたのは、七月の半《なかば》に近い日であった。

菩提山のあるじは、亡き重治の嫡男の重門で、まだ二十歳に満たぬ青年城主だった。

若き竹中重門は、父の優秀なる血を享《う》け、思慮分別に長《た》け、文学でも武道でも人にすぐれ、少年時代から夙《つと》に将来を嘱望されていたので、父重治の死を惜しんだ人々にも、菩提山には良い後継《あとつぎ》があるから、竹中の家は先の暗いという感じは少しもないと思われた。

重門は、味介が来るのを待ちわびていた。あるいは栗山善助が見えるかも知れぬと、そうも思ったが、いずれにしても、もう来なければならぬ日取だという気がした。

ちょうどそこへ、味介が訪れたので、

「む、参ったか。彼男《かれ》は父上の御遺言を尼ケ崎の街道で承わった男じゃ。ちと内密に物語る筋もこれあるによって、人払いをいたせ」

重門は、腹心の近習に申し付けて、側近を遠ざけ、密々に引見したのだった。

味介に会って、重門が如何《いか》なることを話したのか、それは城内の武士たちにも解らなかった。

その日から二日経った。三日目に、重門は安土に出府するのだと云って微行の供揃えを命じた。そしてあくる朝、城を出た。

安土着は、日の暮れ方であった。

昼のうちこそ暑さはまだ残っていたが、夜ともなれば秋をおぼえる。仲秋の月光の冴えには一月《ひとつき》早いけれど、それでも山の端を昇る円《まど》かな月に清涼が感じられた。

信長は天守閣のうしろの苑《にわ》におり立って、独り、月の出を眺めていた。

太刀持の侍童さえ、遠慮して間隔《あわい》をとって凝《じ》っと踞《しゃが》んでいる。珍しく信長は、何か思案に沈んでいた。小姓にも、それが解ったのである。

やや暫《しばら》く佇《たたず》んで動かぬ信長だった。

と、小径《こみち》に、森乱丸の弟、力丸が、兄にもまさる優姿《やさすがた》を現した。

「申し上げまする」

「なんだ?」

「菩提山の竹中重門殿、出府され、只今《ただいま》御登城におよばれました」

「ああ重門か、重門ならすぐ会って遣ろう。ちょうど今、死んだ竹中のことを、いろいろ想い出していた所だった」

「御座所へ成らせられまするか?」

「いい月が出た。ここへ呼べ」

「は、――では御中庭の御木戸口から導きまする」

「そう致せ」

信長は、苑石《にわいし》に腰かけた。なおも感慨ぶかげな面持で、力丸が重門を伴って入ってくるのを待った。

「竹中、近う寄れ」

小径から入ってきた重門は、

「は！」

距離をおいて畏《かしこ》まって、

「卒爾《そつじ》ながら本日罷《まか》り出《い》でましたる儀は、亡父重治申し遺して此の世を去りし或る一事につきまして、恐れながら上の思召しをお伺い申し上げたき所存にござりまする」

「む、重治の遺言とな。まずそれを聴こうぞ。そこは話が遠い。ずっと寄るがいい」

「は、有難き倖せ。しからば御免蒙りまする」

重門は、進み出て、

「父の申し遺しましたのは、小寺官兵衛の消息判明せば、これこれのものを、上の御覧にそなえよ、との事でござりました」

そう云うと、信長は如何にも残念そうな声音で、

「おう、官兵衛には実に酷《きつ》い惨苦を嘗《な》めさせた。あれは抑々《そもそも》無理な使者《つかい》を命じた予《わし》が悪かったのだ。おまけに一旦の憤《いきどおり》にまかせて、無辜《むこ》なお香と松寿の首を、無慚《むざん》にも斬れと申付けて、いまは亡き重治に斬らせた。おもえば不覚の至りであった。信長一生の大失策じゃ！」

つくづく自らを責めて云うのだった。

「上！」

「む！」

「もしも、官兵衛の妻子が、この世に生きておりましたならば、上には、すべての咎《とが》を、おん許し下さりましょうや？」

「なに、咎を？　重門よ、咎あるものなら予《わし》は、悔みはせん。――官兵衛に対して、どうにも償《つぐな》いがつかぬによって、信長は困りきっている」

「おお、さまでに仰せられまするか！」

「申すとも！」

信長は、真実しょげていた。

豪放不羈《ごうほうふき》、蓋世《がいせい》の雄たる此の人には、いまだ曾てかくまでの意気銷沈《いきしょうちん》はなかったろう。

重門が、

「では亡父の遺言にしたがいまして、上様の御覧に供しまする」

「何か形見の品物か？」

「――只今」

やがて重門は、退《さが》って行った小径から、ふたたび信長の面前に戻った。

そして引具して来たのは――

菩提山で、竹中重治によって討たれた筈の、官兵衛の妻お香と、一子松寿の母子ふたりだったのである。

（あ！）

──信長ほどの英雄も、ぎッッとして身を硬《こわ》ばらせた。息を詰めた。眼を据えた。

──しずかに歩みよる母と子！

（生きていたのか！）

と、思う刹那《せつな》に、さながら電光《いなずま》のごとく頭に閃《ひらめ》いたのは、

（おう流石《さすが》流石、重治なればこそ、よくぞ斬らなかった！　一言の諫《いさめ》もせず、二つ返事で引受けて、首斬ったと寔《まこと》しやかに申述べ、実はひそかに命助けたということは、あの重治でなくば成し得ぬわざじゃ！　ああ官兵衛は良き友を持った。持つべきものは、すぐれた友人ぞ！　倖にも官兵衛は、万死の災難を毅然と堪《た》えしのいで呉れた。官兵衛の一命に恙《つつが》なかったことを、どんなにか重治は冥土で悦んでいよう！　竹中の亡き今は、こんどこそ唯一無二の参謀として秀吉を輔佐《ほさ》する官兵衛じゃ。その官兵衛に、これでどうやら合わす顔が出来た。重治よ、有難う──礼を云わせてくれ！）

咄嗟のまに、これだけの観念が意識のおもてを通過した。

「──お香！　松寿！」

信長は、ただそう云ったきりで、少時《しばし》は言葉なしに、じいっと、地に畏《かしこま》った母子の姿を、斜《ななめ》に差す月の光の中で見まもるのだった。

虫の音が、広苑《ひろにわ》の草むらで、涼しげにすだいた。

二流の人

坂口安吾

坂口安吾　1906 ~ 1955

新潟県生まれ。東洋大学印度倫理学科卒。1931年、同人誌「言葉」に発表した「風博士」が牧野信一に絶賛され注目を集める。太平洋戦争中は執筆量が減るが、1946年に戦後の世相をシニカルに分析した評論「堕落論」と創作「白痴」を発表、“無頼派作家”として一躍時代の寵児となる。純文学だけでなく『不連続殺人事件』や『明治開化安吾捕物帖』などのミステリーも執筆。信長を近代合理主義者とする嚆矢となった『信長』、伝奇小説としても秀逸な「桜の森の満開の下」、「夜長姫と耳男」など時代・歴史小説の名作も少なくない。

第一話　小田原にて

一

天正十八年、真夏のひざかりであった。小田原は北条征伐の最中で、秀吉二十六万の大軍が箱根足柄の山、相模の平野、海上一面に包囲陣をしいている。その徳川陣屋で、家康と黒田如水が会談した。この二人が顔を合せたのはこの日が始まり。いわば豊臣家滅亡の楔《くさび》が一本打たれたのだが、石垣山で淀君と遊んでいた秀吉はそんなこととは知らなかった。

秀吉が最も怖れた人物は言うまでもなく家康だ。その貫禄は天下万人の認めるところ、天下万人以上に秀吉自身が認めていたが、その次に黒田如水を怖れていた。黒田のカサ頭（如水の頭一面に白雲のような頑疾があった）は気が許せぬと秀吉は日頃放言したが、あのチンバ奴《め》（如水は片足も悪かった）何を企むか油断のならぬ奴だと思っている。

如水はひどく義理堅くて、主に対しては忠、臣節のためには強いて死地に赴《おもむ》くようなことをやる。カサ頭ビッコになったのもそのせいで、彼がまだ小寺政職《まさもと》という中国の小豪族の家老のとき小寺氏は織田と毛利の両雄にはさまれて去就に迷っていた。そのとき逸早《いちはや》く信長の天下を見抜いたのが官兵衛

（如水）で、小寺家の大勢は毛利に就くことを自然としていたが、官兵衛は主人を説いて屈服させる。即座に自らは岐阜に赴き、木下藤吉郎を通して信長に謁見、中国征伐を要請して、小寺家がその先鋒たるべしと買ってでた。このとき官兵衛は二十を越して幾つでもない若さであったが、一生の浮沈をこの日に賭け、いわば有金全部を信長にかけて賭博をはった。持って生れた雄弁で、中国の情勢、地理風俗にまでわたって数万言、信長の大軍に出陣を乞い自ら手引して中国に攻め入るなら平定容易であると言って快弁を弄する。頗《すこぶ》る信長の御意にかなった。

ところが、秀吉が兵を率いて中国に来てみると、小寺政職は俄《にわか》に変心して、毛利に就いてしまった。官兵衛は自分の見透しに頼りすぎ、一身の賭博に思いつめて、主家の思惑というものを軽く見すぎたのだ。世の中は己れを心棒に廻転すると安易に思いこんでいるのが野心的な青年の常であるが、世間は左様に甘くない。この自信は必ず崩れ、又いくたびか崩れる性質のものであるが、崩れる自信と共に老いたる駄馬の如《ごと》くに衰えるのは落第生で、自信の崩れるところから新《あ》らたに生い立ち独自の針路を築く者が優等生。官兵衛も足もとが崩れてきたから驚いたが、独特の方法によって難関に対処した。

官兵衛にはまだ父親が健在であった。そこで一族郎党を父につけて、之《これ》を秀吉の陣に送り約をまもる。自分は単身小寺の城へ登城して、強いて臣節を全《まっと》うした。殺されるかも知れぬ。それを覚悟で、敢《あえ》て主人の城へ戻った。いわば之も亦《また》一身をはった賭博であるが、かかる賭博は野心児の特権であり、又、生命だ。そして賭博の勝者だけが、人生の勝者にもなる。

官兵衛は単身主家の籠城に加入して臣節をつくした。世は青年の夢の如くに甘々と廻転してくれぬから、此奴《こやつ》裏切り者であると土牢の中にこめられる。一刀両断を免《まぬ》がれたのが彼の開運の元であった。この開運は一命をはって得たもの、生命をはる時ほど美しい人の姿はない。当然天の恩寵を受くべくして受けたけれども、悲しい哉《かな》、この賭博美を再び敢て行うことが無かったのだ。ここに彼の悲劇があった。

この暗黒の入牢中にカサ頭になり、ビッコになった。滑稽なる姿を終生負わねばならなかったが、又、雄渾《ゆうこん》なる記念碑を負う栄光をもったのだ。こういう義理堅いことをやる。

主に対しては忠、命をすてて義をまもる。そのくせ、どうも油断がならぬ。戦争の巧いこと、戦略の狡猾なこと、外交かけひきの妙なこと、臨機応変、奇策縦横、行動の速力的なこと、見透しの的確なこと、話の外《ほか》である。

中国征伐の最中に本能寺の変が起った。牢の中から助けだされた官兵衛は秀吉の帷幕《いばく》に加わり軍議に献策していたが、京から来た使者は先《ま》ず官兵衛の門を叩いて本能寺の変をつげ、取次をたのんだ。六月三日深夜のことで、使者はたった一日半で七十里の道を飛んできた。官兵衛は使者に酒食を与え、堅く口止めしておいて、直ちに秀吉にこの由《よし》を告げる。

秀吉は茫然自失、うなだれたと思うと、ギャッという声を立てて泣きだした。五分間ぐらい、天地を忘れて悲嘆にくれている。いくらか涙のおさまった頃を見はからい、官兵衛は膝すりよせて、ささやいた。天下はあなたの物です。使者が一日半で駈けつけたのは、正に天の使者。丁度《ちょうど》その日の昼のこと、毛利と和睦ができていた。その翌日には毛利の人質がくる筈《はず》になっていたから、本能寺の変が伝わらぬうちと官兵衛は夜明けを待たず人質を受取りに行き、理窟をこねて手品の如くにまきあげようとしたけれども、もう遅い。金井坊という山伏が之も亦風の如く駈けつけて敵に報告をもたらしている。官兵衛はそこで度胸をきめた。敵方随一の智将、小早川隆景を訪ね、楽屋をぶちまけて談判に及んだ。

「あなたは毛利輝元と秀吉を比べて、どういう風に判断しますか。輝元は可もなく不可もない平凡な旧家の坊ちゃんで、せいぜい親ゆずりの領地を守り、それもあなたのような智者のおかげで大過なしという人物です。天下を握る人物ではない。然《しか》るに、秀吉は当代の風雲児です。戦略家としても、政治家としても、外交家としても、信長公なき後は天下の唯一人者で、之に比肩し得る人物は先ずいない。たまたま本能寺の飛報が三日のうちにとどいたのも秀吉の為には天の使者で、直ちに踵《きびす》をめぐらせて馳せ戻るなら光秀は虚をつかれ、天下は自ら秀吉の物です。柴田あり徳川ありとは云え、秀吉を選び得る者のみが又選ばれたる者でしょう。信長との和睦を秀吉との和睦にかえることです。損の賭のようですが、この賭をやりうる人物はあなたの外には先ずいない。あなたにも之が賭博に見えますか。否々。これは自然天然の理というものです。よろしいか。秀吉の出陣が早ければ、天下は秀吉の物になる。この幸運を秀吉に与える力はあなたの掌中にあるのです。だが、あなた自身の幸運も、この中にある。毛利家の幸運も、天下の和平も、挙げてこの中にあり、ですな」

隆景は温厚、然し明敏果断な政治家だから官兵衛の説くところは真実だと思った。輝元では天下は取れぬ。所詮人の天下に生きることが毛利家の宿命だから、秀吉にはってサイコロをふる。外れても、元金の損はない。そこで秀吉に人質をだして、赤心を示した。

けれども、官兵衛は邪推深い。和睦もできた。いざ光秀征伐に廻れ右という時に、堤の水を切り落し、満目一面の湖水、毛利の追撃を不可能にして出発した。人は後悔するものだ。然して、特に、去る者の姿を見ると逃したことを悔ゆる心が騒ぎだす。

官兵衛は堤を切り、満目の湖を見てふりむいた。それから馬を急がせて秀吉の馬に追いつき、ささやいた。毛利の人質を返してやりなさい。なぜ？　官兵衛はドングリ眼をギロリとむいて秀吉を見つめている。なぜだ！　秀吉は痛癪を起して怒鳴ったが、官兵衛は知らぬ顔の官兵衛で、ハイ、ドウドウ、馬を走らせているばかり。もとより秀吉は万人の心理を見ぬく天才だ。逃げる者の姿を見れば人は追う。光秀と苦戦をすれば、毛利の悔いはかきたてられ、燃えあがる。人質が燃えた火を消しとめる力になるか。燃えた火はもはや消されぬ。燃えぬ先、水をまけ。まだしも、いくらか脈はある。之も賭博だ。否々。光秀との一戦。天下浮沈の大賭博が今彼らの宿命そのものではないか。

アッハッハ。人質か。よかろう。返してやれ。秀吉は高らかに笑った。だが、カサ頭は食えない奴だ。頭から爪先まで策略で出来た奴だ、と、要心《ようじん》の心が生れた。官兵衛は馬を並べて走り、高らかな哄笑、ヒヤリと妖気を覚えて、シマッタと思った。

山崎の合戦には秀吉も死を賭した。俺が死んだら、と言って、楽天家も死後の指図を残したほど、思いつめてもいたし、張りきってもいたのだ。

ところが兵庫へ到着し、愈々《いよいよ》決戦近しというので、山上へ馬を走らせ山下の軍容を一望に眺めてみると、奇妙である。先頭の陣に、毛利と浮田の旗が数十旒《りゆう》、風に吹き流されているではないか。毛利と浮田はたった今和睦してきたばかり、援兵を頼んだ覚えはないから、驚いて官兵衛をよんだ。

「お前か。援兵をつれてきたのは」

官兵衛はニヤリともしない。ドングリ眼をむいて、大そうもなく愛嬌のない声ムニャムニャとこう返事をした。小早川隆景と和睦のときついでに毛利の旗を二十旒だけ借用に及んだのである。隆景は意中を察して笑いだして、私の手兵もそっくりお借ししますから御遠慮なく、と言ったが、イエ、旗だけで結構です、軍兵の方は断った。浮田の旗は十旒で、之も浮田の家老から借用に及んで来たものだ。光秀は沿道間者を出しているに相違ない。間者地帯へはいってきたから、先頭の目につくところへ毛利と浮田の旗をだし、中国軍の反乱を待望している光秀をガッカリさせるのだ、と言った。秀吉は呆れ返って、左右の侍臣をふりかえり、オイ、きいたか、戦争というものは、第一が謀略だ。このチンバの奴、楠正成の次に戦争の上手な奴だ、と、唸《うな》ってしまった。
けれども、唸り終って官兵衛をジロリと見た秀吉の目に敵意があった。又、官兵衛はシマッタと思った。

中国征伐、山崎合戦、四国征伐、抜群の偉功があった如水だが、貰った恩賞はたった三万石。小早川隆景が三十五万石。仙石権兵衛という無類のドングリが十二万石の大名に取りたてられたのに、割が合わぬ。秀吉は如水の策略を憎んだので故意に冷遇したが、如水の親友で、秀吉の智恵袋であった竹中半兵衛に対しても同断であった。半兵衛は秀吉の敵意を怖れて引退し、如水にも忠告して、秀吉に狎《な》れるな、出すぎると、身を亡《ほろぼ》す、と言った。如水は自らを称して賭博師と言ったが、機至る時には天下を的に一命をはる天来の性根が終生カサ頭にうずまいている。尤《もっと》も、この性根は戦国の諸豪に共通の肚《はら》の底だが、如水には薄気味の悪い実力がある。家康は実力第一の人ではあるが温和である。ところが黒田のカサ頭は常に心の許しがたい奴だ、と秀吉は人に洩《もら》した。如水は半兵衛の忠告を思い出して、ウッカリすると命が危い、ということを忘れる日がなくなった。

九州征伐の時、如水と仙石権兵衛は軍監で、今日の参謀総長というところ、戦後には九州一ケ国の大名になる約束で数多の武功をたてた。如水は城攻めの名人で、櫓《やぐら》をつくり、高所へ大砲をあげて城中へ落す、その頃の大砲は打つというほど飛ばないのだから仕方がない、こういう珍手もあみだした。事に当って策略縦横、戦えば常に勝ったが、一方の仙石権兵衛は単純な腕力主義で、猪突一方、石川五右衛門をねじふせるには向くけれども、参謀長は荷が重い。大敗北を蒙《こうむ》り、領地を召しあげられる始末であった。けれども秀吉は毒気のない権兵衛が好きなので、後日再び然るべき大名に復活した。如水は大いに武功があったが、一国を与える約束が豊前のうち六郡、たった十二万石。小早川隆景が七十万石、佐々成政《さっさ》が五十万石、いささか相違が甚《はなは》だしい。

見透しは如水の特技であるから、之は引退の時だと決断した。伊達につけたるかカサ頭、宿昔青雲の志、小寺の城中へ乗りこんだ青年官兵衛は今いずこ。

秀吉自身、智略にまかせて随分出すぎたことをやり、再三信長を怒らせたものだ。如水も一緒に怒られて、二人並べて首が飛びそうな時もあった。中国征伐の時、秀吉と如水の一存で浮田と和平停戦した。之が信長の気に入らぬ。信長は浮田を亡して、領地を武将に与えるつもりでいたのである。二人は危く首の飛ぶところであったが、猿面冠者は悪びれぬ。シャアシャアと再三やらかして平気なものだ。それだけ信長を頼りもし信じてもいたのであるが如水は後悔警戒した。傾倒の度も不足であるが、自恃《じじ》の念も弱いのだ。

如水は律義であるけれども、天衣無縫の律義でなかった。律義という天然の砦がなければ支えることの不可能な身に余る野望の化け物だ。彼も亦一個の英雄であり、すぐれた策師であるけれども、不相応な野望ほど偉くないのが悲劇であり、それゆえ滑稽笑止である。秀吉は如水の肚を怖れたが、同時に彼を軽蔑した。

ある日、近臣を集めて四方山《よもやま》話の果《はて》に、どうだな、俺の死後に天下をとる奴は誰だと思う、遠慮はいらぬ、腹蔵なく言うがよい、と秀吉が言った。徳川、前田、蒲生、上杉、各人各説、色々と説のでるのを秀吉は笑ってきいていたが、よろし、先ずそのへんが当ってもおる、当ってもおらぬ。然し、乃公《だいこう》の見るところは又違う。誰も名前をあげなかったが、黒田のビッコが爆弾小僧という奴だ。俺の戦功はビッコの智略によるところが随分とあって、俺が寝もやらず思案にくれて編みだした戦略をビッコの奴にそれとなく問いかけてみると、言下にピタリと同じことを答えおる。分別の良いこと話の外だ。狡智無類、行動は天下一品速力的で、心の許されぬ曲者だ、と言った。

この話を山名禅高が如水に伝えたから、如水は引退の時だと思った。家督を伜《せがれ》長政に譲りたいと請願に及んだが、秀吉は許さぬ。アッハッハ、ビッコ奴、要心深い奴だ、困らしてやれ。然し、又、実際秀吉は如水の智恵がまだ必要でもあったのだ。四十の隠居奇ッ怪千万、秀吉はこうあしらい、人を介して何回となく頼んでみたが秀吉は許してくれぬ。ところが、如水も執拗だ。伜の長政が人質の時、政所の愛顧を蒙った。石田三成が淀君党で、之に対する政所派という大名があり、長政などは政所派の重鎮、そういう深い縁があるから、政所の手を通して執念深く願いでる。執念の根比べでは如水に勝つ者はめったにいない。秀吉も折れて、四十そこその若さなのだから、隠居して楽をするつもりなら許してやらぬ、返事はどうじゃ、申すまでもありませぬ。私が隠居致しますのは子を思う一念からで、隠居して身軽になれば日夜伺候し、益々御奉公の考えです。厭《いや》になるほど律義であるから、秀吉も苦笑して、その言葉を忘れるな、よし、許してやる。そこで黒田如水という初老の隠居が出来上った。天正十七年、小田原攻めの前年で、如水は四十四であった。

ある日のこと、秀吉から茶の湯の招待を受けた。如水は野人気質であるから、茶の湯を甚だ嫌っていた。狭い席に無刀で坐るのは武人の心得でないなどと堅苦しいことを言って軽蔑し、持って廻った礼式作法の阿呆らしさ、嘲笑して茶席に現れたことがない。

秀吉の招待にウンザリした。又、いやがらせかな、と出掛けてみると、茶席の中には相客がおらぬ。秀吉がたった一人。侍臣の影すらもない。差向いだが、秀吉は茶をたてる様子もなかった。

秀吉のきりだした話は小田原征伐の軍略だ。小田原は早雲苦心の名城で、謙信、信玄両名の大戦術家が各一度は小田原城下へ攻めてみながら、結局失敗、敗戦している。けれども、秀吉は自信満々、城攻めなどは苦にしておらぬ。徴募の兵力、物資の輸送、数時間にわたって軍議をとげたが、秀吉の心痛事は別のところにある。小田原へ攻めるためには尾張、三河、駿河を通って行かねばならぬ。尾張は織田信雄、三河駿河遠江は家康の所領で、この両名は秀吉と干戈を交えた敵手であり、現在は秀吉の麾下《きか》に属しているが、いつ異心を現すか、天下万人の風説であり、関心だ。家康の娘は北条氏直の奥方で、秀吉と対峙の時代、家康は保身のために北条の歓心をもとめて与国の如く頭を下げた。両家の関係はかく密接であるから、同盟して反旗をひるがえすという怖れがあり、家康が立てば、信雄がつく、信雄は信長の子供であるから、大義名分が敵方にあり諸将の動向分裂も必至だ。

さて、チンバ。尾張と三河、この三河に古狸が住んでいるて。お主は巧者だが、この古狸めを化かしおわして小田原へ行きつく手だてを訊きたいものだ。古狸の妖力を封じる手だてが小田原退治の勝負どころというものだ。ワッハッハ。そうですな、如水はアッサリ言下に答えた。先ず家康と信雄を先発させて、小田原へ先着させることですな。之という奇策も外にはありますまい。先発の仲間に前田、上杉、などという古狸の煙たいところを御指名なさるのが一策でござろう。殿下はゆるゆると御出発、途中駿府の城などで数日のお泊りも一興でござろう。しくじる時はどう石橋を叩いてみてもしくじるものでござろうて。

このチンバめ！　と、秀吉は叫んだ。彼が寝もやらず思案にくれて編みだした策を、言下に如水が答えたからだ。お主は腹黒い奴じゃのう。骨の髄まで策略だ。その手で天下がとりたかろう。ワッハッハ。秀吉は頗るの御機嫌だ。

ニヤリと如水の顔を見て、どうだな、チンバ、茶の湯の効能というものが分らぬかな。お主はきつい茶の湯ぎらいということだが、ワッハッハ。お主も存外窮屈な男だ。俺とお主が他の席で密談する。人にも知れ、憶測がうるさかろう。ここが茶の湯の一徳というものだ。なるほど、と、如水は思った。茶の湯の一徳は屁理窟かも知れないが、自在奔放な生活をみんな自我流に組みたてている秀吉に比べると、なるほど俺は窮屈だ、と悟るところがあった。

ところが愈《いよいよ》小田原包囲の陣となり、三ケ月が空しくすぎて、夏のさかり、秀吉の命をうけて如水は家康を訪問した。このとき、はからざる大人物の存在を如水は見た。頭から爪先まで弓矢の金言で出来ているような男だと思い、秀吉が小牧山で敗戦したのも無理がない、あのとき俺がついていても戦さは負けたかも知れぬ、之は天下の曲者だ、と、ひそかに驚嘆の心がわいた。丁度小牧山合戦の時、折から毛利と浮田に境界争いの乱戦が始まりそうになったから、如水は秀吉の命を受け、紛争和解のため中国に出張して安国寺坊主と折衝中であった。親父に代って長政が小牧山に戦ったが、秀吉方無残の敗北、秀吉の一生に唯一の黒星を印した。なるほど、ふとりすぎた藷みたい、此奴《こやつ》は食えない化け者だ、と家康も亦律義なカサ頭ビッコの怪物を眺めて肚裡《とり》に呟《つぶや》いた。然し、与《くみ》し易いところがある、と判断した。

二

温和な家康よりも黒田のカサ頭が心が許されぬ、と言うのは、単なる放言で、秀吉が別格最大の敵手と見たのは言うまでもなく家康だ。

名をすてて実をとる、というのが家康の持って生れた根性で、ドングリ共が名誉だ意地だと騒いでいるとき、土百姓の精神で悠々実質をかせいでいた。変な例だが、愛妾に就《つい》て之を見ても、生活の全部に徹底した彼の根性はよく分る。秀吉はお嬢さん好き、名流好きで、淀君は信長の妹お市の方の長女であり、加賀局は前田利家の三女、松の丸殿は京極高吉の娘、三条局は蒲生氏郷の妹、三丸殿は信長の第五女、姫路殿は信長の弟信包《のぶかね》の娘、主筋の令嬢をズラリと妾《めかけ》に並べている。たまたま千利休という町人の娘にふられた。

ところが、家康ときた日には、阿茶局が遠州金谷の鍛冶屋の女房で前夫に二人の子供があり、阿亀の方が石清水八幡宮の修験者の娘、西郷局は戸塚某の女房で一男一女の子持ちの女、その他神尾某の子持ちの後家だの、甲州武士三井某の女房（之も子持ち）だの、阿松の方がただ一人武田信玄の一族で、之だけは素性がよかった。妾の半数が子持ちの後家で、家康は素性など眼中にない。ジュリヤおたあという朝鮮人の侍女にも惚れたが、之は切支丹で妾にならぬから、島流しにした。伊豆大島、波浮の近くのオタイネ明神というのがこの侍女の碑であると云う。徹底した実質主義者で、夢想児の甘さが微塵もない人であった。

秀吉は夢想家の甘さがあったが、事に処しては唐突に一大飛躍、家康のお株を奪う地味な実質策をとる。家康は小牧山の合戦に勝った、とたんに秀吉は織田信雄と単独和を結んで家康を孤立させ、結果として、秀吉が一足天下統一に近づいている。降参して実利を占めた。

和談の席で、秀吉は主人の息子に背かれ疑《うたぐ》られ攻められて戦わねばならぬ苦衷を訴えて、手放しでワアワアと泣いた。長い戦乱のために人民は塗炭《とたん》の苦に喘《あえ》いでいる。私闘はいかぬ。一日も早く天下の戦乱を根絶して平和な日本にしなければならぬ。秀吉は滂沱《ぼうだ》たる涙の中で狂うが如くに叫んだというが、肚の中では大明遠征を考えていた。まんまと秀吉の涙に瞞著《まんちゃく》された信雄が家康を説いて、天下の平和のためです、秀吉の受売りをして、御子息於義丸《おぎまる》を秀吉の養子にくれて和睦しては、と使者をやると、家康は考えもせず、アア、よかろう、天下の為です。家康は子供の一人や二人、煮られても焼かれても平気であった。秀吉は光秀を亡しているのだから、時世は秀吉のものだ。信雄は主人の息子と一緒なら秀吉と争うことも出来るけれども、大義名分のない私闘を敢て求める家康ではない。あせることはない。人質ぐらい、何人でもくれてやる。

秀吉は関白となり、日に増し盛運に乗じていた。諸国の豪族に上洛朝礼をうながし、応ぜぬ者を朝敵として打ち亡して、着々天下は統一に近づいている。一方家康は真田昌幸に背かれて攻めあぐみ、三方ケ原以来の敗戦をする。重臣石川数正が背いて秀吉に投じ、水野忠重、小笠原貞慶、彼を去り、秀吉についた。家康落目の時で、実質主義の大達人もこの時ばかりは青年の如くふてくされた。

秀吉のうながす上洛に応ぜず、攻めるなら来い、蹴ちらしてやる、ヤケを起して目算も立てぬ、どうともなれ、と命をはって、自負、血気、壮《さか》んなること甚だしい。連日野に山に狩りくらして秀吉の使者を迎えて野原のまんなかで応接、信長公存命のころ上洛して名所旧蹟みんな見たから都見物の慾もないね。於義丸は秀吉にくれた子だから対面したい気持もないヨ。秀吉が攻めてくるなら美濃路に待っているぜ、と言って追い返した。

けれども、金持喧嘩せず、盛運に乗る秀吉は一向腹を立てない。この古狸が自分につけば天下の統一疑いなし。大事な鴨で、この古狸が天下をしょって美濃路にふてくされて、力んでいる。秀吉は適当に食慾を制し、落付払うこと、まことに天晴れな貫禄であった。天下統一という事業のためなら、家康に頭を下げて頼むぐらい、お安いことだと考えている。そこで家康の足もとをさらう実質的な奇策を案出したのであるが、こういう放れ業ができるのも、一面夢想家ゆえの特技でもあり、秀吉は外交の天才であった。

先ず家康に自分の妹を与えてまげて女房にして貰い、その次に、自分の実母を人質に送り、まげて上洛してくれ、と頭を下げた。皆の者、よく聞くがよい、秀吉は群臣の前で又機嫌よく泣いていた。俺は今天下のため先例のないことを歴史に残してみようと思う。関白の母なる人を殺しても、天下の平和には代えられぬものだ。

ふてくされていた家康も悟るところがあった。秀吉は時代の寵児である。天の時には、我を通しても始《はじま》らぬ。だまされて、殺されても、落目の命ならいらない。覚悟をきめて上洛した。

家康は天の時を知る人だ。然し妥協の人ではない。この人ぐらい図太い肚、命をすてて乗りだしてくる人はすくない、彼は人生三十一、武田信玄に三方ケ原で大敗北を喫した。当時の徳川氏は微々たるもの、海内随一の称を得た甲州の大軍をまともに受けて勝つ自信は鼻柱の強い三河武士にも全くない。家康の好戦的な家臣達に唯一人の主戦論者もなかったのだ。たった一人の主戦論者が家康であった。

彼は信長の同盟者だ。然し、同盟、必ずしも忠実に守るべき道義性のなかったのが当時の例で、弱肉強食、一々が必死を賭けた保身だから、同盟もその裏切りも慾得ずくと命がけで、生き延びた者が勝者である。信玄の目当の敵は信長で家康ではなかったから、負けるときまった戦争を敢て戦う必要はなかったのだが、家康ただ一人群臣をしりぞけて主戦論を主張、断行した。彼もこのとき賭博者だ。信長との同盟に忠実だったわけではない。極めて少数の天才達には最後の勝負が彼らの不断の人生である。そこでは、理智の計算をはなれ、自分をつき放したところから、自分自身の運命を、否、自分自身の発見を、自分自身の創造を見出す以外に生存の原理がないということを彼らは知っている。自己の発見、創造、之のみが天才の道だ。家康は同盟というボロ縄で敢て己れを縛り、突き放されたところに自己の発見と創造を賭けた。之は常に天才のみが選び得る火花の道。そうして彼は見事に負けた。生きていたのが不思議であった。

大敗北、味方はバラバラに斬りくずされ、入り乱れ前後も分らぬ苦戦であるが、家康は阿修羅であった。家康が危くなると家来が駈けつけて之を助け、家来の急を見ると、家康が血刀ふりかぶり助けるために一散に駈けた。夏目次郎左衛門が之を見て眼血走り歯がみをした。大将が雑兵を助けてどうなさる、目に涙をため、家康の馬の轡《くつわ》を浜松の方にグイと向けて、槍の柄で力一杯馬の尻を殴りつけ、追いせまる敵を突き落して討死をとげた。

逃げる家康は総勢五騎であった。敵が後にせまるたびに、自ら馬上にふりむいて、弓によって打ち落した。顔も鎧も血で真ッ赤、ようやく浜松の城に辿りつき、門をしめるな、開け放しておけ、庭中に篝をたけ、言いすてて奥の間に入り、久野という女房に給仕をさせて茶漬を三杯、それから枕をもたせて、ゴロリとひっくり返って前後不覚にねてしまった。堂々たる敗北振りは日本戦史の圧巻で、家康は石橋を叩いて渡る男ではない。武将でもなければ、政治家でもない。蓋《けだ》し稀有なる天才の一人であった。天才とは何ぞや。自己を突き放すところに自己の創造と発見を賭《かけ》るところの人である。

秀吉の母を人質にとり、秀吉と対等の格で上洛した家康であったが、太刀、馬、黄金を献じ、主君に対する臣家の礼をもって畳に平伏、敬礼した。居並ぶ大小名、呆気にとられる。秀吉に至っては、仰天、狂喜して家康を徳としたが、秀吉を怒らせて一服もられては話にならぬ。まだ先に楽しみのある人生だから、家康は頭を畳にすりつけるぐらい、屁とも思っていなかった。

秀吉は別室で家康の手をとり、おしいただいて、家康殿、何事も天下の為じゃ。よくぞやって下された。一生恩にきますぞ、と、感極まって泣きだしてしまったが、家康はその手をおしいただいて畳におかせて、殿下、御もったいもない、家康は殿下のため犬馬の労を惜《おし》む者でございませぬ。ホロリともせずこう言った。アッハッハ。とうとう三河の古狸めを退治てやった、と、秀吉は寝室で二次会の酒宴をひらき、ポルトガルの船から買いもとめた豪華なベッドの上にひっくり返って、サア、日本がおさまると、今度は之だ、之だ、と、ベッドを叩いて、酔っ払って、ねむってしまった。

小田原の北条氏は全関東の統領、東国随一の豪族だが、すでに早雲の遺風なく、君臣共にドングリの背くらべ、家門を知って天下を知らぬ平々凡々たる旧家であった。時代に就て見識が欠けていたから、秀吉から上洛をうながされても、成上り者の関白などは、と相手にしない。秀吉は又辛抱した。この辛抱が三年間。この頃の秀吉はよく辛抱し、あせらず、怒らず、なるべく干戈を動かさず天下を統一の意向である。北条の旧領、沼田八万石を還してくれれば朝礼する、と言ってきたので、真田昌幸に因果を含めて沼田城を還させたが、沼田城を貰っておいて、上洛しない。北条の思い上ること甚しく、成上りの関白が見事なぐらいカラカワれた。我慢しかねて北条征伐となったのだ。

秀吉は予定の如く、家康、信雄、前田利家、上杉景勝らを先発着陣せしめ、自身は三月一日、参内して節刀を拝受、十七万の大軍を率いて出発した。駿府へ着いたのが十九日で、家康は長久保の陣から駈けつけて拝謁、秀吉を駿府城に泊らせて饗応至らざるところがない。本多重次がたまりかねて、秀吉の家臣の居ならぶ前で自分の主人家康を罵《ののし》った。これは又、あっぱれ不思議な振舞をなさるものですな。国を保つ者が、城を開け渡して人に貸すとは何事です。この様子では、女房を貸せと言われても、さだめしお貸しのことでしょうな、と青筋をたてて地団駄ふんだ。

小田原へ着いた秀吉は石垣山に陣取り、一夜のうちに白紙を用いて贋城をつくるという小細工を弄したが、ある日、家康を山上の楼に招き、関八州の大平野を遥か東方に指して言った。というのは昔の本にあるところだが、実際は箱根丹沢にさえぎられてそうは見晴らしがきかないのである。ごらんなさい。関八州は私の掌中にあるが、小田原平定後は之をそっくりあなたに進ぜよう。ところで、あなたは小田原を居城となさるつもりかな。左様、まず、その考えです。いやいやと秀吉は制して、山を控えた小田原の地はもはや時世の城ではない。二十里東方に江戸という城下がある。海と河川を控え、広大な沃野の中央に位して物資と交通の要地だから、ここに居られる方がよい、と教えてくれた。そうですか。万事お言葉の通りに致しましょう、と答えたが、今は秀吉の御意のまま、言いなり放題に振舞う時と考えて、家康はこだわらぬ。秀吉の好機嫌の言葉には悪意がなく、好意と、聡明な判断に富んでいることを家康は知ってもいた。

二十六万の陸軍、加藤、脇坂、九鬼等の水軍十重二十重《とえはたえ》に小田原城を包囲したが、小田原は早雲苦心の名城で、この時一人の名将もなしとは言え、関東の豪族が手兵を率いてあらかた参集籠城したから、兵力は強大、簡単に陥す見込みはつかない。小早川隆景の献策を用いて、持久策をとり、糧道を絶つことにした。

秀吉自身は淀君をよびよせ、諸将各妻妾をよばせ、館をつくらせ、連日の酒宴、茶の湯、小田原城下は戦場変じて日本一の歓楽地帯だ。四方の往還は物資を運ぶ人馬の往来絶えることなく、商人は雲集して、小屋がけし、市をたて、海運も亦日に日に何百何千艘、物資の豊富なこと、諸国の名物はみんな集《あつま》る、見世物がかかる、遊女屋が八方に立ち、絹布を売る店、舶来の品々を売る店、戦争に無縁の品が羽が生えて売れて行く。大名達は豪華な居館をつくって書院、数寄屋、庭に草花を植え、招いたり招かれたり、宴会つづきだ。

この陣中の徒然に、如水が茶の湯をやりはじめた。ところが如水という人は気骨にまかせて茶の湯を嘲笑していたが、元来が洒落な男で、文事にもたけ、和歌なども巧みな人だ。彼が茶の湯をやりだしたのは保身のため、秀吉への迎合という意味があったが、やりだしてみると、秀吉などとはケタ違いに茶の湯が板につく男だ。小田原陣が終って京都に帰った頃はいっぱしの茶の湯好きで、利休や紹巴などと往来し、その晩年は唯一の趣味の如き耽溺ぶりですらあった。一つには彼の棲む博多の町に、宗室、宗湛、宗九などという朱印船貿易の気宇遠大な豪商がいて茶の湯の友であったからで、茶の湯を通じて豪商達と結ぶことが必要だったせいもある。

如水は高山右近のすすめで洗礼を受け切支丹であったが、之も秀吉への迎合から、禁教令後は必ずしも切支丹に忠実ではなかった。カトリックは天主以外の礼拝を禁じ、この掟は最も厳重に守るべきであったが、如水は菅公廟を修理したり、箱崎、志賀両神社を再興し、又、春屋和尚について参禅し、その高弟雲英禅師を崇福寺に迎えて尊敬厚く、さりとて切支丹の信教も終生捨ててはいなかった。彼の葬儀は切支丹教会と仏寺との両方で行われたが、世子長政の意志のみではなく、彼自身の処世の跡の偽らざる表れでもあった。

元々切支丹の韜晦という世渡りの手段に始めた参禅だったが、之が又、如水の性に合っていた。忠義に対する冷遇、出る杭は打たれ、一見豪放磊落でも天衣無縫に縁がなく、律義と反骨と、誠意と野心と、虚心と企みと背中合せの如水にとって、禅のひねくれた虚心坦懐はウマが合っていたのである。彼の文事の教養は野性的洒脱という性格を彼に与えたが、茶の湯と禅はこの性格に適合し、特に文章をひねくる時には極めてイタについていた。青年の如水は何故に茶の湯を軽蔑したか。世紀の流行に対する反感だ。王侯貴人の業であってもその流行を潔とせぬ彼の反骨の表れである。反骨は尚腐血となって彼の血管をめぐっているが、稜々たる青春の気骨はすでにない。反骨と野望はすでに彼の老い腐った血で、その悪霊にすぎなかった。

ある日、秀吉は石垣山の楼上から小田原包囲の軍兵二十六万の軍容を眺め下して至極好機嫌だった。自讃は秀吉の天性で、侍臣を顧て大威張りした。どうだ者共。昔の話はいざ知らず、今の世に二十六万の大軍を操る者が俺の外に見当るかな。先ずなかろう、ワッハッハ。その傍に如水がドングリ眼をむいている。之を見ると秀吉は俄に奇声を発して叫んだ。ワッハッハ。チンバ、そこにいたか。なるほど、貴様は二十六万の大軍がさぞ操ってみたかろう。チンバなら、さだめし、出来るであろう。者共きけ、チンバはこの世に俺を除いて二十六万の大軍を操るたった一人の人物だ。

如水はニコリともしない。彼は秀吉に怖れられ、然し、甘く見くびられていることを知っていた。如水は歯のない番犬だ。主人を噛む歯が抜けている、と。

だが、こういう時に、なぜ、いつも、自分の名前がひきあいにでてくるのだろう。二十六万の大軍を操る者は俺のみだと壮語して、それだけで済むことではないか。それは如水の名の裏に別の名前が隠されているからである。歯のある番犬の名が隠されて、その不安が常に心中にあるからだ。それを如水は知っていた。その犬が家康であることも知っていた。その犬に会ってみたいという思いが、肚底に逞しく育っていたのだ。

三

小田原包囲百余日、管絃のざわめきの中にも造言の飛び交うのはどこの戦場も変りがない。話題の主は家康と信雄で、北条と通謀して夜襲をかける、奥州からは伊達政宗が駈けつける手筈になっているなどと、流言必ずしも根のないことではない。当の家康の家来共が流言の渦にむせびながら腕を撫し、いつ夜襲の主命下るか、猿めを退治て、あとはこっちの天下だと小狸共の胸算用で憶測最も逞しい。

ところが、家康は温和であった。之は秀吉の用いた表現であるが、家康は温和な人だから宜しいが、黒田のカサ頭は油断のできない奴だ、ということを言っていた。

秀吉は山崎合戦で光秀を退治て天下を自分の物としたが、光秀退治が秀吉一人の手によらず織田遺臣聯合軍《れんごうぐん》というものによって為されたならば、天下の順は秀吉のところへは廻ってこない。信長には子供もあるし、柴田という天下万人の許した重臣もあり、之を覆す大義名分がないからである。秀吉は柴田と丹羽にあやかりたいというので羽柴という姓を名乗った。然しながら、柴田といえども信長の家臣だ。ところが、家康は家臣ではない。駿遠三の領主で、小なりといえども一王国の主人、信長の同盟国で、同盟国も格が下なら家臣と似たようなものではあるが、ともかく独自の外交策によって信長と相結んだ立場であった。

信長と信玄の中間に介在して武田の西上を食いとめ信長の天下を招来した縁の下の力持が家康で、専ら田舎廻りの奔走、頼まれれば姉川へも駈けつけて急を救う、越後の米つき百姓の如き精神を一貫、行動した。下克上は当時の自然で、保身、利得、立身のために同盟を裏切ることは天下公認の合理であったが、家康の同盟二十年、全く裏切ることがなく、専ら利得の香《かんば》しからぬ奔命に終始して、信長の長大をはかるために犬馬の労を致したのである。土百姓の律義であった。素町人の貯金精神というものだ。けれども一身一王国の存亡を賭けてニコニコ貯金に加入する、百姓商人に似て最も然《し》からざるもの、天下に賭けて命をはった賭博者は多いけれども、ニコニコ貯金に命をはった家康は独特だった。

本能寺の変が起ったとき、家康は堺にいた。武田勝頼退治の戦功で駿河を分けて貰ったから、その御礼挨拶のために穴山梅雪と上洛して、六月二日という日には堺に宿泊したのである。平時の旅行であるから近臣数十人をつれているだけ、兵力がないから、本能寺の変と共に驚くべき速力をもって堺を逃げだし、逃げ足の早いこと、あの道この道と逃げ方の巧妙なこと、さすが戦争の名人である。穴山梅雪は逃げる途中に捕われて横死をとげたが、家康は無事岡崎に帰着して、軍兵を催し、イザ改めて出陣という時には、光秀退治に及び候《そうろう》という秀吉の使者が来たのである。家康は不運であったが、然し、秀吉も家康も、四囲の情況によって自然に天下を望む自分の姿を見出すまで、不当に天下を狙い、野望のために身が痩せるということがなかった。木下藤吉郎は柴田と丹羽にあやかるために羽柴秀吉と改名したが、秀吉の御謙遜だというのは後日の太閤で判断しての話で、改名の当時は全く額面通りの理由であったに相違ない。彼の夢は地位の上昇と共に育ちはしたが、信長存命の限りは信長の臣、これが夢の限界で、信長第一の臣、それから信長の後継者、そういう夢はあったにしても、本能寺の変、光秀退治、自然の通路がひらかれるまで、それを狙いはしなかった。

家康の夢は一そう地道だ。親代々の今川に見切をつけて信長と結んだ家康は、同盟二十年、約を守り義にたがわず、信長保険の利息だけで他意なく暮し、しかも零細な利息のために彼の為した辛労は甚大で、信玄との一戦に一身一国を賭して戦う。蟷螂《とうろう》の斧、このとき万一の僥倖すらも考えられぬ戦争で、死屍累々、家康は朱にそまり、傲然斧をふりあげて龍車の横ッ面をひっかいたが、手の爪をはがした。目先の利かないこと夥しく、みすみす負ける戦争に命をかけ義をまもる、小利巧な奴に及びもつかぬ芸当で、時に際し、利害、打算を念頭になく一身の運命を賭けることを知らない奴にいわば「芸術的」な栄光は有り得ない。芸術的とは宇宙的、絶対の世界に於けるということである。

信長の横死。天下が俺にくるかも知れぬ、と考えたのは家康も亦、このときだ。けれども天運に恵まれず、堺に旅行中であったから這々《ほうほう》の体で逃げて帰る、秀吉にしてやられて、天下は彼から遠退《とおの》いた。けれども、織田信雄と結んで秀吉と戦うことになって、俄に情熱は爆発する、天下を想う亢奮《こうふん》は身のうちをたぎり狂って、家康時に四十の青春、始めて天下の恋を知った。

破竹の秀吉を小牧山で叩きつけて、戦争に勝ったが、外交に負けた。上昇期の秀吉はまさに破竹であった。滾々《こんこん》尽きず、善謀鬼略の打出の小槌に恵まれていたのだ。秀吉はアッサリ信雄に降伏して単独和議を結び、家康の戦争目的、大義名分というものを失わせたから、負けて勝った。家康も負けたような気がしない。秀吉信雄両名の和議成立に祝福の使者を送って、小策我関せず、落付払っていたけれども、信濃あたりに反乱があって田舎廻りの奔走にかけずらううち、秀吉は着々天下統一の足場をかためて、二人の位の距《へだた》りが誰の目にもハッキリしたから、家康も一代の焦りをみせた。四十の恋というのがあるが、之も四十の初恋で、家康遂に青春を知り、千々に乱れ、ふてくされて、喧嘩を売ろう、喧嘩を買おう、規格に大小違いはあっても恋の闇路に変りはない。

けれども翻然として目覚めた。上洛に応じ、臣下の礼を以て秀吉の前に平伏したが、四十の初恋、このまぼろしを忘れ得るであろうか。けれども、ひとたび目覚めたとき、彼の肚裡を測りうる一人の人もいなかった。

秀吉は彼に大納言を与え、つづいて内大臣を与える。時人は彼を目して副将軍の如くに認めたが、その貫禄を与えることが彼を温和ならしめる手段であると秀吉は信じた。雄心未だ勃々たる秀吉は死後の社稷《しゃしょく》のことなどは霞《かすみ》をへだてた話であったし、思いのままに廻りはじめたパノラマのハンドルをまわす手加減に有頂天になっていた。家康という人はおだてておけば温和な人だ。俺の膝の上にのせてみせるから黙って見ておれ、こう侍臣に言う秀吉だ。小田原陣でも、家康を陣屋に招いて群臣の居並ぶところでおだてあげて、大納言、貴公は海内一の弓取だから、この戦争では作戦万事御指南をたのむ、皆の者も戦略は徳川殿にきくがよい、臆面もなくわめきたてて好機嫌。ところが或日のことである。秀吉は列座の大名共に腹蔵なく威張りはじめていたのである。古《いにしえ》に楠氏あり、当今は豊臣秀吉ここにあり、日本一の兵法の達者とは俺のことだ。戦えば必ず勝つ。負けたためしは一度もない。古今東西天下無敵、ワッハッハ。すると家康が俄に気色ばみ、居ずまいを正して一膝のりだした。之は不思議、いささかお言葉が過ぎてござる。殿下は小牧山で拙者に負けたではござらぬか。余人は知らず、拙者の控える目の前で日本一の兵法家はやめにしていただきたい。開き直って、こう言った。膝元からいきなり袴に火がついたとはこのこと、秀吉満面に朱をそそぎ、皺だらけの小さな顔に癇癪の青筋だらけ、喉がつまって声が出ぬ。プイと立ち荒々しく奥へ消えた。この始末や如何《いか》に。暫時して、元の陽気な猿面郎、機嫌を直してニコニコ現れたのが秀吉で、イヤハヤ、大失敗、猿公木より墜落じゃ。小牧山で三河の狸に負けたことがあったとは残念千万。

大名共は呆れ返った。自慢のし返し、子供みたいに臆面もなく開き直って食ってかかる、古狸の家康もとより酒席のざれ言の分らぬ男であろう筈はないのだから、開き直る方が結局秀吉を安心させるということを心得た上での芝居だろうと判断した。家康は老獪だから、と言って、侍臣達も家康の手のこんだ芝居を秀吉にほのめかしたが、秀吉は笑って、お前たちはそう思うか。一応は当っているかも知れぬ。然し、家康は案外あれだけの気のよいところもある仁じゃ、お前たちにはまだ分らぬ、アッハッハ、と言った。

小田原包囲百日、流言などはどこ吹く風で、ある日、秀吉はたった数人の侍臣をつれ、家康の陣へ遊びに行った。井伊直政がにじり寄って、目の玉を怪しく光らせて、家康にささやいた。殿、猿めを殺すのは今でござる。夢をみて寝ぼけるな、隠し芸でも披露して関白を慰め申せ。家康とりあわぬ。

秀吉は腹蔵なく酔っ払った。梯子酒というわけで、家康をうながし、連立って信雄の陣へ押掛ける。小田原は箱根の山々がクッキリと、晴れた日は空気に靄《もや》が少くて、道はかがやき、影黒し、非常に空の澄んだところだ。馬上から野良に働く鄙《ひな》には稀な娘を見つけて、オウイ、俺は関白秀吉だ、俺のウチへ遊びにこいよウ。待ってるゾウ。胸毛を風になぶらせて、怒鳴っている。

然しながら、秀吉は一人立ちのできない信雄を、一人立ちの出来ない故に、警戒した。彼の主人信長はその終生足利義昭になやまされた。この十五代将軍は一人立ちのできない策士の見本である。三好松永を覆滅して足利家再興のため、終生他力本願、専ら人の褌《ふんどし》を当にして陰謀小策を終生の業としたのである。佐々木承禎《じょうてい》にたより、武田にたより、朝倉に、上杉に、北条に、最後に信長にたよって目的を達し、十五代将軍となることができた。そこで年下の信長を臆面もなく「父信長」などと尊敬して大いに徳としながら、さっそく裏では父信長を殺すことを考えて、本願寺に密使を送り、信玄と結び、朝倉、浅井、上杉、毛利、信長と兄弟分の徳川家康、手当り次第に密使を差向けて信長退治のふれを廻す。一応の大義名分のあるところ、本人自体が無力なほど始末が悪く、不断に陰謀の策源地である。信長の困却ぶりをウンザリするほど見てきた秀吉であるから、小田原陣が終り己れの足場が固定したのを見定めると、信雄の領地を没収して、秋田に配流、温和な狸の動きだす根を絶やしてしまった。

当時、中部日本、西日本は全く平定、帰順せぬのは関東の北条と奥州だった。この奥州で、自ら奥州探題を以《もつ》て任じ、井戸の中から北国の雪空を見上げて、力み返っていたのが伊達政宗という田舎豪傑である。この豪傑に片目の無いのは有名であるが、時に二十四歳、ザンギリ髪という異形な姿を故意に愛用し、西に東に隣り近所の小豪族を攻めたてて領地をひろげ、北の片隅でまるで天下に怖るる者もない気になっていた。

政宗は田舎者ではあるけれども野心と狡智にかけては黒田如水と好一対、前田利家や徳川家康から小田原陣に参加するようにという秀吉の旨を受けた招請のくるのを口先だけで有耶無耶《うやむや》にして、この時とばかり近隣の豪族を攻め立て領地をひろげるに寧日もない。家康が北条と通謀して秀吉を亡すだろうという流言をまともに受けて、そのドサクサに一気に京都へ攻めこんで天下を取る算段まで空想、むやみに亢奮して近隣をなぎ倒していた。

ところへ家康から手紙が来た。待ちかねた手紙であるが、甚だ冷静なる文面、思いもよらぬ手紙である。秀吉への帰順、小田原攻めの加勢をすすめ、天下の赴く勢というものを説き、遠からざる北条の滅亡を断じ、北の片隅の孤独な思索には測りきれぬ天下の大が妖怪の如く滲み出ており、反乱どころの話ではない。百年このかた秀吉の番頭をつとめているかのような家康の手紙であった。政宗の背筋を俄に恐怖が走った。野心と狡智の凝りかたまった田舎豪傑、思いもよらぬ天下の妖気を感得して、果もなく不安に沈み、混乱する。遠からずして北条が滅亡する、二十六万の大軍が余勢をかって奥州へ攻めこんでは身も蓋もない。目先はくもらぬ男であるから、即刻小田原へ駈けつけて秀吉の機嫌をとりむすばぬと命が危いということを一途に思い当てていた。

火急の陣ぶれ、夜に日をつぎ、慌てふためいて箱根に到着、陳弁だらだら加勢を申出る。秀吉は石田三成を差向けて先ず存分に不信をなじらせたが、この三成が全身才知と胆力、冷水の如き観察力、批判力で腸《はらわた》にえぐりこむ言葉の鋭いこと、言訳、陳弁、三拝九拝、蒸気のカマの如き奥州弁で、豆の汗を流した。才能の限度に就《つい》て根柢から自信がぐらつき、秀吉の威力の前に身心のすくみ消える思いである。

その翌日が謁見の日で、登る石垣山一里の道、屠所にひかれる牛の心で、生きた心持もなく広間にへいつくばっていると、ガラリと襖《ふすま》があいて、秀吉が真夏のことは言いながら素肌に陣羽織、前ぶれもなくチョロチョロ現れてきた。ヤア、御苦労御苦労、よくぞ来てくれたな。遠路大変だったろう。何はおいても先ず一献じゃ。これよ、仕度を致せというので、政宗の夢にも知らぬ珍味佳肴、豪華つくせる大宴会、之が野戦の陣地とは夢又夢の不思議である。石垣山の崖上へ政宗をつれだして小田原城包囲の陣形を指し、田舎の小競合が身上のお前にはこの大陣立の見当がつくまいな。それ、そこが早川口、伊豆の通路がここでふさがれているから、こっちの浜辺を水軍でかためると伊豆からの連絡はもう出来ぬ、小田原の地形、関八州の交通網を指摘して二十六万の陣立を解説してきかせる。如何なる仕置かと思いつめてきた二十四の田舎豪傑、ザンギリ頭の見栄などは忘れ果ててただただ茫然、素肌に陣羽織、猿芝居の猿のような小男が箱根の山よりも大きく見えてしまうのだった。この人のためならば水火をいとわず、という感動の極に達した。

とはいえ奥州探題を自任する政宗の威力必ずしも小ならず、彼を待望せる北条の失望落胆如何ばかり。之もひとえに家康の尽力である。

家康は北条氏勝に使者をさしむけて氏政の陣から離脱させたり、小田原城内へ地下道を掘り之をくぐって城内へ侵入、モグラ戦術によって敵城の一角をくずしたり、神謀鬼策の一端を披露に及んで、鶏群の一鶴、忠実無私の番頭ぶり、頼まれもせぬ米をついて大汗を流している。

早春はじめた包囲陣に真夏がきてもまだ落ちぬ。石田三成、羽柴雄利に命じて降伏を勧告させたが徒労に終った。十万余の大軍をもち兵糧弾薬に不足を感ぜぬ籠城軍は四囲の情勢に不利を見ても籠城自体にさしたる不安がないのであった。

浮田秀家の陣所の前が北条十郎氏房の持口に当っていた。そこで秀家に命じ氏房を介して降伏を勧告させる。秀家から氏房の陣へ使者を送って、長々の防戦御見事、軽少ながら籠城の積鬱を慰めていただきたいと云って、南部酒と鮮鯛を持たせてやった。氏房からは返礼に江川酒を送ってよこし、之を機会に交《まじわ》りの手蔓をつくって、秀家氏房両名が各々の櫓へでて言葉を交すということにもなり、氏政父子に降伏をすすめてくれぬか、武蔵、相模、伊豆三国の領有は認めるからと取次がせる。氏房自身に和睦の心が動いて、この旨を氏政父子に取次いだが、三国ぐらいで猿の下風に立つなどとは話の外だと受つけぬ。

北条随一の重臣に松田憲秀という執権がおった。松田家は早雲以来股肱閥閲《ばつえつ》の名家で、枢機にあずかり勢威をふるっていたが、憲秀に三人の子供があって、長男が新六郎、次男が左馬助、末男が弾三郎と云った。古来、上は蘇我、藤原の大臣家から下は呉服屋の白鼠共に至るまで、股肱閥閲の名家に限って子弟が自然主家を売るに至る、門閥政治のまぬがれ難い通弊であるが、新六郎は先に武田勝頼に通じて主家に弓をひき、討手に負けて降参、累代の名家であるからというので命だけは助けられたという代者《しろもの》であった。父憲秀と相談して裏切の心をかため、秀吉方に密使を送って、伊豆、相模の恩賞、子々孫々違背あるべからず、という証状を貰った。六月十五日を期し、堀秀治の軍兵を城内へ引入れて、一挙に攻め落すという手筈をたてた。

ところが次男の左馬助は容色美麗で年少の時から氏直の小姓にでて寵を蒙《こうむ》り日夜側近を離れず奉公励んでいる。遇々《たまたま》父の館へ帰ってきて裏切の話を耳にとめ父兄を諫《いさ》めたが容れられる段ではない。父を裏切り一門を亡す奸賊であるというので父と兄が刀の柄に手をかけ青ざめて殺気立つから、私の間違いでありました、父上、兄上の御決意でありますなら私も違背は致しませぬ、と言って一時をごまかした。けれども必死の裏切であるから憲秀新六郎も油断はない。氏直に訴えられては破滅であるから、左馬助の寝室に見張の者を立てておいたが、左馬助は具足櫃《ぐそくびつ》に身をひそめ、具足を本丸へとどけるからと称して小姓に担ぎださせ、無事氏直の前に立戻ることができた。父兄の陰謀を訴え、密告の恩賞には父兄の命を助けてくれと懇願する、憲秀新六郎は時を移さず捕われて、左馬助の苦衷憐むべしというので、首をはねず、牢舎にこめる、寸前のところで陰謀は泡と消えた。

この裏切に最も喜んだのは秀吉で、大いに心を打込み、小田原落城眼前にありとホクソ笑んでいたのであるが、案に相違の失敗、憎い奴は左馬助という小僧であると怒髪天をついて歯がみをした。

百計失敗に帰して暫時の空白状態、何がな工夫をめぐらして打開の方策を立てねばならぬ。秀吉はクスリと笑って如水を召寄せた。如水は小田原陣の頃からめっきり差出口を控えてしまったが、表向き隠居したせいでもあり、同時に、秀吉の帷幕では石田三成が頭をもたげて一切の相談にあずかり、如水の影は薄くなっていたのである。三成の小僧の如き、如水は眼中に入れていないが、流れる時代、人才も亦常に流れ、澱みの中に川の姿はないのである。目の玉をむき、黙々天下を横睨みに控えているが、如水はすでに川の澱みに落ちたことをさとらない。尚々《なおなお》たる色気、万策つきたら俺にたのめ、という意気込の衰えることのない男、秀吉は苦笑して、これよ、即刻チンバ奴を連れて参れ、深夜であった。

改めて如水の方寸をたずね手段をもとめる。腹中常に策をひそめて怠《おこた》りのない如水であるが、処女の含羞、少々は熟慮の風もして慎みのあるところを見せればいいに、サラバと膝をのりだして、待っていました、と言下に答える。

徳川殿をわずらわす一手でござろう。あの仁以外に人はござらぬ。北条の縁者であるし、関東の事情に精通し、和談の使者のあらゆる条件を具備してござる。三成など青二才の差出る幕ではないのに、この人を差しおいて三成だ秀家だと手間のかかったこと、これぐらいの道理がお分りにならぬか、という鼻息であった。

秀吉は心得ているから、好機嫌、よかろう、万事まかせるから大納言の陣屋へ出向いて然るべく運んで参れ。万事まかせてしまえば何かしら手ミヤゲを持って戻ってくる如水。

その翌日は焼けるような炎天だった。如水は徳川家康の陣屋へでかける。家康と如水、この日まで顔を見たことがない。顔ぐらいは見たかも知れぬが、膝つき合せて語り合うのは始めてで、温和な狸と律義な策師と暗々裡に相許したから、遠く関ケ原へつづく妖雲のひとひらがこのとき生れてしまった。頭から爪先まで弓矢の金言で出来ている大将だと如水はたった一日で最大級に家康を買いかぶる。家康は四十の初恋、如水は四ツ年少の弟だったが、この道にかけては日本一の苦労人、下世話に言う十五六から色気づくとは彼のこと、律義な顔はしているが、仇姿ねたまも忘れ難し、思うはただ一人の人、まさしくこの恋人はかけがえのない天下ただ一人、いわば恋仇同志であるが、仕方がなければ百万石で間に合せるという手もあるし、恋仇同志は妙に親近感にひかれるもので、まして振られた同志ではあり、ふられた同志というものは労わりあった挙句の果に、結局実力の足りない方が恋の手引をするような妙な巡り合せになりがちなものだ。

家康は如水の口上をきき終って頷き、なるほど、御説の通り私の娘は氏直の女房で、私と北条は数年前まで同盟国、昵懇《じっこん》を重ねた間柄です。ところが、昵懇とか縁辺は平時のもので、いったん敵味方に分れてしまうと、之が又、甚だ具合のよからぬものです。色々と含む気持が育って、ない角もたち、和議の使者として之ぐらい不利な条件はないのですね、と言って拒絶した。如水が家康を見込んで依頼した口上とあべこべの理窟で逆をつかれたのであるが、理窟をまくしたてると際限を知らぬ口達者の如水、ところが、この時に限って、アッハッハ、左様ですか、とアッサリ呑みこんでしまった。

如水は家康に惚れたから、持前のツムジをまげることも省略して、呑込みよろしく引上げてきた。秀吉に対する忿懣《ふんまん》の意識せざる噴出であった。否、秀吉に対する秘密の宣戦布告であった。如水は邪恋に憑かれた救われ難い妄執の男、家康の四十の恋を目にとめたが、その実力秀吉に頡頏《けっこう》する大人物と評価して、俄に複雑な構想を得た。この人物に親睦すれば、再び天下は面白く廻りだしてくる時期があるかも知れぬ。天命は人事を以てはかり難し。天命果して徳川家康に幸するや否や。俄に眼前青空ひらけて、如水は思わず百尺の溜息を吹き、猿めの前には隠居したが、又、人生は蒔き直し。

何食わぬ顔、秀吉の前に立戻り、徳川大納言の口上は之々、駄目でござった。然し、ナニ、北条を手なずけるぐらい、人の力はいり申さぬ。拙者一人でたくさん、吉報お待ち下されい。屁でもない顔付、自らこう力んで大役を買ってでた。壮《さか》んな血気は持前の如水であったが、人生蒔直しの構想を得た大亢奮に行きがかりを忘れ、ムクムクと性根が動いて、大役を買ってしまった。

四

如水は城中へ矢文を送って和睦をすすめる第一段の工作にかかり、ついで井上平兵衛を使者に立てて酒二樽、糠漬の魴十尾を進物として籠城の積鬱を慰問せしめる。氏政からはこの返礼に鉛と火薬各十貫目を届けて城攻めの節の御用に、という挨拶。城中の弾薬貯蔵をほのめかす手段でもあったが、実際、鉄砲弾薬の貯蔵は豊富であった。之は先代氏康の用意で、彼は信玄、謙信と争い譲るところのなかった良将であり、当代氏政は単に先代の豊富な遺産を受けついだというだけだった。

そこで如水は更にこの答礼と称し、単身小田原城中へ乗りこんだ。肩衣に袴の軽装、身に寸鉄も帯びず、立ち姿は立派であるが、之がビッコをひいて、たった一人グラリクラリと乗込んで行く。存分用意の名調子、熱演まさに二時間、説き去り説き来る。時機がよかった。伊達政宗の敵陣参加で城中の意気に動揺のあったところへ、松田憲秀の裏切発見、随一の重臣、執権の反逆であるから将兵に与えた打撃深刻を極めている。氏政も和睦の心が動いていた。

如水は四国中国九州の例をひき、長曾我部、毛利、島津等、和談に応じた者がいずれも家名を存しておる。師匠の信長は刃向う者は必ず子々孫々根絶せしめる政策の人であったが、その後継者秀吉は和戦政策に限って全くその為すところ逆である。武田勝頼が天目山に自刃のとき、秀吉は中国征伐の陣中でこの報告をきいたが、思わず長大息、あたら良将を殺したものよ、甲斐信濃二ケ国を与えて北方探題、長く犬馬の労をつくさせるものを、と嘆いた。同じ陣中にいた如水はまのあたりこの長大息を見て、秀吉の偽らぬ心事を知ったのである。これのみではない。秀吉と如水は二人合作の上で、浮田と和議をむすび、信長の怒りにあって危く命を失いかけたこともある。蓋《けだ》し、信長はあくまで浮田を亡して、領地を部下の諸将に与えるつもり、然し、秀吉は木下藤吉郎の昔から和交を以て第一とすること誰よりも如水が良く知っている。今や日本六十余州、庶民はもとより武将に至るまで長々の戦乱に倦《う》み和平をもとめて自ら秀吉の天下を希《のぞ》んでいる。之を天下の勢いと言う。過去の盟約、累代の情義の如きも、この大勢の赴く前では水の泡に異ならぬ。しかも天下の大勢は益々滔々たる大流となって秀吉の統一をのぞむ形勢にあるのだから、この大流に逆《さから》うことや最も愚。秀吉の内意は和平降伏の賞与として、武蔵、相模、伊豆三国を存続せしめるというのだから、和議に応じ、祖先の祭祀を絶さぬ分別が大切である。和平条約の実行については、万違背のないこと、自分が神明に誓うから、と言って、懇々説いた。

如水の熱弁真情あふれ、和談の使者の口上を遠く外れて惻々《そくそく》たるものがあるから、かねて和平の心が動いていた氏政は思わず厚情にホロリとした。そこで日光一文字の銘刀と東鑑《あずまかがみ》一部を贈って厚く労をねぎらい、その日は即答をさけて、如水を帰した。この報告をうけた秀吉は大いに喜び、如水の言うままに、武蔵、相模、伊豆三国の領有を許す旨を誓紙に書いて直判を捺した。

如水は之をたずさえて小田原城中にとって返し、重ねて氏政を説く。氏政の心も定まって、家臣一同の助命を乞う、いわば無条件降伏である。和談は成立、如水の労を徳として、氏直からは時鳥《ほととぎす》の琵琶という宝物などが届けられたが、一族率いて軍門に降ったのが七月六日であった。

ところが、降伏に先立って、松田憲秀をひきだして、首をはねた。之は一応尤もな人情。裏切りを憎むは兵家の常道で、落城、城を枕に、という時には、押込みの裏切者をひきだして首をはね、それから城に火をかけて自刃する。けれども、北条の場合は、城を枕にと話が違って、降伏開城というのである。しかも尚裏切者を血祭にあげる、人情まことに憐むべしであるけれども、いわば降伏に対する不満の意、不服従の表現と認められても仕方がない。北条方には智者がなく何事につけてもカドがとれぬ。こういうことに敏感で、特に根に持つ秀吉だから、関白を怖れぬ不届きな奴原《やつばら》、と腹をたてた。

そこで秀吉は誓約を裏切り、武蔵、相模、伊豆三国を与えるどころか、領地は全部没収、氏政氏照に死を命じる。蓋し、織田信雄の存在が徳川家康の動きだす根に当るなら、北条氏の存在は火勢を煽《あお》る油のような危険物。特別秀吉の神経は鋭い。そこで誓約を無視して、北条氏を断絶せしめてしまった。

顔をつぶしたのは如水である。

けれども、権謀術数は兵家の習。まして家康に火の油、明かに後日の禍根であるから、之を除いた秀吉の政策、上乗のものではなくても、下策ではない。権謀術数にかけては人に譲らぬ如水のことで、策の分らぬ男ではない。

けれども、如水は大いにひがんだ。俺のととのえた和談だから、俺の顔をつぶしたのだ、と、事毎《ことごと》に自分の男のすたるように、自分の行く手のふさがるように仕向ける秀吉。凡愚にあらぬ如水であったが、秀吉との行きがかり、ひがむ心はどうにもならぬ。心中甚だひねくれて、ふくむところがあった。

秀吉は宏量大度の如くありながら、又、小さなことを根にもって気根よく復讐をとげる男でもあった。憲秀の裏切を次男左馬助の密告でしくじった、この怒りが忘れられぬ。そこで如水をよびよせたが、選りに選って如水をよぶとは、秀吉は無心であったか知れないが、之はあくどいやり方だ。ハテ、何と言ったな、あの小僧め、憎むべき奴、首をはねて之へ持て。アア、あの小僧、左様ですか、承知致した。

　如水は引きさがったが、父の憲秀、之は落城のとき北条の手で殺された。然し、長男の新六郎はまだ生きて、之は厚遇を受けている。何食わぬ顔、新六郎を戸外へ呼びだして、だしぬけに一刀両断、万感交々《こもごも》到って痛憤秀吉その人を切断寸断する心、如水は悪鬼の形相であった。獅子心中の虫め。屍体を蹴って首をひろい、秀吉のもとへブラ下げて、戻ってきた。ハテナ、之は長男新六郎の首と違うか？　ハ、何事で？　アッ、やったな！　チンバめ！　秀吉は膝を立てて、叫んだ。俺に忠義の新六郎を、貴様、ナゼ、殺した！

　之はしたり。左様でしたか。如水はいささかも動じなかった。冷静水の如く秀吉の顔を見返して、軽く一礼。とんだ人違いを致して相済まぬ仕儀でござった。あの左馬助は父の悪逆に忠孝の岐路に立ち父兄の助命を恩賞に忠義の道を尽した健気な若者、年に似合わぬ天晴《あつぱれ》な男でござる。この新六郎めは父憲秀と謀り主家を売った裏切者、かような奴が生き残ってお歴々との同席、本人の面汚しはさることながら、同席の武辺者がとんだ迷惑などと考えておりましたもので、殿下のお言葉、よくも承りませず、新六郎とカン違いを致した。イヤハヤ、年甲斐もない、とんだ粗相。また、とぼけおる！　チンバめ！　秀吉は叫んだが、追求はしなかった。

　チンバめ、顔をつぶして、ふてくされおる。持って生れた狡智、戦略政策にかけて人並以上に暗からぬ奴、いささかの顔をつぶして、ひがむとは。秀吉は肚で笑ったが、如水は新六郎の首をはねて、いささか重なる鬱を散じた。家康にめぐる天運を頻《しき》りにのぞむ心が老いたる彼の悲願となったが、その家康は、さすがに器量が大きかった。

　氏政は切腹、世子氏直は高野へ追放、この氏直は家康の娘の婿だ。一家断絶、誓約無視は信長など濫用の手で先例にとぼしからぬことではあるが、見方によれば、家康の手をもぎ爪をはぐやり方、家康のカンにひびかぬ筈はない。けれども、家康は平気であった。

秀吉が家康をよびよせて、北条断絶、氏直追放の旨を伝え、氏直は貴殿の婿、まことにお気の毒だが、と言うと、イヤイヤ、殿下、是非もないことでござる。思えば殿下の懇《ねんごろ》な招請三ケ年、上洛に応ぜぬばかりか四隣に兵をさしむけて私利私闘にふける、遂に御成敗を蒙るは自業自得、誰を恨むところもござらぬ。一命生きながらえるは厚恩、まことに有難いことでござる、と言って、敬々《うやうや》しく御礼に及んだものである。

家康は人の褌を当にして相撲をとらぬ男であった。利用し得るあらゆる物を利用する。然し、それに縋《すが》り、それに頼って生きようという男ではない。松田憲秀の裏切露顕の報をきいて、家康は家臣達にこう諭した。小田原城に智将がおらぬものだから、秀吉勢も命拾いをしたものだ。俺だったら、裏切露顕を隠しておいて、何食わぬ顔、秀吉の軍兵を城中に引入れ、皆殺しにしてしまう。秀吉方一万ぐらいは失っておる。裏切などは当にするな、と言った。奇策縦横の男である故奇策にたよらぬ家康。彼は体当りの男である。氏直づれ、信雄づれの同盟がなくて生きられぬ俺ではない。家康は自信、覇気満々の男であった。

小田原落城、約束の如く家康は関八州を貰う。落城が七月六日、家康が家臣全員ひきつれて江戸に移住完了したのが九月であった。その神速に、秀吉は度胆をぬかれた。移住完了の報をうけると、折から秀吉は食事中であったが、箸をポロリと落すのはこういう時の約束で、秀吉は暫《しば》し呆然、あの狸めのやることばかりは見当がつかぬ、思わず長大息に及んだという。

如水には、ビタ一文恩賞の沙汰がなかった。

第二話　朝鮮で

一

釜山郊外東萊の旅館で囲碁事件というものが起った。

石田三成、増田長盛、大谷刑部の三奉行が秀吉の訓令を受けて京城を撤退してきて、報告のため黒田如水と浅野弾正をその宿舎に訪れた。ところが如水と弾正は碁を打っている最中でふりむきもしない。三奉行はそうとは知らず暫時控えていたが、そのうちに、奥座敷で碁石の音がする。待つ人を眼中になく打ち興じる笑声まで洩れてきたから、無礼至極、立腹して戻ってしまった。さっそくこの由《よし》を書きしたためて秀吉の本営に使者を送り、如水弾正の嬌慢を訴える。

秀吉は笑いだして、イヤ、之《これ》は俺の大失敗だ。あのカサ頭の囲碁気違いめ、俺もウッカリ奴めの囲碁好きのことを忘れて、陣中徒然、碁にふける折もあろうが、打ち興じて仕事を忘れるな、と釘をさすのを忘れたのだ、さっそく奴めしくじりおったか。之は俺の迂闊であった。まア、今回は俺にめんじて勘弁してくれ、と言って三成らを慰めた。

ところが如水は碁に耽《ふけ》って仕事を忘れる男ではない。それほど碁好きの如水でもなかった。野性の人だが耽溺派とは趣の違う現実家、劫々《なかなか》もって勝負事に打ち興じて我を忘れる人物ではない。このことは秀吉がよく知っている。けれども斯《こ》う言って如水のためにとりなしたのは、秀吉が朝鮮遠征軍の内情軋轢に就《つい》て良く知らぬ。遠征軍の戦果遅々、その醜態にいささか不満もあったから、律儀で短気で好戦的な如水が三奉行に厭味を見せるのも頷ける。そこで如水のために弁護して、之は俺の大失敗だと言って笑ってすました。

たかが碁に打ち耽って来客を待たしたという、よしんば厭味の表現にしても、子供の喧嘩のようなたあいもない話であるから、自分が頭を掻いて笑ってしまえばそれで済むと秀吉は思っていた。

ところが、そうは行かぬ。この小さな子供の喧嘩に朝鮮遠征それ自体の大きな矛盾が凝縮されていたのであったが、秀吉は之に気付かぬ。秀吉はその死に至るまで朝鮮遠征の矛盾悲劇に就てその真相の片鱗すら知らなかったのであるから、この囲碁事件を単なる頑固者と才子との性格的な摩擦だぐらいに、軽く考えてしかいなかった。

元来、如水が唐入（当時朝鮮遠征をこう言った。大明進攻の意である）に受けた役目は軍監で、つまり参謀であるが、軍監は如水壮年時代から一枚看板、けれども煙たがられて隠居する、ちょうど之と入換りに秀吉帷幕《いばく》の実権を握り、東奔西走、日本全土を睥睨《へいげい》して独特の奇才を現わしはじめてきたのが、石田三成であった。

如水はことさらに隠居したが、なお満々たる色気は隠すべくもなく、三成づれに何ができるか、事務上の小才があって多少儕輩《さいはい》にぬきんでているというだけのこと。最後は俺の智恵をかりにくるばかりさ、と納まっていたが、世の中はそういうものではない。昨日までの青二才が穴を塡《う》め立派にやって行くものだ。そうして、昨日の老練家は今日の日は門外漢となり、昨日の青二才が今日の老練家に変っているのに気がつかない。

如水は唐入の軍監となり、久方振りの表役、秀吉の名代、総参謀長のつもりで、軍略はみんな俺に相談しろ、俺の智嚢《ちのう》のある限り、大明の首都まで坦々たる無人の大道にすぎぬと気負い立っていた。

けれども、総大将格の浮田秀家を始め、加藤も小西も、如水の軍略、否、存在すらも問題にせぬ。各々功を争い腕力にまかせて東西に攻めたてる。朝鮮軍が相手のうちは、これで文句なしに勝っていた。之は鉄砲のせいである。朝鮮軍には鉄砲がない。鉄砲の存在すらも知らなかった。彼らの主要武器たる弩《いしゆみ》は両叉の鉄をつけた矢を用い、射勢はかなり猛烈だったが、射程がない。城壁をグルリと囲んだ日本軍が鉄砲のツルべうち、百雷の音、濛々《もうもう》たる怪煙と異臭の間から見えざる物が飛び来って味方がバタバタと倒れて行く。魔法使を相手どって戦争している有様であるから、魂魄《こんぱく》消え去り為す術《すべ》を失い、日本軍が竹の梯子をよじ登って足もとへ首をだすのに茫然と見まもっている。之では戦争にならない。京城まで一気に攻めこんでしまった。

そこへ明の援軍がやってきた。明は西欧との通交も頻繁で、もとより鉄砲も整備しているから朝鮮を相手のようには行かぬ。

如水は明軍を侮りがたい強敵と見たから、京城を拠点に要所に城を築いて迎え撃つ要塞戦法を主張、全軍に信頼を得ている長老小早川隆景が之に最も同意して、軍議は一決の如く思われたのに、突然小西行長が立って、一挙大明進攻を主張し、単独前進を宣言して譲らないから、軍議は滅茶滅茶になってしまった。結局行長は単独前進する、果して明軍は数も多く武器もあるから、大敗北を蒙《こうむ》り、全軍に統一ある軍略を失っている日本軍、一角が崩れるとたあいもなくバタバタと敗退して、甚大の難戦に落ちこんでしまった。

如水は立腹、それみたことかとふてくされた。病気を理由に帰国を願いでる。帰朝して遠征軍の不統一を上申し、各人功を争い、自分勝手の戦争にふけって統一がないのだから、整備した大敵を相手にすると全く勝ちめがない。総大将格の秀家に軍議統一の手腕がないのだから、と言って、満々たる不平をぶちまけた。もとより秀吉は不平の根幹が奈辺にあるか見抜いている。如水も老いた。若い者に疎略にされて色気満々のチンバ奴《め》がいきり立つこと。秀吉は、まだそのころは聡明な判断を失わなかった。

遠征軍はともかく立直って碧蹄館で大勝した。然《しか》し、明軍も亦《また》立直って周到な陣を構え対峙するに至って、戦局まったく停頓し、秀吉はたまりかねて焦慮した。自ら渡韓、三軍の指揮を決意したが、遠征の諸将からは、まだ殿下御出馬の時ではないと言って頻《しき》りにとめてくる。家康、利家、氏郷ら本営の重鎮に相談をかけると、殿下、思いもよらぬことでござる、と言って各々太閤を諫《いさ》めた。

当時日本国内は一応平定したけれども、之は表面だけのこと、謀反、反乱の流言は諸国に溢れている。朝鮮遠征に心から賛成の大名などは一人もおらず、各人所領内に匪賊の横行、経済難、困《こう》じ果てている。町人百姓に至っては、大明遠征の気宇の壮、そういうものへの同感は極めて僅少で、一身一家の安穏を望む心が主であるから、不平は自ら太閤の天下久しからず、謀反が起ってくつがえる、お寺の鐘が鳴らなくなったから謀反の起る前兆だなどと取沙汰している。

家康が名護屋《なごや》に向って江戸を立つとき、殿も御渡海遊ばすか、と家臣が問いかけると、バカ、箱根を誰が守る、不機嫌極《きわま》る声で怒鳴った。まことに然り。謀反を起す者、家康如水の徒ならんや。広大なる関八州は家康わずかの手兵を率いて移住を完了したばかり、土着の者すべて之北条恩顧の徒ではないか。日本各地おしなべて同じ事情で、領主の武力がわずかに土賊の蜂起を押えているばかり。家康が関東へ移住と共に、施政の第一に為したことが、領内鉄砲の私有厳禁ということであった。

真実遠征に賛成の大名などは一人もおらぬ。伊達政宗は相も変らず領土慾、それとなく近隣へチョッカイをだして太閤の怒りにふれ謀反の嫌疑を受けた。大いに慌ててこの釈明を実地の働きで表ためにに自ら遠征の一役を買って出て、部将の端くれに連なり、頼まれぬ大汗を流している。こういう笑止な豪傑もいたけれども、家康も利家も氏郷も遠征そのことの無理に就て見抜くところがあったし、国内事情の危なさに就ても太閤の如《ごと》くに楽天的では有り得ない自分の領地を背負っていた。秀吉が名護屋にいるうちは睨みがきくが、渡韓する、戦果はあがらぬ、火の手が日本の諸方にあがって自分のお蔵に火がついて手を焼くハメになるのが留守番たち、一文の得にもならぬ。

家康、利家、氏郷、交々《こもごも》秀吉の渡韓を諫める。然し、秀吉は気負っているし、家康らは又、異見の根柢が遠征そのことの無理に発しているのであるが、之を率直に表現できぬ距《へだた》りがあり、ダラダラと一は激し、一はなだめて、夜は深更に及んだけれども、キリがない。このときであった。襖を距てた隣室から、破鐘《われがね》のような声できこえよがしの独りごとを叫びはじめた奴がある。如水であった。

「ヤレヤレ。天下の太閤、大納言ともあろう御歴々が、夜更けに御大儀、鼠泣かせの話じゃ。御存知なしとあらば、遠征軍の醜状いささかお洩し申そうか。彼らは兵士にあらず、ぬすびと、匪賊でござる。日本軍の過ぐるところ、残虐きわまり、韓民悉《ことごと》く恐怖して山中に逃避し去り、占領地域に徴発すべき物資なく、使役すべき人夫なく、満目ただ見る荒蕪《こうぶ》の地、何の用にも立ち申さぬ。のみならず諸将功を争うて抜け駈けの戦果をあさり、清正の定めた法令は行長之を破り、行長の定めた法令は清正之を妨げる。総大将の浮田殿、無能無策の大ドングリ、手を拱《こまね》いでござるはまだしも、口を開けば、事毎《ことごと》に之失敗のもとえでござるよ。この将卒が唐入などとは笑止千万、朝鮮の征伐だにも思いも寄り申さぬ。この匪賊めらを統率して軍規に服せしめ戦果をあげるは天晴《あっぱれ》大将の大器のみ。大将の器は張子では間に合わぬ。日本広しといえども、江戸大納言、加賀宰相、然して、かく申す黒田如水、この三人をおいて天下にその人はござるまいて」

破鐘の独りごと。

如水は戦争マニヤであった。なるほど戦争の術策に於《おい》て巧妙狡猾を極めている。又、所領の統治者としても手腕凡ならず、百姓を泣かすな、ふとらせるな、というのが彼の統治方針。百万石二百万石の領地でも大きすぎて困るという男ではない。けれども、所詮武将であり、武力あっての統治者だ。彼は切支丹で常に外人宣教師と接触する立場にありながら、海外問題に就て家康の如く真剣に懊悩推敲する識見眼界を持ち合せぬ。民治家としても三成の如く武力的制圧を放れ、改革的な行政を施すだけの手腕見識はなかった。明国へ攻め入ればとて、この広大、且《かつ》言語風俗を異にする無数の住民を擁する土地を永遠に占領統治し得べきものでもない。如水はかかる戦争の裏側を考えておらぬ。否、その考えの浮かばぬ如水ではなかったが、之を主要な問題とはせぬ如水であった。

四人は顔を見合せた。年甲斐もない血気自負、甚《はなは》だ壮烈であるけれども、あまり距りのある如水の見識で、言葉もでない。秀吉まで毒気をぬかれて、渡韓は有耶無耶《うやむや》、流れてしまった。

秀吉は渡海を諦めたが、如水の壮語に心中頷くところがあって、再び軍監として渡海せしめることにした。一応の任務を持たせて戦地に放っておく限り、功にはやり、智嚢をかたむけ、常に何がしかのミヤゲを持って立ち戻る如水だからだ。それで旌旗《せいき》を授け、諸将にふれて従前以上の権力をもたせ、浅野弾正と共に渡海せしめた。そこで二人は釜山に到着、東莱の宿舎に落付く。囲碁事件の起ったのは、この時のことであった。

ちょうど、このとき、前線では和議が起っていた。秀吉を封じて大明国王にするという、こんな身勝手な条約に明軍が同意を示す筈《はず》は有り得ないのだから、諸将は誰あって和議成立をまともに相手にしてはおらぬ。如水は特別好戦的な男だから和談派の軟弱才子を憎むや切、和談を嫌うが故に、好戦的ですらあった。

朝鮮遠征の計画がすすめられているとき、石田三成は島左近を淀君のもとに遣《よこ》して、淀君の力によってこの外征を思いとどまるよう説得方を願わせた。小田原征伐が終り奥州も帰順して、ともかく六十余州平定、応仁以降うちつづく戦乱にようやく終止符らしきものが打たれたばかり。万民が秀吉の偉業を謳歌するのは彼によって安穏和楽を信ずるからで、然る時に、息つくまもなく海外遠征、壮丁は使丁にとられ、糧食は徴発、海辺の村々は船の製造、再び諸国は疲弊して、豊臣の名は万民怨嗟の的となる。明を征服したればとて、日本の諸侯をここに移して永住統治せしめることは不可能で、遠征の結果が単に国内の疲弊にとどまり実質的にはさらに利得の薄いことを三成は憂えたから、淀君の力によって思いとどまらせたいと計った。

とはいえ、三成は周到な男であるから、一方遠征に対して万全の用意を怠らず、密偵を朝鮮に派して地形道路軍備人情風俗に就て調査をすすめる、輸送の軍船、糧食の補給、之に要する人夫と船の正確な数字をもとめて徴発の方途を講じてもいた。

如水は三成の苦心の存するところを知らぬ。淀君のもとに島左近を遣して外征の挙を阻止する策を講じたときいて、甚《はなは》だしく三成を蔑《さげす》み、憎んだ。如水の伜《せがれ》長政は政所の寵を得て所謂《いわゆる》政所派の重鎮であり、閨閥に於て淀君派に対立しているものだから、淀君派の策動は間諜の手で筒抜けだ。小姓あがりの軟弱才子め、戦争を怖れ、徒に平安をもとめて婦女子の裾に縋《すが》りつく。

三成は如水隠退のあとを受けて秀吉の帷幕随一の策師となった男であるから、尚満々たる血気横溢の如水にとって、彼の成功は何よりも虫を騒がせる。三成は理知抜群の才子であるが、一面甚だ傲岸不屈、自恃《じじ》の念が逞しい。如水の遺流の如きはもとより眼中になく、独特の我流によって奇才を発揮している。人づきの悪い男で、態度が不遜であるから、如水は特別不快であり、三成の名をきいただけでも心中すでに平でない。その才幹を一応納得せざるを得ないだけ憎しみと蔑みは骨髄に徹していた。たまたま淀君の裾に縋って外征阻止をはかったときいたから、如水の軽蔑は激発して、彼が不当に好戦意慾に憑かれたのもそういうところに原因のひとつがあった。

だが、この遠征には、秀吉も知らぬ、家康も知らぬ、如水はもとよりのこと、三成すらも気づかなかった奇怪な陥穽があったのである。

二

信長は生来の性根が唯我独尊、もとより神仏を信ぜず、自分を常に他と対等の上に置く独裁型の君主であったが、晩年は別して傲慢になった。

秀吉が信長の命を受けて中国征伐に出発のとき、中国平定後は之をお前にやるから、と言われて、どう致しまして、中国などは他の諸将に分与の程を願いましょう。その代り、中国征伐のついでに九州も平らげてしまうから、九州の年貢の上りを一年分だけ褒美に頂戴致したい、之を腰にぶらさげて朝鮮と明を退治してきます、と言って、信長を笑わせた。秀吉の出放題の壮語にも常に主人の気持をそらさぬ用意が秘められており、信長の意中を知る秀吉は巧みに之を利用して信長の哄笑を誘ったのだが、やがてそれが秀吉自身の心になってしまうのだった。

秀吉は九州征伐の計画中には同時に朝鮮遠征の計画をも合せ含めて、対馬の領主宗義調《よししげ》に徴状を発し、如水や安国寺恵瓊に向って、九州の次は朝鮮、その朝鮮を案内に立てて大明征伐が俺のスゴロクの上りだからお前達も用意しておけ、と言って痩せた肩を怒らせていたという。

ところが、九州が平定する。すると秀吉は忘れていない。さっそく宗義調に命じて、平和的に朝貢するよう朝鮮にかけあえ、と言ってきた。宗は秀吉の気まぐれで、九州征伐余勢の気焔だろうと考え、本心だとは思うことができないから、なんの朝鮮如き、殿下の御威光ならば平蜘蛛の如く足下にひれふすでございましょう、と良い加減なお世辞を言って秀吉を喜ばせておいた。

だが、秀吉は人が無理だということを最もやる気になっていた。なぜなら、他人にはやれないことが自分にだけは出来るのだし、又、それを歴史上に残してみせるという増上慢にとり憑《つか》れてしまったからだ。この増上慢の根柢には科学性が欠けていた。彼はさしたる用意もなく、日本平定の余勢だけで大明遠征にとりかかった。人には出来ぬ、然し俺には出来るという信念だけがその根柢であったから、彼に向って直接苦言を呈する手段がなかったのである。

まだ小田原征伐が残っている、奥州も平定していないというのに、秀吉は宗義智《よしとし》に督促を発して、まだ朝鮮が朝貢しないが、お前の掛合はどうしている。直ちに朝貢しなければ、清正と行長を攻めこませるから、と厳命を達してきた。

宗義智は驚いた。義智の妻は小西行長の妹で義の兄弟、この両名は朝鮮のことに就ては首尾一貫連絡をとっている。行長の父は元来堺の薬屋で唐朝鮮を股にかけた商人、そこで行長も多少は朝鮮の事情を心得ていたから、殿下が遠征の場合は拙者めに道案内を、と言って、兼々《かねがね》うまく秀吉の機嫌をとりむすび、よかろう、日本が平定すると唐入だから怠《おこた》らず用意しておけ、その方と清正両名が先陣だ、こう言って、清正と二人、肥後を半分ずつ分けて領地に貰い、その時から唐入の先陣は行長と清正、手筈はちゃんときまっていた。

秀吉の計画は唐入、即ち明征伐で、朝鮮などは問題にしておらぬ。朝鮮づれは元々日本の領地であった所であり、宗の掛合だけでただの一睨み、帰順朝貢するものだと思っている。そこで朝鮮を道案内に立て明征伐の大軍を送る、之が秀吉のきめてかかったプラン、宗義智に命じて掛合わせたところも帰順朝貢、仮道入明、即ち明征伐の道案内ということで、秀吉は簡単明快に考えている。応じなければ即刻清正と行長を踏みこませるぞ、と言って義智に命じた。

然しながら朝鮮との交渉がしかく簡単に運ばぬことは、行長、義智、両名がよく心得ていた。朝鮮は明国に帰属していたが、明は大国であり、之に比すれば日本は孤島の一帝国にすぎぬ。あまつさえ足利義満が国辱的な外交を行って日本の威信を失墜している。即ち彼は自ら明王の臣下となり、明王の名によって日本国王に封ぜられ、勘合符の貿易許可を得たものだった。だから朝鮮の目には、日本も自分と同じ明王の臣下、同僚としか映らず、同僚の国へ朝貢する、考えられぬ馬鹿なことだと思っている。まして、その同僚のお先棒を担いで主人退治の道案内をつとめるなどとは夢の中の話にしても阿呆らしい。

行長と義智は這般《しゃはん》の事情を知悉《ちしつ》しながら、之を率直に上申して秀吉の機嫌をそこねる勇気に欠けていたのである。真相を打開けて機嫌をそこねる勇気はない。然し、厳命であるから、ツジツマは合せなければならぬ。

そこで博多聖徳寺の学僧玄蘇を正使に立て、義智自身は副使になって渡韓した。帰順朝貢などという要求は始めから持ちださない。けれどもシッポがばれては困るから秀吉の要求だけは相手に告げた上で、どうも成上り者の関白だから野心に際限がなく身の程を知らなくて自分らは無理難題に困っている。貴国の方で帰順朝貢仮道入明などという馬鹿馬鹿しいことは出来る筈でないけれども、自分が間にはさまって困っているから体よくツジツマを合せてくれ。つまり交隣通信使をだしてくれぬか。交隣通信使は二ケ国間の対等の公使であるが、之を帯同して秀吉の前だけは帰順朝貢と称して誤魔化してしまう。その代り、御礼として、叛民の沙乙背同と俘虜の孔太夫を引渡すし、又、倭冦の親分の信三郎だの金十郎だの木工次郎というてあいを引捕えて差上げるから、と言って、三拝九拝懇願に及んだ。

ともかく朝鮮側の承諾を得ることができて、交隣通信使たる黄充吉、副使の金誠一らを伴って京都に上り、之を帰順朝貢と称して上申したのだが、朝鮮王からの公文書は途中で偽造してシッポのでないものに造り変えておいたのだ。

この朝鮮使節が上洛したのは小田原征伐の最中だったが、朝鮮などは元々日本の臣下ときめてかかった秀吉、ああ、左様か、ヨシヨシ、待たしておけ、問題にしない。五ケ月間、京都に待たせておいた。

小田原遂に落城、秀吉は機嫌よく帰洛する。途中駿府まで来たとき、小西行長が駈けつけてきて拝謁し、改めて朝鮮使節の来朝に就て報告する。秀吉は満足して、アッハッハ、あっさり帰順朝貢しおったか、さもあろう、それに相違あるまいな、と念を押したが、頭からきめてかかって疑う様子がないのだから、行長は圧倒されて、否定どころか、多少の修正をほどこすだけの勇気もない。そこで秀吉がたたみかけて、然らば唐入の道案内も致すであろうな、と問いただすと、それはもう、殿下の御命令に背く筈はございませぬ、こうハッキリと答えてしまった。

朝鮮使節の一行が交隣通信使にすぎぬなどとは秀吉もとより夢にも思わず、行長と義智の外《ほか》には日本に一人の知る者もない。三百名の供廻りをつれ、堂々たる使節の一行であるから、之が帰順朝貢とは殿下の御威光は大したもの、折から印度副王からの使節なども到着して京都は気色の変った珍客万来、人々は秀吉の天下を謳歌したが、五ケ月間の待ちぼうけ、この間の使節一行をなだめるために行長と義智は百方陳弁、御機嫌をとりむすぶのに連日連夜汗を流し痩せる思いをしたのであった。

外交官というものは人情に負けると失敗だ。本国と相手国の中間に於《おい》て、その両方の要求を過不足なく伝えるだけの単なる通話機械の如き無情冷淡を必要とする。要は之だけのものではあるが、考えるという働きあるために単なる機械に化することが至難事だ。本国の雰囲気にまきこまれても不可、相手国の雰囲気にまきこまれても不可、秀吉の怒りを怖れて相手国の情勢を率直に伝える勇気がなくても不可であり、朝鮮側の意向を先廻りして帰順朝貢の筈がないときめてかかる、之も亦不可。人情に負け、自分だけの思考によって動きだすと失敗する。とはいえ、単なる通話機械と化するには一個の天才が必要だ。行長も義智も外交官の素質がなかった。帳面づらと勘定を合せるだけの機智はあったが、商人型の外交員にすぎなかった。

けれども、行長はむしろ正直な男であった。秀吉の独断的な呑込み方に圧倒されて小細工を弄せざるを得ぬ立場になったが、之はその人選に当を得ぬ秀吉自身の失敗。

行長は切支丹であったが如水も亦切支丹であった。行長はその斬罪の最後の日に到るまで極めて誠実なる切支丹で、秀吉の禁教令後は追放のパードレを自領の天草に保護して布教に当らせ、秀吉と切支丹教徒の中間に立って斡旋につとめ、自らの切支丹たることをついぞ韜晦《かいとう》したことがなかった。如水は然らず。彼はパードレに向って、自分は切支丹であるために太閤の機嫌をそこね、昇進もおくれ禄高も少《すくな》い、と言って、暗に切支丹を韜晦する自分の立場を合理化し、一方に禅に帰依して太閤の前をつくろっていた。尤《もっと》も之には両者の立場の相違もある。行長は太閤の寵を得ており、如水はさらでも睨まれている。切支丹を韜晦せずにはいられない危険な立場にいたのであったが、行長とても、多少の寵は禁教令の前に必ずしも身の安全の保証にはならぬ。高山右近の例によって之を知りうる。行長は如水に比すれば正直であり、又、ひたむきな情熱児であった。

駿府の城で行長の報告をきいた秀吉は大満足。その晩は大酒宴を催して、席上大明遠征軍の編成を書きたてて打興じ、遠征の金に不自由なら貸してやるから心配致すな、ソレ者共、というので、三百枚の黄金を広間にまきちらす馬鹿騒ぎ。

京都へ帰着。日本国関白殿下の大貫禄をもって天晴れ朝鮮使節を聚楽第に引見する。秀吉は紗《しゃ》の冠に黒袍束帯、左右にズラリと列坐の公卿が居流れる。物々しい儀礼のうちに国書と進物を受けたけれども、酒宴が始まると、もう、ダラシがない。朝鮮音楽の奏楽が始まると、鶴松（当時二歳）をだいて現れて、之をあやしながら縁側を行ったり来たり、コレコレ泣くな、ホレ、朝鮮の音楽じゃ、と余念がない。すると鶴松が小便をたれた。秀吉アッと気付いて、ヤア小便だ小便だ。時ならぬ猿猴《えんこう》の叫び声。「容貌矮陋《わいろう》、面色黎黒《れいこく》」下賤無礼、話の外の無頼漢だ、と朝鮮使節はプンプン怒って帰国の途についた。

そうとは知らぬ秀吉、名護屋に本営を築城して、大明遠征にとりかかる。行長と義智は困惑した。遠征軍が平和進駐のつもりで釜山に上陸すると、忽《たちま》ちカラクリがばれてしまう。どうしても一足先に赴《おもむ》いて何とか弥縫《びほう》の必要があるから、ひそかに秀吉に願いでた。即ち、朝鮮使節はああ言って帰ったけれども、彼等は元来表裏常ならぬ国柄であるから、果して本心から道案内に立つかどうか分らない。日本軍が上陸してから俄《にわか》に違約を蒙って齟齬を来しては重大だから、彼らの本心を見究めるため、自分らを先発させて欲しい。朝鮮の真意が分り次第報告するが、ともかく三月一杯は全軍の出陣を見合せるよう訓令を発していただきたい、と願いでて、許可を得た。

行長と義智は直ちに手兵を率いて先発する。彼らは必死であった。釜山に上陸、直ちに交渉を開始して、清正の軍勢は目と鼻の先の島まで来ているし、後詰の大軍はすでに対馬に勢揃いを完了している。十数万の精鋭であるから、今、太閤を怒らせると、朝鮮はてもなく足下に蹂躙されるのが運命である。かくなる以上は遠征の道案内に立つ方が身の為だ、と言って、彼らも死物狂い、なかば脅迫の言辞を弄して迫ったけれども、朝鮮の態度は傲慢で、下賤の猿面郎が大明遠征などとは蜂が亀の甲を刺すようなものだ、という頭から軽蔑しきった文書によって返答してきた始末であった。

宗義智はこの数年間屢次《るじ》にわたって朝鮮側と屈辱的な折衝を重ね、太閤の意志とうらはらな返翰《へんかん》を得て、之を中途で握りつぶしていたのであるから、露顕の恐怖に血迷った。行長と打合せる余裕すらも失い、単独鄭撥に交渉したが、軽蔑しきって返事もくれぬ。義智はすでに逆上した。進め、殺せ、狂乱叱咤、釜山城へ殺到して、占領する。然し、血の悪夢からさめた時には、単なる一小城の蹂躙と殺戮が自分を救う何の役にも立たないことを見出したばかりであった。彼は絶望を抑えるために亢奮《こうふん》し、ゴロゴロした屍体の中を歩き廻って血刀をふりあげながら絶えず号令を叫んでいた。東萊の府使へ急使を派して、仮道入明に応じなければ釜山同様即刻武力をもって蹂躙すると脅迫したが、使者のもたらした返事は簡単な拒絶の数言にすぎなかった。義智はその言葉がよく聞きとれなかったような変な顔でボンヤリしていたが、みんな殺すのだと呟《つぶや》いた。急に名状し難《がた》い勢いで崩れた塀の上へ駈け上ると進軍の命令を下していた。殺到して東萊城を占領する。つづいて、水営。つづいて、梁山。義智の絶望と混乱のうちに飛火のように血煙がたち、戦争はまったく偶発してしまったのである。

かくなれば、是非もない。道は一つ。行長は決意した。他の誰よりも真ッ先に京城に乗込み、朝鮮王と直談判して仮道入明を強要し、ツジツマを合せなければならぬ。京城へ。京城へ。行長は走った。清正をはじめ待機の諸将はそうとは知らない。行長が功をあせって彼等をだしぬいたとしか思わなかった。激怒して上陸、京城めがけて殺到する。統一も連絡もなく各々の道を走ったが、鉄砲を知らぬ朝鮮軍は単に屍体を飛び越すだけの邪魔となったにすぎなかった。日本軍は一挙に京城を占領し、朝鮮王は逃亡した。

京城の一番乗は言うまでもなく行長だったが、一日遅れた清正は狡猾な策をめぐらし、自分の京城入城を知らせる使者を誰よりも早く名護屋本営へ走らせた。この報告には一番乗とは書き得ないので、ただ今入城、と書いておいたが、一番早く入城の報告を行うことによって太閤に一番乗を思いこませるためであった。清正は行長にだしぬかれた怒りと一番乗が最大関心の大事であったが、行長は一番乗の報告などにかけずらってはいられなかった。

京城に到着、行長は直《ただち》に密使を朝鮮軍の本営に送って、仮道入明、否々、彼は太閤の訓令も待たず、直に明との平和交渉にとりかかった。即ち、明との和平を斡旋せよ、単刀直入、朝鮮軍にきりだした。彼は破れかぶれであった。毒食わば皿まで、彼はもう弥縫のための暗躍に厭気《いやけ》がさして、卑屈な自分を呪ったが、所詮弥縫暗躍がまぬがれがたい立場なら、いっそ全てを自分一存のカラクリで仕上げてやれという自暴自棄の結論に達していた。朝鮮の説得だの、朝鮮風情を相手に小さなツジツマを合せているのは、もう厭だ。どうせ死ぬ命が一つなら、大明を直接相手に大芝居、即刻媾和《こうわ》を結んでしまう。どんな国辱的な条件でも、秀吉が気付かなければいいではないか。自分が中間に立って誤魔化してしまう。一文の利得もなく一条の道義もないよしなき戦争、徒《あだ》なる流血の惨事ではないか。間違えば自分の命はなくなるが、無辜《むこ》の億万人が救われる。日本六十余州にも平和がくる。明も、朝鮮も、無意味な流血から救われるのだ。

　そこで朝鮮本営へ密使を送って明への和平斡旋方を切りだしたが、根が正直な男であるから自分一個の思いつめた決意だけしか分らない。外交の掛引だの、朝鮮方の心理などには頓着なく、お互に無役な血を流すのは馬鹿馬鹿しいことではないか、我々日本の将兵は数千里の遠征などは欲していないし、朝鮮も明も恐らく同じことだろう。要するに戦争の結果が単に三国の疲弊を招くだけのことにすぎないのだから、どっちの顔も立つようにして、こんな戦争は一日も早く止《よ》す方がいい。そうではないか。即刻明へ和平斡旋に出向いてくれ。和平の条件などは自分と明とで了解し合えばそれでいいので、どんな条件でも構わぬ。自分が途中でスリ変えて本国へ報告してシッポがでなければ、それでいい、之が人道、正義と云うものではないか、と言って、洗いざらい楽屋を打開けて、単刀直入切りだした。

　楽屋を打開けたものだから、朝鮮軍は軽蔑した。彼らは日本軍に文句なしの敗戦を喫したけれども、明軍を当にしている彼等、自分一個の実力評価の規準がない。自分は負けたが明軍がくれば日本などは問題外だときめている。その明軍の到着がすでに近づいていることが分っていたから、至極鼻息が荒くなっているところへ、行長が楽屋を打開けたから、日本軍はもはや戦意を失っている、明の援軍近しときいてすでに浮足立っているのだと判断した。こういう有様の日本軍なら明の援軍を待つまでもない、俺の力でも間に合うだろう、と唐突に気が強くなり頭から舐めてきた。そこで行長の交渉に返答すらも与えず、返事の代りに突然全軍逆襲した。行長は不意をつかれて一度は崩れたが、何がさて相手は鉄砲もない朝鮮軍のことで、行長を甘く見たから一時鼻息を荒くしたというだけのこと、坡州から援兵が駈けつけて日本軍の腰がすわると、もう駄目だ。元の木阿弥、てもなく撃退されてしまった。

明の大軍が愈々《いよいよ》近づく。之ぞ目指す大敵、将星一堂に会して軍略会議がひらかれる。このときだ、隠居はしても如水は常に一言居士、京城に主力を集中、その一日行程の要地に堅陣を構え、守って明軍を撃破すべしと主張する。大敵を迎えて主力の一大会戦であるから理の当然、もとより全軍異議なく、軍議一決の如く思われたとき、小西行長が立って奇怪な異見を立てはじめた。

行長の意見は傍若無人、軍略の提案ではなく自分一個の独立行動の宣言にすぎないのだった。諸氏、明軍来るときいて憶したりや、行長の調子は此《かく》の如きものだった。源平の昔から勝機は常に先制攻撃のたまもの、之が戦争の唯一の鍵というものだ。自分の兵法に守勢はない、よって自分は即刻平壌に向って前進出撃するが、否、平壌のみにとどまらぬ。独力鴨緑江を越えて明国の首府に攻め入ること も辞さぬであろう。傲然として、四国の諸将を睥睨した。

然り。行長は平壌まで前進しなければならないのだ。他の誰よりも先頭に立たねばならぬ必要があるからである。朝鮮が和平斡旋を拒絶したから、道は一つ、全軍の先頭にでて、直接明の大将と談判しなければならないのだ。

諸将はこのことを知らぬから、行長の決然たる壮語、叱咤、万億の火筒の林も指先で摧《くじ》くが如き壮烈無比なる見幕に驚いた。怒り心頭に発したのは如水。豎子《じゅし》策戦を知らず、徒《いたずら》に壮語を弄して一時の快を何とかなす。然し、つとめて声を和《やわら》げ、余勢をかっての前進は常に最も容易であるが、遠く敵地に侵入して戦線をひろげ兵力を分散して有力な敵の主力を邀《むか》えることは不利である。諺《ことわざ》に「用心は臆病にせよ」とはこのことだ、と説いたけれども、もとより戦略などが問題ではない行長、焦熱地獄も足下にふんまいて進みに進む見幕は微塵も動かぬ。ボンクラ諸将は俄に心中動揺して、成程守る戦争は卑怯だなどと行長の尻馬に乗る。大将格の浮田秀家自体がこの動揺に襲われてしまったから、軍議は蜂の巣をつついた如く湧きかえって、結局、行長の前進を認めてしまった。

行長は平壌へ前進する。ほっとくわけにも行かぬから、平壌から京城にかけて俄ごしらえの陣立をつくり諸将が分担布陣したが、延びすぎた戦線、統一を欠く陣構え。すでに戦争は負である。

如水は全くふてくさった。怒気満々、病気と称して帰国を願いでる。許可を得て本国へ引上げたが、今に見よ、行長め、負けてしまえ。果して行長は敗北する、全軍大混乱。ザマを見よ、如水は胸をはらした。大政所の葬儀に列し、京大坂で茶の湯をたのしみ、暫《しば》しは戦地を忘れて閑日月。然し、一足名護屋へ立戻ると、ここは戦況日夜到り、苦戦悲報、こうなると忽ちムズムズ気負い立たずにはいられぬ如水。去年の憂さがもう分らぬ。とうとう襖越しに色気満々の独言となり、再び軍監を拝命渡韓するに至ったが、之は後の話。

行長の平壌前進のおかげで全軍敗退、一時は大混乱となったが、ともかく立直って碧蹄館に勝つことができた。小早川隆景、立花宗茂、毛利秀包《ひでかね》らの戦功であった。明軍も日本の侮り難い戦力を知って慎重布陣、両軍相対峙してみだりに進攻を急ぐことがなくなったから、戦局全く停頓した。行長はぬからず使者を差向けて和議につとめる。日本の実力が分ってみると、明軍とても戦意はない。明の朝廷は元々和談を欲していた。

日本軍の朝鮮侵入、飛報に接した明の朝廷はとりあえず李如松に五万の兵を附して救援に差向け、之にて大事なしという考えであったが、朝鮮軍は風にまかれる木の葉の如く首府京城まで一気に追いまくられてしまう。自力で立てない朝鮮軍は明の兵力を過信して安心しきっているけれども、自分の力量の限界に目安のついている明国では、日本軍の意想外な進出ぶりに少からず狼狽した。属領の如くに見ている日本と争い苦戦してともかく追払っても元々だ。否、苦戦しただけ損だという勘定が分っている。莫大な戦費を浪費して遊ぶ金に事欠いては無意味だという計算は行届いているから、和談でケリがつくなら戦争などはやらぬがよい。日本の軍隊が強いのは一時的な現象だから、いずれ日本も落目になろう、そのとき叩きつければよい。敵勢が勢いに乗るときは下手から誤魔化すに限る、という大司馬石星の意見で、沈惟敬という誤魔クラガシの天才を選びだし、口先一つで日本軍をだまして返せ、彼を和議使節として特派した。沈惟敬は元来市井の無頼漢で、才幹を見込まれて立身した特異の怪物であった。

沈惟敬は朝鮮軍の情報から判断して、日本は明との貿易復活を欲しているのが本心で、侵略は本意でないという見透しを得た。そこで和議の可能、それも自国に有利な和議の可能に満々たる自信をいだいておった。救援軍の大将李如松は和議などは不要、ただの一撃、叩きつぶしてしまうと息まいているが、之を制して、五十日間の休戦を約束させ、単独鴨緑江を渡って平壌の行長と交渉を始めていた。

行長は根が正直者、国を裏切り暗躍に狂奔しているが、陰謀はその本性ではない。よしなき戦争は罪悪だという単純な立前で、三国いずれの立場からもこの戦争で利得を受ける者はないのだから、いずれの思いも同じこと、如何《いか》なる陰謀悪徳を重ねても和議には代えられぬ筈ときめている。自分の一存で如何なる条約を結んでも構わぬ。本国への報告は両軍の大将が相談ずくで誤魔化す限りシッポはでないし、シッポが出たら俺が死ぬ。それだけのこと。こういう度胸をきめ、楽屋のうちをさらけだして談判にかかってきた。外交に異例の尻まくりの戦術、否、戦術ですらもない、全く殺気をこめ、眼は陰々とすわって一点を動かずという身構えで、死者ぐるいにかかってくる。

沈惟敬は筋の正しい国政などとは縁のない市井の怪物、元来がギャングの親方であるから、人生の裏道で陰謀に半生の命をはりつづけて生きてきたこの道の大先輩、行長の覚悟、尻まくり戦術は自らのふるさとで、話をすれば、行長の決意裏も表もよく分る。この男はすべてをさらけだして、全く命をはっているのだと見極めをつけた。談判破裂となれば死者ぐるいで襲いかかるに相違ない殺気であるから、ここは悪どく小策を弄せず、この男の苦心通りに和議をととのえてやる方が簡単にして上策だという判定を得た。それにつけても、行長が条約に譲歩の意をほのめかしているのだから、徹底的に明国に有利な条約まで持って行こうというのが沈惟敬の肚《はら》だった。けれども条約を結ぶに就ては日本軍は先《ま》ず釜山まで撤退すべしということ、並びに捕虜の朝鮮二王子を返還すべしということ、之は行長の一存のみでは決しかねる問題だ。朝鮮の二王子を捕えたのは清正で、事は大きくないけれども、清正の意中が難物である。

この二ケ条は一時的な面子《めんつ》の問題、和議のととのった後では軍兵の撤退も王子の返還も面倒のいらぬことだから、急ぐことはない。つまらぬことに拘泥せず実質的な媾和条約をかせぐ方が利巧だという惟敬の考え、戻ってきて、この二ケ条は今は無理だと朝鮮側で説いたけれども、宋応昌はきき容れるどころか、激怒した。日本軍の釜山撤退、二王子の返還、朝鮮側では譲歩のできぬ必死の瀬戸際の大問題。オレに任せておけなどと大きなことを言って出掛けて、撤退もさせぬ二王子も返還させぬ、それで媾和とは開いた口がふさがらぬ。明国の威信を汚す食わせ者だ、というので、李如松が朝鮮側に輪をかけて立腹、刀に手をかける。沈惟敬はむくれてしまった。喧嘩だ、刃物だと言って、身の程も知らぬ奴に限って鼻息の荒いこと。朝鮮軍など戦争らしい戦争もせず一気に追いまくられて首府まですてて逃げだしたくせに、今更虫のよすぎる要求だ。明軍とて日本軍を釜山まで押し戻せるものなら押し返してみるがいい。今に吠え面かかぬようにせよと言って、切るなり突くなり勝手にするがいいや、ヨタモノの本領、ドッカとあぐら、はどうだか、支那式によろしくあぐらに及んで首すじのあたりを揉みほぐしたりなぞしている。

媾和などとは余計なことだと、そこで李如松は平壌の行長へ使者をたてて沈惟敬が和議を結びにきたからと誘いださせて、突然之を包囲した。日本軍は大敗北、行長はからくも脱出、散々の総崩れである。

けれども日本は応仁以降打ちつづく戦乱、いずれも歴戦の精兵だから、立直ると、一筋縄では始末のつかぬ曲者である。図に乗った明軍も碧蹄館で大敗を喫し、両軍相対峙して戦局は停頓する。李如松も日本軍侮り難しと悟ったから、和談の交渉は本格的となり、惟敬の再登場、公然たる交渉が行われ始めた。

日本には有勢な海軍がなかった。応仁以降の戦乱はすべて陸戦。野戦に於ては異常なる進歩を示しているが、海軍は幼稚だ。海賊は大いに発達して遠く外洋まで荒しておりこの海賊が同時に日本の海軍でもあったけれども、軍隊としては組織も訓練も経験も欠けている。近代化された装備もない。秀吉も之を知ってポルトガルの軍艦購入をもくろんでいたが、コエリョが有耶無耶な言辞を弄して之を拒絶したから、秀吉は激怒して耶蘇禁教令を発令する結末に及んでしまった。

然るに、朝鮮側には亀甲船があり、之を率ゆるに名提督李舜臣がある。龍骨をもたない日本船は亀甲船の衝突戦法に破り去られて無残な大敗北。制海権を失ったから、日本の海上連絡は釜山航路一つしかない。京城への海路補給が出来ないから、釜山へ荷上げして陸路運送しなければならぬ。占領地帯は満目荒涼、徴発すべき人夫もなければ物資もない。補給難、折から寒気は加わり、食糧は欠乏する。二重の大敵身にせまって戦さに勝てど窮状は加わるばかり、和議を欲し即刻本国へ撤退を希《ねが》う思いは全軍心底の叫び、清正すらも一時撤退の余儀なきことを思うに到っていたのであった。

そこで秀吉も訓令をだして一応軍兵を釜山へ撤退せしめる、二王子を返してやれ、本格的に和談の交渉をすすめよとあって、三成らが訓令をたずさえ兵をまとめて撤退せしめる、例の囲碁事件が起ったのはこの時の話。如水の好戦意慾などには縁のない暗澹たる前線の雰囲気であった。

明からも形式的な和平使節が日本へ遣わされることになる、このとき秀吉から日本側の要求七ケ条というものをだした。

一、明の王女を皇妃に差出す
一、勘合符貿易を復活する
一、両国の大臣が誓紙を交換する
一、朝鮮へは北部四道を還し南部四道は日本が領有する
一、朝鮮から王子一人と家老を人質にだす
一、生擒《いけどり》の二王子は沈惟敬に添えて返す
一、朝鮮の家老から永代相違あるまじき誓紙を日本へ差出す

というのだ。

王女を皇妃に入れるとか人質をだすのは日本の休戦条約の当然な形式で、秀吉は当り前だと思っているが、負けた覚えのない明国が承諾する筈がない、南部四道も多すぎる、というので、行長は勝手に全羅道と銀二万両という要求に作り変えて交渉したが、一寸の土地もやらぬ、一文も出さぬ、と宋応昌に蹴られてしまった。明側で要求に応じる旨を示したのは貿易復活という一条だけだ。

クサることはないですよ、と沈惟敬は行長にささやいた。彼はもう外交などという国際間の交渉が凡《およ》そ現状の実際を離れて威儀のみ張っているのにウンザリして、大官だの軍人だの政治家などという連中の顔は見るのも厭《いや》だ、まだしも行長にだけは最も個人的な好意をいだいていた。貿易さえ復活すればいいではないですか、全羅道だの銀二万両などにこだわらなくとも、貿易さえ復活すれば儲けは何倍もある、太閤の最も欲していることも貿易復活の一点に相違ないのだから之さえシッカリ握っておけばあとの条件などはどうなろうと構わない、実際問題として之が日本の最大の実利なのだ。あとのことはあなたと私が途中でごまかしてシッポがでたら、私も命はすてる、地獄まであなたにつきあうよ、と言って、行長を励ました。

そこで内藤如安（小西の一族で狂信的な耶蘇教徒だ）を媾和使節として北京に送る、明国からは更に条件をだして貿易を復活するに就ては、足判義満の前例のように、明王の名によって秀吉を日本国王に封ずる、それに就ては秀吉から明へ朝貢して冊封を請願して許可を受ける、要するに秀吉が降伏して明の臣下となって日本国王にして貰う、という意味だ、こういう条件をだしてきた。この難題にさすが行長も思案にくれていると、行長さん、いいじゃないか、惟敬は首をスポンと手で斬って、これ、ネ、私もあなたにつきあうよ、ネ。ここまで来たら、最後の覚悟は一つ、ネ、行長も頷いた。

そこで行長と惟敬が合作して秀吉の降表を偽造したが「万暦二十三年十二月二十一日、日本関白臣平秀吉誠惶誠恐、稽首頓首、上言請告」と冒頭して、小西如安を差出して赤心を陳布するから日本国王に封じて下さい、と書いてある。

明側は大満足、日本へ冊封使を送る。この結果が秀吉の激怒となって再征の役が始まったが、秀吉が突立ち上って冠をカナグリすて国書を引裂いたという劇的場面は誰でも知っている。尤《もっと》も引裂かれた筈の国書は引裂かれた跡もなく今日現存しているのである。伝説概ね斯《かく》の如し。

三

秀吉はもうろくした。朝鮮遠征がすでにもうろくの始まりだった。

鶴松（当時三歳）が死ぬ。秀吉は気絶し、食事は喉を通らず、茶碗の上へ泣き伏して顔中飯粒だらけ、汁や佳肴をかきわけて泳ぐように泣き仆《たお》れている。その翌日の通夜の席では狂える如くに髻《もとどり》を切って霊前へささげた。すると秀吉につづいて焼香に立ったのが家康で、おもむろに小束をぬき大きな手で頭をかかえて髻をジョリジョリ糞落付きに霊前へならべる。眼を見合せた満座の公卿諸侯、これより心中に覚悟をかためて焼香に立ち頭をかかえてジョリジョリやる。葬儀の日に至って小倅の霊前に日本中の大名共の髻が山を築くに至ったという。秀吉は息も絶えだえだった。思いだすたび邸内の諸方に於てギャアと一声泣きふして悶絶する、たまりかねて有馬の温泉へ保養に行ったが、居ること三週間、帰京する、即日朝鮮遠征のふれをだした。悲しみの余り気が違って朝鮮征伐を始めたという当時一般の取沙汰であった。

捨松（後の秀頼）が生れた。彼のもうろくはこの時から凡愚をめざして急速度の落下を始める。秀吉はすでに子供の愛に盲いた疑り深い執念の老爺にすぎなかった。秀頼の未来の幸を思うたびに人の心が信用されず、不安と猜疑の蟲《むし》に憑かれた老いぼれだった。生れたばかりの秀頼を秀次の娘（これも生れたばかり）にめあわせる約束を結んだのも秀次の関白を穏便に秀頼に譲らせたい苦心の果だが、秀吉の猜疑と不安は無限の憎悪に変形し、秀次を殺し、三十余名の妻妾子供の首をはねる。息つくひまもなかった。秀次を殺してみれば、秀次などの比較にならぬ大きな敵がいるではないか。家康だった。秀吉は貫禄に就て考える。自分自身の天下の貫禄に就て考え貫禄はその自体に存するよりも、時代の流行の中に存し、一つ一つは蟲けらの如くにしか思わなかった民衆たちのその蟲けらのような無批判の信仰故にくずれもせずに支持されてきた砂の三角の頂点の座席にすぎないことを悟っていた。その座席を支えるものは彼自身の力でなしに、無数の砂粒の民衆であることを見つめ、無限の恐怖を見るのであった。愚かな、そして真に怖るべき砂粒、それのみが真実の実在なのだ。この世の真実の土であり、命であり、力であった。天下の太閤も虚妄の影にすぎない。彼の姿はその砂粒の無限の形の一つの頂点であるにすぎず、砂粒が四角になればすでに消えてしまうのだった。

そして又秀吉は家康の貫禄に就て考える。その家康は砂粒のない地平線に坐りながら、その高さが彼といくらも違わぬくらい逞しかった。けれども砂粒は同時に底なしに従順暗愚無批判であり、秀吉がその頂点にある限り、家康は一分一厘の位の低さをどうすることもできない。秀吉は家康を憫笑する。ともかく生きていなければ。家康よりも、一日も長く。長生きだけが、秀吉の勝ちうる手段であった。家康に対しても、又、砂粒に対しても。死と砂粒は唯一の宇宙の実在であり、ともかく生きることによって、秀吉はそれを制し得、そして家康の道をはばみ得るだけだった。

けれども秀吉は病み衰えた。食慾なく、肉は乾き、皮はちぢみ、骨は痩せ、気力は枯れて病床に伏し、鬱々として終夜眠り得ず、めぐる執念ただ秀頼のことばかり。五大老五奉行から誓紙をとり、永世秀頼への忠勤、神明に誓って違背あるまじく、血判の血しぶきは全紙にとびしたたりそれを我が棺に抱いて無限地底にねむるつもり。地底や無限なりや一年にして肉は蛆蟲これを食い血は枯れ紙また塵となり残るものは白骨ばかり。不安と猜疑と執念の休みうる一もとの木蔭もなかった。前田利家の手をとり、おしいただいて、頼みまするぞ、大納言、頼みまするぞ。乾きはて枯れはてた骨と皮との間から奇妙や涙は生あたたかく流れでるものであった。哀れ執念の盲鬼と化し、そして秀吉は死んだ。

第三話　関ケ原

一

秀吉の死去と同時に戦争を待ち構えた二人の戦争狂がいた。一人が如水であることは語らずしてすでに明らかなところであるが、も一人を直江山城守といい上杉百二十万石の番頭で、番頭ながら三十万石という天下の諸侯に例の少《すくな》い大給料を貰っている。如水はねたまも天下を忘れることができず、秀吉の威風、家康の貫禄を身にしみて犇々《ひしひし》と味《あじわ》いながら、その泥の重さをはねのけ筍の如き本能をもって盲目的に小さな頭をだしてくる。人一倍義理人情の皮をつけた理窟屋の道学先生、その正体は天下のドサクサを狙い、ドサクサまぎれの火事場稼ぎを当にしている淪落《りんらく》の野心児であり、自信のない自惚《うぬぼれ》児だった。

けれども直江山城守は心事甚《はなはだ》だ清風明快であった。彼は浮世の義理を愛し、浮世の戦争を愛している。この論理は明快であるが、奇怪でもあり、要するに、豊臣の天下に横から手をだす家康は怪《け》しからぬという結論だが、なぜ豊臣の天下が正義なりや、天下は廻り持ち、豊臣とても廻り持ちの一つにすぎず、その万代を正義化し得る何のいわれも有りはせぬ。けれども、そういう考察は、この男には問題ではなかった。彼は理知的であったから、感覚で動く男であった。はっきり言うと、この男はただ家康が嫌いなのだ。昔から嫌いであった。それも骨の髄から嫌いだという深刻な性質のものではなく、なんとなく嫌いで時々からかってみたくなる性質の——彼は第一骨の髄まで人を憎む男ではなく、風流人で、通人で、その上に戦争狂であったわけだ。だから、家康が天下をとるなら、俺がひとつ横からとびだしてビンタをくらわせてやろうと大いに張切って内心の愉悦をおさえきれず、あれこれ用意をととのえて時の到るのを待っている。彼の心事明快で、家康をやりこめて代りに自分の主人を天下の覇者にしてやろうなどというケチな考えは毛頭いだいていなかった。

この男を育て仕込んでくれた上杉謙信という半坊主の悟りすました戦争狂がそれに似た思想と性癖をもっていた。謙信も大いに大義名分だとか勤王などと言いふらすが全然嘘で、実際はただ「気持良く」戦うことが好きなだけだ。正義めく理窟があれば気持が良いというだけで、つまらぬ領地問題だの子分の頼みだの引受けて屁理窟を看板に切った張った何十年あきもせず信玄相手の田舎戦争に憂身をやつしている。義理人情の長脇差、いわば越後高田城持ちのバクチ打ちにすぎないので、信玄を好敵手とみて、大いに見込んで、塩をくれたり、そしてただ戦争をたのしんでいる。信玄には天下という目当てがあった。彼は田舎戦争などやりたくないが、謙信という長脇差は思いつめた戦争遊びに全身打ちこみ、執念深く、おまけに無性に戦争が巧い。どうにも軽くあしらうというわけには行かず、信玄も天下を横に睨みながら手を放すというわけに参らず大汗だくで弱ったものだ。勤王だの大義名分は謙信の趣味で、戦争という本膳の酒の肴のようなもの。直江山城はその一番の高弟で、先生よりも理知的な近代化された都会的感覚をもっていた。それだけに戦争をたのしむ度合いは一そう高くなっている。真田幸村という田舎小僧があったが彼は又、直江山城の高弟であった。少年期から青年期へかけ上杉家へ人質にとられ、山城の思想を存分に仕込まれて育った。いずれも正義を酒の肴の骨の髄まで戦争狂、当時最も純潔な戦争デカダン派であったのである。彼等には私慾はない。強いて言えば、すこしばかり家康が嫌いなだけで、その家康の横ッ面をひっぱたくのを満身の快とするだけだった。

直江山城は会津バンダイ山湖水を渡る吹雪の下に、如水は九州中津の南国の青空の下に、二人の戦争狂はそれぞれ田舎の逞しい空気を吸いあげて野性満々天下の動乱を待ち構えていたが、当の動乱の本人の三成と家康は、当の本人である為に、岡目八目の戦争狂どもの達見ほど、彼等自らの前途の星のめぐり合わせを的確に見定め嗅ぎ当てる手筋を失っていた。特に三成は四面見渡す敵にかこまれ、日夜の苦悶懊悩、そして、彼の思考も行動も日々夜々ただ混乱を極めていた。

秀吉が死ぬ。遺骸は即日阿弥陀峯へ密葬して喪の発表は当分見合せとかたく言い渡した三成、特に浅野長政とはかって家康に魚をとどけて何食わぬ顔。その翌日、家康何も知らず登城の行列をねってくると、道に待受けたのは三成の家老島左近、実は登城に及び申さぬ、太閤はすでにおかくれ、三成より特に内々の指図でござった、と打開ける、前田利家にも同様打開けた。家康は三成の好意を喜び、とって帰すと、その翌日はすでに息子秀忠は京都を出発走るが如《ごと》く江戸に向う、父子東西に分れて天下の異変にそなえる家康例の神速の巻、浅野長政は家康の縁者で、喪を告げぬとは不埒な奴と家康の怒りを買う、だまされたか三成めと長政は怒ったが、長政をだしぬくなどの量見は三成にはない。彼はただ必死であった。自信もなければ、見透しも計画もなく、無策の中から一日ごとの体当り。鍵はかかって家康と利家両名の動きの果にかかっていることが分るだけ。その両名に秘密をつげて、天下の成行をひきだすことと、そのハンドルを自分が握らねばならないことが分っているだけであった。

先《ま》ず家康が誰よりも先に覚悟をきめた。家康はびっくりすると忽《たちま》ち面色変り声が喉につかえて出なくなるほどの小心者で、それが五十の年になってもどうにもならない度胸のない性質だったが、落付をとりもどして度胸をきめ直すと、今度は最後の生死を賭けて動きだすことのできる金鉄決意の男と成りうるのであった。年歯三十、彼は命をはって信玄に負けた、四十にしてふてくされ小牧山で秀吉を破ったが外交の策略に負け、その時より幾星霜、他意のない秀吉の番頭、穏健着実、顔色を変えねばならぬ立場などからフッツリ縁を切っている。その穏健な影をめぐって秀吉のひとり妄執果もない断末魔の足掻き。機会は自らその窓をひらき、そして家康をよんでいた。家康は先ず時に乗り、そして生死の覚悟をきめた。

彼はただ、生死の覚悟をかためることが大事であり、その一線を越したが最後鼻唄まじりで地獄の道をのし歩く頭ぬけて太々しい男であった。

彼は先ず誓約を無視して諸大名と私婚をはかり、勢力拡張にのりだす。あっちこっちの娘どもを駆り集めて養女とし、これを諸侯にめあわせる算段で、如水の息子の黒田長政の如きはかねての女房（蜂須賀の娘）を離縁して家康の養女を貰うという御念の入った昵懇《じつこん》ぶり、これも如水の指金だ。もとより四方に反撥は起り、これは家康覚悟の前。それは直ちに天下二分、大戦乱の危険をはらんでいるのであったが、家康は屁でもないような空とぼけた顔、おやおやそうかね、成行きの勝手放題の曲折にまかせ流れの上にねころんで最後の時をはかっている。

前田利家は怒った。そして家康と戦う覚悟をきめた。彼は秀吉と足軽時代からの親友で、共々に助け合って立身出世、秀吉の遺言を受けて秀頼の天下安穏、命にかけても友情をまもりぬこうと覚悟をかためている。彼の目安は友情であり、その保守的な平和愛好癖であり、必ずしも真実の正義派ではなかった。彼は理知家ではなく、常識家で、豊臣の天下というただ現実の現象を守ろうという穏健な保守派。これを天下の正義でござると押つけられては家康も迷惑だったが、利家はその常識と刺違えて死ぬだけの覚悟をもった男であった。利家は秀頼の幼小が家康の野心のつけこむ禍根であると思っていたが、実際は、豊臣家の世襲支配を自然の流れとするだけの国内制度、社会組織が完備せられていなかったのだ。秀吉は朝鮮遠征などという下らぬことにかけづらい国力を消耗し、豊臣家の世襲支配を可能にする国内整備の完成を放擲していた。秀吉は破綻なく手をひろげる手腕はあったが、まとめあげる完成力、理知と計算に欠けていた。家康には秀吉に欠けた手腕があり、そして時代そのものが、その経営の手腕を期待していた。時代は戦乱に倦《う》み、諸侯は自らの権謀術数に疲れ、義理と法令の小さな約束に縛られて安眠したい大きな気風をつくっている。それにも拘らず天下自然の窓がなお家康の野心のためにひらかれ、天下は自ら二分して戦乱の風をはらんでいる。それは豊臣家の世襲支配の準備不足のためであり、いわば秀吉の落度であった。その秀吉の失敗の跡を、家康は身に沁みて学び、否、遠く信長の失敗の跡から彼はすでに己れの道をつかみだしていた。彼は時代の子であった。彼が自ら定めた道が時代の意志の結び目に当っていた。彼はためらわず時代をつかんだ。彼は命をはったのだ。彼に課せられた仕上げの仕事が国内の整備経営という地味な道であったから、彼は保身の老獪児であるかのように見られているが、さにあらず、彼はイノチを賭けていた。秀吉よりも、信長よりも太々しく、イノチを賭けて乗りだしていた。

利家は不安であった。彼の穏健な常識がその奇妙な不安になやんでいた。彼は家康の威風に圧倒されて正義をすて戦意を失う自分の卑劣な心を信じることができなかったし、事実彼は勇気に欠けた卑怯な人ではなかったから、その不安がなぜであるか理解ができず、彼はただ家康の野望を憎む心に妙な空間がひろがりだしていることを知るのであった。彼は穏健常識の人であるから時代という巨大な意志から絶縁されておらず、彼はいわばたしかに時代を感じていた。それが彼に不安を与え、心に空間を植えるのだったが、友情という正義への愛情に執着固定しすぎているので、その正体が理解できず、むしろ家康と会見し、一思いに刺違えて死にたいなどと思うのだった。その彼は、すでに一間の空間を飛び相手に迫って刺違える体力すらも失っていた。

家康は利家の小さな正義をあわれんだ。彼は利家を見下していた。利家の会見に応じ、刺違えて殺されないあらゆる用意をととのえて、懇願をきき、慰め、いたわり、慇懃であったが、すでにイノチを賭けている家康は二十の青年自体であった。その青年の精神が傲然として利家の愚痴を見つめていた。利家の正義は愚痴であった。利家は老い、考え深く、平和を祈り、そしてただそれだけの愚痴の蟲《むし》にすぎなかった。

その答礼に利家の屋敷を訪れた家康は、その夜三成一派から宿所を襲撃されるところであったが、万善の用意は家康の本領、はったイノチを最後の瀬戸際まで粗末に扱う男ではない。身辺の護衛はもとより、ハダシに一目散、なりふり構わず水火かきわけて逃げだす用意のある男。その用心に三成は夜襲をあきらめ、島左近は地団太ふんで、大事去れり、ああ天下もはや松永弾正、明智光秀なし、と叫んだが、要するに島左近は松永明智の旧時代の男であった。家康は本能寺の信長ではない。信長の失うところを全て見つめて、光秀の存在を忘れることのない細心さ、匙を投げた三成は家康を知っていた。

まるで家康の訪れを死の使者の訪れのように、利家は死んだ。その枕頭《ちんとう》に日夜看病につとめていた三成の落胆。だが、三成も胆略すぐれた男であった。彼は利家あるゆえにそれに頼って独自の道を失ってすらいたのであるが、それ故むしろ利家の死に彼自らの本領をとりもどしていた。天才達は常に失うところから出発する。彼等が彼自体の本領を発揮し独自の光彩を放つのはその最悪の事態に処した時であり、そのとき自我の発見が奇蹟の如くに行われる。幸いにして三成は落胆にふける時間もなかった。

利家が死ぬ、その夜であった。黒田長政、加藤清正ら朝鮮以来三成に遺恨を含む武将たちが、時至れりと三成を襲撃する。三成は女の乗物で逃げだして宇喜多秀家の屋敷へはいり、更にそこを脱けだして、伏見の家康の門をたたき、窮余の策、家康のふところへ逃げこんだ。

なぜ三成が利家に頼っていたか。なぜ三成に自信がなかったか。彼には敵が多すぎた。その敵を敵と見定める心がなくて、味方にしうるものならばという慾があり不安があった。今はもう明かな敵だった。彼は敵と、そして、自分をとりもどした。三成は家康を知っていた。彼は常に正面をきる正攻法の男、奇襲を好まぬ男であった。

追っかけてきた武骨の荒武者ども家康の玄関先でわいわい騒いでいる。家康はこれをなだめて太閤の薨去日も尚《なお》浅いのに私事からの争いなどとは如何《いかが》なものと渋面ひとつ、あなた方の顔も立つようにはからうから私にまかせなさい、と引きとらせた。そこで三成には公職引退を約束させ佐和山へ引退させる。尚その道で荒くれ共が現れてはと堀尾吉晴、結城秀康の両名に軍兵つけて守らせる。三成をここで殺しては身も蓋もない。ただ一粒の三成を殺すだけ。生かしておけば多くの実を結び、天下二分の争いとなり、厭《いや》でも天下がふところにころがりこもうという算段だ。家康は一晩じっくり考えた。同じ思いの本多正信が一粒の三成もし死なずばという金言を家康に内申しようと思いたち、夜更けに参上してみると、家康は風気味で寝所にこもっており、小姓が薬を煎じている。襖《ふすま》の外から、殿はまだお目覚めでござるか。何事じゃ。石田治部のことといかが思召《おぼしめ》すか。さればさ、俺も今それを考えているところじゃ。左様ですか、御思案とならば、私めから申上げることもござりますまい、と正信は呑込みよろしく退出したというのだが、もとより例の「話」にすぎない。家康は自信があった。僥倖にたよる必要がなかったのである。

三成は裸一貫ともかく命を拾って佐和山へ引退したが、彼は始《はじ》めて独自の自我をとりもどしていた。彼は敵を怖れる必要がなくなり、そして、彼も亦《また》己れのイノチを賭けていた。

直江山城という楽天的な戦争マニヤが時節到来を嗅ぎ当てたのはこの時であった。彼は三成に密使を送り、東西呼応して挙兵の手筈《てはず》をささやく。誰はばからず会津周辺に土木を起し、旧領越後の浪人どもをたきつけて一揆を起させ戦争火つけにとりかかったが、家康きたれと勇みたって喜んでいる。けれども三成は直江山城の如く楽天的ではあり得なかった。彼は死んではならなかった。是が非でも勝たねばならぬ。彼は味方が必要だった。利家に代るロボットの総大将に毛利を口説き、吉川、小早川、宇喜多、大谷、島津、ゆかりあっての口説であるがその向背は最後の時まで分りかねる曲芸。その条件は家康とても同じこと、のるかそるか、千番に一番のかねあい。三成は常に家康の大きな性格を感じていた。その性格は戦争という曲芸師の第一等の条件であった。自ら人望が集《あつま》るという通俗的な型で、自ら利用せられることによって利用している長者の風格であった。三成はそれに対比する自分自身の影に、孤独、自我、そして自立を読みだしている、孤独と自我と自立には常に純粋というオマジナイのような矜持がつきまとうこと、陋巷《ろうこう》に孤高を持す芸術家と異《ことな》るところはなかったが、三成は己れを屈して衆に媚びる必要もあったので、彼は家康の通俗の型に敗北を感じていた。その通俗の魂を軽蔑し、それをとりまく凡《ぼん》くら諸侯の軽薄な人気をあわれんだが、通俗のもつ現世的な生活力の逞しさに圧迫され、孤高だの純粋だの才能などの現世的な無力さに自ら絶望を深めずにいられなかった。

　三成には皆目自らの辿る行先が分らなかった。彼はただ行うことによって発見し、体当りによって新たな通路がひらかれていた。それは自ら純粋な、そして至高の芸術家の道であったが、彼はその道を余儀なくせられ、そして目算の立ち得ぬ苦悩があった。家康には目算があった。その小説の最後の行に至るまで構想がねられ、修正を加えたり、数行を加えてみたり減らしてみたり愉しんで書きつづければよかったのだ。家康は通俗小説にイノチを賭けていたのである。三成の苦心孤高の芸術性は家康のその太々しい通俗性に敗北を感じつづけていたのだ。

　直江山城は無邪気で、そして痛快だった。彼は楽天的なエゴイストで、時代や流行から超然とした耽溺派であった。この男は時代や流行に投じる媚がなかったが、時代の流れから投影される理想もなかった。彼は通俗の型を決定的に軽蔑し、通俗を怖れる理由を持たない代りに、ひとりよがりで、三成すらも自分の趣味の道具のひとつに考えているばかりであった。家康も直江山城を怖れなかった。怖れる理由を知らなかった。山城は家康を嫌っていたが、それはちょっと嫌いなだけで、実は好きなのかも知れなかった。反撥とは応々そういうもので、そして家康は山城に横ッ面をひっぱたかれて腹を立てたが、憎む気持もなかったのである。

二

　如水雌伏二十数年、乗りだす時がきた。如水自らかく観じ、青春の如く亢奮《こうふん》すらもしたのであったが、時代は彼を残してとっくに通りすぎていることを悟らないのだ。

　家康も三成も山城も彼等の真実の魂は孤立し、死の崖に立ち、そして彼等は各々の流義で大きなロマンの波の上を流れていたが、その心の崖、それは最悪絶対の孤独をみつめ命を賭けた断崖であった。

この涯は何物をも頼らず何物とも妥協しない詩人の魂であり、陋巷に窮死するまでひとり我唄を唄うあの純粋な魂であった。

如水には心の崖がすでになかった。彼も昔は詩人であった。年歯二十余、義理と野心を一身に負い死を賭けて単身小寺の城中に乗りこんだ如水ではなかったか。そして土牢にこめられ執拗なる皮膚病とチンバをみやげに生きて返った彼ではないか。その皮膚病とチンバは今も彼の身にその青春の日の栄光をきざみ残しているのであるが、彼の心は昔日の殻を負うているだけだ。

彼は二十の若者の如き情熱亢奮をもって我が時は来れりと乗りだしたが、彼の心に崖はなく、絶対の孤独をみつめてイノチを賭ける詩人の魂はなかった。彼はただ時代に稀な達見と分別により、家康の天下を見ぬいていた。家康が負けないことも、そして自分が死なないことも知りぬいていた。己れの才と策を自負し、必ず儲る賭博であるのを見ぬいていた。彼は疑らず、ためらわなかった。すべてを家康にはり、倅《せがれ》長政の女房を離縁させて家康の養女を貰う全身素ッ裸の賭事。彼は自ら評して常に己れを賭博師という。然《しか》り、彼は賭博師で、芸術家ではなかったのだ。彼は見通しをたてて身体をはったが、芸術家は賭の果に自我の閃光とその発見を賭けるものだ。

彼は悠々と上洛した。彼の胸には家康によせる溢れるばかりの友情があった。小田原にあい見てこのかたこの日に至って頂点に達した秘められた友愛。彼はそれを最も親身に、又、義理厚く表現したが、その友愛はただ自我自らを愛する影にすぎないことを家康は見ぬいていた。如水の全身はただ我執だけ。それを秀吉に圧しつぶされて、そのはけ口が家康に投じられているだけのこと。友愛は野心と策略の階段にすぎないのだ。

だが、如水はただもう友愛の深みに自らを投げこんで、悪女の深情けとはこのこと、日夜の献策忠言、頼まれもせぬに長政を護衛につけたり、家康の伏見の上屋敷は石田長束増田らの邸宅に近く不覚の襲撃を受け易いと向島の下屋敷へ引越させたのも如水であった。その頃はまだ前田利家が生きていた。如水は細川忠興に入智慧して利家を訪ねさせ、家康利家の離間を狙うは三成の計で、彼はかくして家康を仆《たお》し、おもむろに残った利家を片づけて天下を我物にするつもり、とささやかせる。加藤清正、福島正則ら三成を憎みながらも家康を信用しない荒武者どもを勧誘して家康に加担せしめたのも如水であった。

だが関ケ原の一戦、その勝敗を決したものは金吾中納言秀秋の裏切であるが、この裏切を楽屋裏で仕上げた者も如水であった。元来秀秋は秀吉の甥で秀吉の養子となったものである。秀吉は秀次以上に寵愛して育てたが、先ず秀次関白となり、ついで実子も生れたので、然るべき大々名へ養子にやりたいと考えている。この気持を見抜いたのが如水で、ちょうど毛利に継嗣がないところから分家の小早川隆景を訪れ、秀秋を毛利の養子にしてはと持ちかける。隆景が弱ったのは秀秋は暗愚であり、又毛利家は他の血統を入れないことにしているので、隆景はことわるわけに行かず、覚悟をかため、自分の後継者の筈であった末弟を毛利家へ入れ、秀吉に乞うて秀秋を自分の養子とした。如水は毛利の為を考え太閤の子を養子にすれば行末良ろしかろうと計ったわけだが、隆景は実は大いに困ったので、如水の世見師的性格がここに現れているのである。こういう因縁があるところへ、朝鮮後役では秀秋は太閤の名代として出陣し如水はその後見として渡海した。帰朝後秀秋はその失策により太閤の激怒を買い筑前五十余万石から越前十五万石へ移されたが、移るに先立って太閤が死んだので、家康のはからいでそのままもとの筑前を領している。

関ケ原の役となり元々豊臣の血統の秀秋は三成の招に応じて出陣したが、このとき如水は小倉へ走り、例の熱弁、秀秋の裏切りを約束させた。秀秋の家老平岡石見、稲葉佐渡両名も同意し、秀秋が馬関海峡を渡るに先立ちすでに関ケ原の運命は定まったもので、如水は直ちに家人神吉清兵衛を関東へ走らせて金吾秀秋の内通を報告させた。如水黒幕の暗躍により関ケ原の大事はほぼ決したのだが、これは後日の話。

さて三成は佐和山へ引退する。大乱これより起るべし。如水は忽ちかく観じて、長政に全軍をさずけ、大事起らばためらうことなく家康に附して存分の働きを怠《おこた》るなと言い含め、お膳立はできたと九州中津へ引上げる。けれども秘密の早船を仕立て、大坂、備後鞆《とも》、周防上の関の三ケ所に備えを設け、京阪の風雲は三日の後に如水の耳にとどく仕組み。用意はできた。かくて彼は中津に於《お》いて、碁を打ち、茶をたて、歌をよみ、悠々大乱起るの日を待っている。

三

そのとき如水は城下の商人伊予屋彌右衛門の家へ遊びにでかけ御馳走になっていた。そこへ大坂留守居栗山四郎右衛門からの密使野間源兵衛が駈けつけて封書を手渡す。三成、行長、恵瓊の三名主謀して毛利浮田島津らを語らい家康討伐の準備とゝのえる趣き、上方の人心ために恟々《きようきよう》たり、とある。如水は一読、面色にわかに凜然、左右をかえりみて高らかに叫ぶ。天下分け目の合戦できたり、急ぎ出陣用意。身をひるがえして帰城する、即刻諸老臣の総出仕を命じたが、如水まさに二十の血気、胸はふくらみ、情火はめぐり、落付きもなければ辛抱もない。

並居る老臣に封書を披露し、説き起し説き去る天下の形勢、説き終って大声一番、者共、いざ出陣の用意、と怒鳴ったという、血気横溢、呆気にとられたのは老臣どもで、皆々黙して一語を答える者もない。ややあって井上九郎衛門がすすみでて、君侯のお言葉は壮快ですが、さきに領内の精鋭は長政公に附し挙げて遠く東国に出陣せられております。中津に残る小勢では籠城が勢一杯で、と言うと、如水はカラカラと笑って、貴様も久しく俺に仕えながら俺の力がまだ分らぬか。上方の風雲をよそに連日の茶の湯、囲碁、連歌の会、俺は毎日遊んでいたがさ、この日この時の策はかねて上方を立つ日から胸に刻んである。家康と三成が百日戦う間に、九州は一なめ、中国を平げて播磨でとまる。播磨は俺のふるさとで、ここまでは俺の領分さ、と吹きまくる大法螺、蓋《けだ》し如水三十年間抑えに抑えた胸のうち、その播磨で、切りしたがえた九州中国の総兵力を指揮して家康と天下分け目の決戦、そこまで言いたい如水であるが、言いきる勇気がさすがにない。彼の当にしているのは彼自らの力ではなく、ただ天下のドサクサで、家康三成の乱闘が百日あればと如水は言ったが、千日あればその時は、という儚《はかな》い一場の夢。然し如水はその悪夢に骨の髄まで憑かれ、ああ三十年見果てぬ夢、見あきぬ夢、ただ他愛もなく亢奮している。

領内へふれて十五六から隠居の者に至るまで、浪人もとより、町人百姓職人この一戦に手柄を立て名を立て家を興さん者は集《あつま》れ、手柄に応じ恩賞望み次第とあり、如水自ら庭前へでて集る者に金銀を与え、一人一人にニコポンをやる、一同二回三回行列して金銀の二重三重とり、如水はわざと知らないふりをしている。

九月九日に準備とどのい出陣、井上九郎衛門、母里太兵衛が諫《いさ》めて、家康がまだ江戸を動いた知らせもないのに出陣はいかが、上方に両軍開戦の知らせを待って九州の三成党を平定するのが穏当でござろうと言ったが、なに三成の陰謀は隠れもないこと、早いに限る、とそこは如水さすがに神速、戦争は巧者であった。

翌《あく》れば十日豊後に進入、総勢九千余の小勢ながら如水全能を傾け渾身の情熱又鬼策、十五日には大友義統《よしむね》を生捕り豊後平定。だが、あわれや、その同じ日の九月十五日、関ケ原に於て、戦争はただ一日に片付いていた。百日間、如水は叫んだが、心中二百日千日を欲し祈り期していた。ただの一日とは！　如水の落胆。然し、何食わぬ顔。家康の懐刀藤堂高虎に書簡を送り、九州の三成党を独力攻め亡《ほろぼ》してみせるから、攻め亡したぶんは自分の領地にさせてくれ、伜は家康に附し上国に働いているから、伜は伜で別の働き、九州は俺の働きだから恩賞は別々によろしく取りなしをたのむ、という文面。かくて如水は筑前に攻めこみ、久留米、柳川を降参させる、別勢は日向、豊前に、更に薩摩に九州一円平定したのが十一月十八日。

悪夢三十年の余憤、悪夢くずれて尚さめやらず、一生のみれんをこめて藤堂高虎に恩賞のぞみの書面を送らざるを得なかった如水、日は流れ、立ちかえる五十の分別、彼は元々策と野心然し頭ぬけて分別の男であった。悪夢ついにくずる。春夢終れりと見た如水、茫々五十年、ただ一瞬ひるがえる虚しき最後の焔《ほのお》。一生の遺恨をこめた二ケ月の戦野も夢はめぐる枯野のごとく、今はただ冷《ひや》やかに見る如水であった。

独力九州の三成党を切りしたがえた如水隠居の意外きわまる大活躍は、人々に驚異と賞讃をまき起していた。ただそれを冷かに眺める人は、家康と、そして本人の如水であった。家康は長政に厚く恩賞を与えたが、如水には一文の沙汰もない。高虎がいささか見かねて、如水の偉功抜群隠居とは申せなにがしの沙汰があってはと上申すると、家康クスリと笑って、なに、あの策師がかえ、九州の働きとな、ふッふッふ、誰のための働きだというのだえ、と呟《つぶや》いただけであった。

けれども家康にソツはない。彼は幾夜も考える。如水に就て、気根よく考えた。使者を遥々《はるばる》つかわして如水を敬々《うやうや》しく大坂に迎え、膝もと近く引き寄せて九州の働きを逐一きく、あの時は又この時はと家康のきき上手、如水も我を忘れて熱演、はてさて、その戦功は前代未聞でござるのと家康は嘆声をもらすのであった。思えば当今の天下統一万民和楽もひとえにあなたの武略のたまものです。なにがさて遠国のこととて御礼の沙汰もおくれて申訳もない、さっそく朝廷に申上げて位をすすめ、又、上方に領地も差上げねばなりますまい。今後は特別天下の政治に御指南をたのみます、と、言いも言ったり憎らしいほどのお世辞、政治の御指南、朝廷の位、耳には快いが実は無い。如水は敬々しく辞退して、忝《かたじけな》い御諚《ごじょう》ですが、すでに年老い又生来の多病でこの先の御役に立たない私です。別してこのたびは愚息に莫大な恩賞をいただいておりますので、私の恩賞などはひらに御許しにあずかりたい、とコチコチになって拝辞する。秀忠がその淡泊に驚いて、ああ漢の張良とはこの人のことよと嘆声をもらして群臣に訓《おし》えたというが、それが徳川の如水に与えた奇妙な恩賞であった。如水は家康めにしてやられたわいとかねて覚悟の上のこと、バクチが外れたときは仕方がないさ、とうそぶいている。応仁以降うちつづいた天下のどさくさは終った、俺のでる幕はすんだという如水の胸は淡泊にはれていた。どさくさはすんだ。どさくさと共にその一生もすんだという茶番のような儚さを彼は考えていなかった。

城井谷崩れ

海音寺潮五郎

海音寺潮五郎　1901～1977

鹿児島県生まれ。国学院大学卒業後に中学校教諭となるが、1929年に「サンデー毎日」の懸賞小説に応募した「うたかた草紙」が入選、1932年にも「風雲」が入選したことで専業作家となる。1936年「天正女合戦」と「武道伝来記」で直木賞を受賞。戦後は『海と風と虹と』、『天と地と』といった歴史小説と並行して、丹念な史料調査で歴史の真実に迫る史伝の復権にも力を入れ、連作集『武将列伝』、『列藩騒動録』などを発表している。晩年は郷土の英雄の生涯をまとめる大長篇史伝『西郷隆盛』に取り組むが、その死で未完となった。

一

山の奥なので、季節が大分遅れる。

あすは五月の節句だというのに、やっと藤の花が咲きかけたところだ。

その藤の花房が影をうつしている池のそばで、二人の子供が遊んでいる。兄は五つぐらい、弟は三つ。

目が離せない。

よちよちしながら、ともすれば岸近く行く。

お附の老女は気が気でない。

「いけませぬ、いけませぬ。こちらで、こちらで」

と言っては、抱いて来ては陽あたりのよい庭の真中におろさなければならない。

座敷の中からそれを見ていながら、八重はゆるい微笑の頰に上るのを感じていた。

あんなに小さいくせに、もうそれぞれの性質を持っていて、その性質によってちょいとしたしぐさでも相違のあるのが、不思議でもあれば、可愛くもある。

「どこの兄弟でも、兄はおとなしく、弟は荒い。育てかたによるのであろうか。しかし、それほど変った取扱いはしなかったのに……」

ぼんやりと、そう考えていると、遠い廊下を、女中に案内されて、家老の塩田外記《げき》の来るのが見えた。

「おなかよくお遊びでございますな」

外記はいとしげな微笑を浮べて子供達を見ながら、お傅《もり》の老女に声をかけた。

「はい、はい、あまりお元気なので、婆はもうくたくたになりまする」

老女も笑って答える。

「結構、結構、男のお子はお乱暴なくらいでちょうどよい」

そう言いながら、外記は八重の居る座敷の縁側まで来ると、そこにかしこまった。

「申しあげます」

年齢はまだ六十には二三年間のあるはずなのに、真白な髪、そのくせ、眉は濃く太く、そして真黒な外記だった。

八重は容《かたち》を正して迎えた。

「何が起ったのでございましょう。むつかしいことはわたくしにはわかりませぬが」

「いえ、いえ、むつかしいことではございませぬ。お供を申して中津へまいりました者が、殿のおことづけを持って帰ってまいったのでございまする」

「…………」

「殿は昨日の夕方、中津に御到着、城外の大樹寺《だいじゅじ》というが、御旅館と定めてありましたので、直ちにそれにお入りになりましたところ、間もなく、御城内より御父子様お使いとして御家老栗山備後様まいられて御丁寧なる御挨拶でありましたし、今日はまた、早朝より、母里《もり》但馬《たじま》殿がまいられて、またまた下へも置かぬお取持ちでござりました由《よし》、殿様、ことごとく御満足にて、この旨、奥方様にもお知らせ申したいとて、使いの者を立てて申し越されましてござりまする」

「それはそれは」

実家《さと》の父兄のもてなしぶりに夫が満足しているという報告を聞くことの嬉しさに、八重は報告に帰ったという男に与えてくれと言って、手許の金子《きんす》を二枚紙にくるんで外記に托した。

報告を済ますと、外記はすぐ退《さが》って行った。

しばらくの間、八重はそのまま坐っていたが、切ないほどの嬉しさが胸にこみあげて来た。そのまじっとしておられなかった。

八重は立ち上って庭に出た。

最初に母を見つけたのは内記だった。

「母様」

とたどたどしい声で言うと走り寄って来てしがみついた。

それに気づいて、友千代丸も走って来る。

よちよちと危い足どりで、一生懸命な顔だ。

「おお、おお、お二人ともよくお遊びだのう」

右に内記を、左に友千代丸を抱き上げて、かわりばんこに頬ずりをしてやる八重の腕の中で、二人は甲高い歓声を上げげた。

「おとなですの、おとなですの」

危く涙のこぼれて来るような幸福感だった。

二

八重の父、黒田官兵衛孝高《よしたか》が豊前中津十二万石に封ぜられたのは、豊臣秀吉の九州征伐の直後、天正十五年七月のことだった。

封について以来、孝高の最も苦心したのは領内の地侍の処置だった。

地侍というのは、土着の侍という意味であるが、この連中の中には、広大な領地を持っている上に、先祖代々の遺徳によって土民との結びつきの非常に強固な者もあって、勢いを恃《たの》んで新来の領主を白眼視しているので、これを統御することは領主としてなかなかの苦労だった。

地侍は日本全国どの地方にもあったのだが、特に九州地方はその勢力の強いところで、秀吉もこれを平定する時には、あまり彼等を刺戟《しげき》しないように、本領安堵の朱印状を濫発して、所謂《いわゆる》招降の形式を取った。

それだけに、地侍の鼻息は甚《はなは》だ荒い。

ともすれば、朱印状をふりまわして、領主の統制に服しないし、強圧手段に出れば一揆を起して反抗するという有様である。

だからといって、領主としては、自分の領地内に治外法権的な地区の存在を許すことは、統制上から言っても、領主の権威の上から言っても許せるものではない。

新領主達はそれぞれに苦心した。

現に、孝高と同時に肥後に封ぜられた佐々《さっさ》成政は、あまりに性急に事を運ぼうとして、地侍の蜂起に遭って、大難戦の末、やっと鎮圧はしたものの、秀吉の怒りに触れて死を命ぜられたほどだし、そのあとに赴任した加藤清正、小西行長の両人も随分と手こずらされた。

孝高は当時一流の智者だった。智恵のたくましいこと、謀の深いこと、張良、孔明の俤《おもかげ》があると言われたほどの人物である。この難儀な地侍の処置をあらかた見事にやってのけた。懐柔の出来る者は懐柔して家臣とし、帰農を適当とする者は帰農させ、滅すべきものは滅し、見事な手腕をふるったが、ただ一つ、どうにもならない者があった。

中津から約六里をへだてた山奥に城井谷《きいだに》という所がある。幾重の山にかこまれ、川を帯び、おのずから別天地を形成している要害の土地を本拠としている城井谷安芸守友房がそれだった。分内凡《おおよ》そ三万六千石、本人の友房が抜群の猛将である上に、家臣にも武勇の士が多くて、頑として孝高の政令に服しない。

「わが家は関東の名族、宇都宮の支流、鎌倉将軍の御教書によってこの地を領して已《すで》に幾百年、いかでか、新来の黒田如《ごと》き成上《なりあがり》者の前に膝を屈しようぞ」

と声言しているのである。

黒田家からは幾度か兵をさし向けたが、要害に拠る城井谷勢の神変を極めた反撃にあって、散々な敗北を喫して帰って来るのが常だった。

そうしたことがほぼ一年ほどもつづいたある夜のこと、八重は父と兄の長政の前に呼ばれた。

「そちを城井谷家に嫁につかわすことに約束した故、さように心得るように」

孝高はこう言いわたしたのである。

思いもかけないことだったし、また、この縁組が政略のためであるとは知っていたので、八重は父の顔を見直さずにはおられなかった。

その咎《とが》めるような眼を見て、孝高は気楽に笑った。

「これまでの両家の間柄から考えれば、何とやらおかしくも見えようが、別段のことあってのことではない。これまでの確執をさらりと水に流して、そちに、両家末長く仲良くしょうためのくさびになって貰いたいに外《ほか》ならぬのじゃ。——のう、吉兵衛殿」

と言われて、長政も合槌《あいづち》を打った。

「仰せの通りにござりまする」

かねてから寡黙な兄ではあったが、あまりに言葉すくないその合槌と、終始うつ向き勝ちな態度とが八重は気になった。

「ははははは、吉兵衛殿はそちをいとおしゅう思うてあまり気が進まれぬ。城井谷のような郷侍につかわそうより、然《しか》るべき大名衆の家に好い縁辺もあろうと申されたが、わしは誰よりも城井谷殿が気に入っているのじゃ。わずか三万石や四万石の身上を以《もつ》て、わしほどの者が智恵のかぎり、力のかぎりをつくして攻め立てるのを見事に禦《ふせ》ぎ終《おお》せて負色を見せぬというは、まこと、男の中の男というても過言でない。また家柄を言えば、連綿たる宇都宮の流れ、世が世なれば、当家など足許にも寄れるものではない。かほどの者を夫とするはそちの女冥利、婿とするはわしの父親冥利、義弟とするは吉兵衛殿の兄冥利。ははははは、めでたいの」

こうして、八重は城井谷家へ嫁入りすることになった。

今でも、八重は輿入れの日のことをよく覚えている。

六里の道が、あの日はとてもとても遠く思われた。

行けば行くほど高い嶮《けわ》しい山が迫って、陰森とした巨木が道も小暗いほど繁って、石ころだらけの道がうねうねと曲りながら、どこまでもどこまでも限りなくつづいているように思われた。

昔 噺《むかしばなし》に聞く鬼の窟のことなどが、ともすれば思い出されて、心細くてならなかった。

何よりも嬉しかったのは、当の友房がまだ若く、そして美しい人だったことだった。これは意外なことだったのだ。猛々しい人で、こんな山奥に住んでいる人というので、どんなにおそろしげな人であろうと思っていたのだった。

心もやさしかった。

「夫となり妻となるも浅からぬ過世《すくせ》の縁あればこそのこと。山里の住いわびしくも在《おわ》そうが、それを思うて辛抱してくりゃれ」

といつもいたわってくれた。

家来達もそうだった。はじめのうちこそ、疑い深いへだてをおいていたが、内記が生れ、友千代丸が生れると、次第にうちとけて、

「奥方様、奥方様」

といかにも山里人らしい醇朴《じゅんぼく》さで慕うようになって来た。

幸福な毎日だったが、ただ一つ、八重にとって気がかりなことは、依然として友房が中津に心を置いていることだった。勿論《もちろん》、友房はそれをあからさまに口に出して言いはしなかったが、内記の生れた頃から度々《たびたび》来る中津からの招待に対して、いろいろと理由をこしらえては断りつづけていた。

「里の礼法《てぶり》に嫺《なら》わぬ山武士《やまざむらい》なれば、舅御《しゅうとご》やそもじの恥になろうでな」

八重にはそう言って笑っていた。

さびしくはあっても、八重も無理にすすめることはしなかった。父子《おやこ》の間といえども疑いを捨てら

れない恐しい時代なのである。親を捨殺しにし、子を餌にして人を倒すことはさしてめずらしくないのである。それ故に、わが父や兄は大丈夫という心はあっても、すすめられないのだった。

ところが――

数日前のことである。

また中津から使者が来た。

「縁組み申してよりすでに六年、八重の腹に孫二人も出生のこと、過世の縁浅からぬことと嬉しきかぎりに存ずれども、われら未だ聟殿のお顔も存ぜぬこと、心残り第一のことに存ずる。今はもう心置かるることもあるまじ。あわれ願わくは、来る端午の節句は家中一統の祝日にてあれば、ぜひぜひ御越し賜りたし。聟舅の対面をもなして、むつまじき酒宴を開き、この上の両家の親しみを願いたく存ずる」

という口上である。

丁寧懇切を極めた上に子を思う切々とした愛情のあふれている孝高の言葉に、さすがの友房も心打たれたのであろう。承知の旨を答えて使者をかえした。

老臣の中には不安がって反対する者もあったが、友房は、

「かほどまで申しつかわさるるものを無下にことわるは礼でない。また、不快にも思《おぼ》し召さるべければ、かえって家のためにもよかるまじ。なにほどのことあらん。われらを滅したまおうより、婿として末長き御味方となし置かるるが、黒田の御家のためでもあろう。世にならびなき智者と承る舅どのなれば、この見易き道理にお気づきなされぬことはよもあるまじきぞ」

となだめて、同勢三百人をひきいて、昨日早暁に山を出て中津に向ったのである。

三

婿舅の対面は正巳の刻（午前十時）城内で行われることになった。

山里人の習いで、朝は早い。友房は暗いうちに起きて、辰の刻（午前八時）には裃《かみしも》長袴に身支度して、城から迎えの使者母里但馬の来るのを待っていた。

一昨日からの黒田家の懇切をつくした歓待に、友房はことごとく満足していた。

「来てよかった」

しみじみとそう思うのである。

家来達も喜んでいる様子である。

「意外でござりましたな」

友房に向ってそう言った者もあった。

心狭い猜疑心から、度々の招請をことわりつづけて来たことがはずかしい。

何よりもさきにそれをあやまろう――今も友房はそう考えるのである。

それに、今日は何というよい天気だ。

一昨日、昨日は、晴天であるとはいっても、未練げな雲が去来していたのに、今日は完全な快晴だ。雲のかけら一つ見えない。空の底まで見えるかと青く青く澄んだ空にはさわやかな微風がわたって、明るい初夏の陽が天地の間にみちみちている。

嬉しい心では、天地が、はじめての舅との対面を祝ってくれているもののように考えられるのだ。

広い庭を横切って、転法寺《てんぽうじ》兵庫の来るのが見えた。

兵庫は城井谷家の侍大将である。年はもう五十に近いが、血色のよい赭顔、隆《たか》い鼻筋、きびしく緊《しま》った分厚な唇、隼のような眼、鍛えを想わせる頑丈な体格、すべてが、地軸から生えぬいた巌を見るような感じだった。

気むずかしそうに、眉の間に皺を寄せて、真直《まっすぐ》にこちらをさして来るのだ。それのみでない。皆はれの衣裳に裃姿になっているのに、小具足に陣羽織、草鞋《わらじ》がけのいくさ支度でいるのだ。

（またか）

友房は微《かす》かに眉をひそめた。今までの上機嫌が、一滴の油を水に落したように曇って来るのを感じた。

供に召しつれて来た武士達が一人残らず満足して、これまでの疑心を解いているのに、この男だけが依然たる疑いを捨てないのである。

（敵地だぞ、ここは）

とどなって、ともすれば気のゆるみ勝ちになる武士達を叱って、白昼《まひる》のような篝火《かがりび》を焚かして徹夜警邏《けいら》させるのも彼であれば、黒田家から贈って来た食物は一々厳重な毒味の上でなくては自分も食べないし、武士達にも食べさせないのも彼であるし、また、栗山備後が来た時にも、母里但馬が来た時にも、きびしい身体あらためを行って、二人はもとよりのこと、その従者達まで、武器一切をあずかっての上でなければ門内に入れなかったのも彼である。

友房は余りにひどいと思ったので、呼んでこれを注意した。

（わしの身を思うてくれてのこととは万々承知もしているし、嬉しくも思うが、栗山や母里に対してああまで用心するは礼を失することにはならぬかの。あの二人は孝高殿小身の頃より随身していて、黒田家にとってはいわば草創の重臣なれば、会釈のしようも外にあろうではないか。二人ともに老成《おと》人故、快くそちの言分を聞いてくれたゆえ、事なく済みはしたものの、二人が老成《おとな》人でなくば、由々しいことも起ったろうぞ。用心し過ぎて、人に不快の念《おも》いをさせ、そのために両家の不和など引き起すようなことがあってはなるまいぞ）

懇々《こんこん》と諭したのであるが、何という執拗な猜疑心なのであろう、兵庫はこう言うのである。

（それゆえに、一層用心をきびしくいたさねばなりませぬ。殿は二人が老成《おとな》人であるがゆえに、拙者の申分を聞き入れたのじゃと仰せられまするが、拙者はそう思いませぬ。仮にも武士たる者がからだあらためをせられるということは仲々のことでござります。意気地を存する者ならば腹を立てねばならぬところ、それをしれじれと愛嬌笑いして受けるというは、一方ならぬ底意があればこそのこと。必ずや、飽くまでも下手に出てこちらを安心油断させ置かねばならぬことがあるものと存じまする）

手がつけられないのである。

その兵庫が、こんなにもむつかしい顔をして来たのだ。

またしても、疑い深い用心に関してのこととはきまっているが、それにしても何をすすめようとであろうか——友房は心中の不快さを押しかくして、微笑を作って迎えた。

「兵庫、そちはまだ支度せざったのか。その服装では今日はふさわしくあるまいぞ。追っつけ迎えの者もまいろうぞ、急いで支度いたせ」

兵庫は聞かぬものの如く、黙って縁側の所まで来て、庭に立ったまま、縁の端に両手をついて一礼して、さて、落ちついて口を開いた。

「恐れながら、特におゆるし蒙《こうむ》りたきことがござります」

「ほう？」

「いささか存ずる旨がございますれば、恐れながら本日はお供に立つことをおゆるし賜りたくございまする」

「なぜじゃ」

友房は不思議に思った。本来、兵庫はこんどの供には召しつれないことになっていたのに、自ら願い出て供に立ったのであるから、今になってこんなことを言い出すのはおかしいことなのである。

「拙者考えまするに、今日の儀は、春秋戦国の世の諸侯の会盟の如きもの。されば礼儀作法を重んずるはもとよりのことではございまするが、一方、武備を怠《おこた》ることがあってはかなわぬことと存じまする。伝え承りまするに、孔子魯公を輔《たす》けて、斉の景公と夾谷に於《お》て会盟いたしました時、斉は強を恃んで魯を凌《しの》がんといたしましたが、孔子あらかじめこのことあるを慮《おもんぱか》り、兵の備えあることを見《しめ》したるため、斉は魯に対して一毫《いちごう》も加えることが出来なんだ由にございます。また、藺相如《りんしょうじょ》が趙を輔けて秦と会盟したる時にも同様のことがございました由、今日の勢、黒田は強秦、強斉、お家は魯、趙にあたりますれば、憚《はばか》りながら、拙者手の者そこばくを率いてここに在って備えあることを示しましたならば、黒田殿に於ても粗忽《そこつ》なることもなさるまじく存じまする。この儀、お許し蒙りたく」

頑迷と思われるほどなこの猜疑心に、友房はあきれもしたが、一層不愉快になった。

「備えあるを示すと申して、どういたすのだ。具足してここに立ちこもり居るつもりか」

「勿論のこと。ぜひ、お聞きとどけのほど」

「……………」

友房は考えこんだ。そういうことをしては、これほどまで好意と愛情を見せている孝高を不快がらせるに相違ないことと考えられたが、一方また考えてみると、こんな心でいる兵庫を城中に召し連れたらどういう無礼を仕出かすかわからないのだから、これを機会にここに残して行った方がよいとも考えられた。

「よろしい。しからば、左様いたせ。が、申すまでもなきことながら、よろずに意を配って、殊更《ことさら》に城方の気をそこねるようなことはすまいぞ」

「早速のお聞きとどけ、有難く存じ奉ります。お諭しの趣よく心得ましてござりまするが、殿もまたお気をつけ遊ばしまするよう。毎々申し上げてくどく思召すかも存じませぬが、上方武士は表裏多き者、口に蜜をふくんで、肚《はら》に剣を磨ぐを忘れぬ者、かりそめにも御油断あっては百千度の御後悔あっても及ばぬことととなりまする」

兵庫はいろいろと注意した。絶対に武器を手放してはならぬ、特に飲食には注意をはらって、先方の毒見が済まぬかぎりは手をつけてならぬ、また、手をつけても形式的に味わうだけに済ますべきである云々……

折角の注意なので、おとなしく聞いていようとは思ったが、あまりのくだくだしさに、友房は手を振った。

「わかった、わかった」

兵庫は顔色をかえた。

「これはしたり、殿は真面目に聞いていらせられまするか」

つめよるようなはげしい気魄《きはく》だった。

面倒なことになった——と友房は心に舌打しながらなだめにかかった。

「よくわかっている。わしはそれほどおろかではないつもりだぞ」

「おろかであるとか、おろかでないとか、拙者はそれを申しているのではございませぬ。なまじかしこく在せばこそ拙者は却《かえ》って案ぜられるのでござる。おろかなる人は他人の言葉もよく聞き、よく守りまするが……」

真正面から、ひた押しに押して来るのである。友房があしらいかねている時、取次の者が迎えの使者母里但馬の来たことを取りついで来た。

「見えたか。すぐまいる」

そして、近習の者に、供揃えの支度を命ずるように言って立上ろうとした。

「しばらく」

兵庫はあわてて引きとめにかかったが、友房はかまわず立上って、

「兵庫、そちの申すことはよくわかっている。わしもくれぐれも注意をいたす故、そちも万事に気をつけてくりゃれ」

と、言って、母里但馬の待っている客殿の方に歩き去った。

四

三の丸、二の丸、本丸——と進むにつれて、百五十人も召し連れた人数が次第に押しとどめられて、本丸へ入った時には、わずかに二十余人となった。

身分の低い者から止めて行くのであるから、別段に変ったことではない。普通のことである。

いよいよ対面となった。場所は本丸の書院である。友房はただ一人となった。これも不思議ではな

い。こうした場合、こうあるのが例である。が、何としたことであろう。架灯口《かとうぐち》を導かれて入りながら、友房は微かな不安が胸をかすめるのを感じた。

（何事があろう。孝高殿はわれらが舅ではないか、兵庫めがあのようなことを申すゆえ、つまらぬことを考える）

友房は自分の心を笑った。

孝高も長政ももう着席していた。

孝高はこの時五十六、半白の髪、色の黒い小さな顔、痩せた小柄なからだ、裕《ゆた》かな大百姓の隠居でも見るような柔和な感じである。

長政は二十四、これは父と違って、長身な逞しい体格、浅黒くひきしまった顔に、爛《らん》とした眼が蒼鷹を見るように猛々しい。

「おお、おお、よくこそ在《わ》せられた。会いとうござったぞ。わしが官兵衛孝高でござるじゃ。これが、吉兵衛長政。よろしくたのみまするぞ。これはこれは、聞きしにまさる見事なるお人柄じゃ。八重はよい殿御を持って幸せ者。嬉しいことじゃ。嬉しいことじゃ」

手を取らんばかりの孝高である。ほくほくと上機嫌で、次から次へと話しかけるのが、いかにも人が好きそうに見える。

長政は言葉数こそ少なかったが、礼を失わず打ちとけて見えた。

靄々《あいあい》たる和気のうちにいろいろな話が出た。

「おことにはわしも手こずり申した。勝敗は戦さの習いとは申しながら、手を出すたびに逃げ帰らねばならぬなど、わしもこの年になるが、はじめてでござったよ。よくもお仕込みなされたもの。かねてのお嗜《たしな》みのほど心ゆかしく存ずる」

と孝高が笑えば、

「恐れ入りまする。山育ちにて山猿同然の者共でござりまする故」

と友房も笑った。

子供の話も出た。

友房は、二人の子供の日常の生活ぶりを父親らしい愛情をこめて物語った。

「見たいことでござる。吉兵衛にはまだ男の子も女の子もないゆえ、内記殿と友千代丸殿はわれらがためには初孫、見たいことでござる」

孝高は涙ぐんでこう言った。

酒が出た。

「幾久しく、懇情頼みまいらす」

孝高は自ら飲んで、その盃を友房にさした。友房は少しいざり寄って受ける。酌人として出たのは、屈竟な壮漢である。長柄の銚子を傾けて注ぎにかかる。

その時、また一人、これも屈竟な大男が肴をのせた台を持って出て来て、すり足でしずしずと二三歩寄ると見えたが、忽《たちま》ち、

「エイッ！」

矢声と共に横合から台を投げかけたかと思うと、脇差を抜いて切りかけて来た。

「御上意なり。われは野村太郎兵衛！」

「うぬ！　狼藉者！」

身をひねって、避けようとしたが、進退不自由な長袴をはいていることとて、かわし切れずに、友房はしたたかに眉間を斬られていた。

同時に、横合から酌取りの男も躍りかかった。

「御上意候！　われらは小川伝右衛門」

と叫びながらくみついて、くみつきざまに友房の脇腹深くつき刺した刀をえぐった。これが致命傷になった。友房はふりはなして脇差を抜こうとあせったが、気力が衰えて、

「無、無念！　おのれ、孝高！」

と叫んで倒れた。

が、その時には、孝高はもうそこにはいなかった。騒ぎがはじまると同時に、風のように奥の間に入ってしまったのである。

長政はいた。座敷の隅に立って、眼もはなさず格闘を眺めていたが、相手が倒れたと見ると、近づいて来て、自ら首を掻き落した。

騒ぎは大きかったが、今の時間で二分間とはかからなかったのだし、広い城内のことではあり、友房の郎党達は誰一人としてこの惨事に気づく者はなく、善美をつくした饗応に満足しきっている所を、それぞれの溜りで一人残らず惨殺されてしまった。

五

友房の出て行くのを見送って後、転法寺兵庫はきびしく武装した武士達を寺の庭に集め、四方に哨兵を立てて、自らは鐘楼にすえた床几《しょうぎ》に腰を下して、眼も放たず城の方を凝視していた。

凡そ二刻ほど経って、午《ひる》を少し過ぎた頃だった。

ぎょっとして兵庫は床几を立ってせわしくあたりを見廻した。遠い所で、異様な物音を聞いたような気がしたのだった。

何にも見えはしなかった。城は依然としてまぶしいくらい明るく白堊《はくあ》の城壁に陽を照りかえしてひっそりと静まっているし、青葉に埋もれてわずかな棟だけ見せて点々と散らばっている町の上にはさわやかな風がわたっているし――が、異様な物音は益々はっきりとなりながら益々近づいて来るのだ。疑うべくもなく、それは馬蹄の響、具足の摺れ合う音――軍勢の寄せる音と聞かれた。

「しまった！」

兵庫はうめいた。そして、肩にかけた螺《かい》を取って、精一杯の力をこめて吹いた。

俄《にわか》に起った螺の音に、庭に並みいた武士達は等しく驚きながらも、かねての命令の通りに整列した。

兵庫は大音に叫んだ。

「殿の御身の上に御異変あったと見えるぞ。今ここに敵が寄せてまいる。一人一人死に狂いの働きして、城井谷武士の性根を見せよ。皆死ね。生命助かろうと思うな……」

そして、門を閉ざして、築地の上、築地の陰に兵を配置した。

やっとのことで一通りの手配りが終ったかと思うと、陽炎《かげろう》の燃えるほど白く灼けただれてつづく道のはるかかなたに、白い砂煙とともに一隊の人馬が押し出して来た。

同時に、その反対側からも出て来た。

ぱッと白い煙が上ったかと思うと、銃声と共に弾丸が飛んで来た。

それが合図であったのか、銃声が頻繁になった。最初のうちは随分高く、樹木の繁った葉を散らしたり、寺の屋根の瓦を砕いたりしていたが、次第に照準がたしかになって、額を射抜かれて二人倒れた。

この時まで、城井谷勢は夢を見ているような気がしていた。こうして命令によって武装こそしていたものの、それは兵庫の取越苦労に過ぎずして、よもやこういうことになろうとは考えられなかったのだ。そうであろう。今朝までの黒田方の懇切鄭重を極めたもてなしから、どうしてこんな結果を想像することが出来よう。

(夢を見ているのだ)

目前に見てさえ、誰もが、それに近い気持でいた。

が、朋輩がこうして倒れたのを見て、愕然として我に返った。

兵士達は怒って応射しようとしたが、兵庫は制して撃たせなかった。

「下知なきに撃つな。引き寄せて撃て！」

あせらず、せかず、少しずつ、少しずつ、じり、じりと近づいて来る敵である。それは、まるで鼠を追いつめて行く猫を見るような自信と意地悪さを感じさせる態度だった。

討手の大将と見えて爽やかに鎧《よろ》った一人が馬を乗り出して大音に叫んだ。

「やあ、やあ、よっく承れ、城井谷安芸守友房、累年の悪逆つのって、唯今、城中にて誅戮《ちゅうりく》しおわんぬ。其方《そのほう》共、主従の義を存して干戈《ゆみや》に及ぶの条、殊勝のことにはあんなれど、申さば蟷螂《とうろう》の斧をふるいて龍車に抗《むか》うが如し。亡滅踵《きびす》を廻らすべからず。速《すみや》かに弓切り折り、槍伏せて降参に出《い》でよ。助命いたすのみか、身分品々に応じて当家に召しかかえ得させんず」

古風な武者声武者言葉だったが、言い終ると共に、ひょうと鋭い羽風と共に飛んで来た征矢《そや》に篦深《のぶか》く胸板を射抜かれて、どうと馬上から顚落した。

「それが返事だ！」

弓を従者に渡しながら、兵庫は短く叫んだ。

この手痛い返事に、黒田勢はかっと怒った。今までの整々として落ちつきはらった態度を乱したかと思うと、我先《われさ》きにと走り寄って来た。

「まだだぞ、まだだぞ」

あせる味方を押し静めて、十分に引きずり寄せて置いて兵庫は命令を下した。

「撃てーッ」

百雷の崩れかかるような銃声と共に、濛《もう》と煙が眼界を閉ざして、煙の中に混乱する敵の物音が聞えた。

煙が晴れた。

見ると、敵はいくつかの死骸をすてて退却しているのだった。

兵庫は、二度までこうして敵を撃退したが、敵の人数があとからあとからと増えて来るのと反対に味方の勢いが減じて行くのを見ると、急に下知をして、刀槍の者だけ門の内側に集めた。

「皆聞け。ここで死ぬるは易きことながら、城井谷には若君二方在す。一先《ひとま》ずここを切りぬけて山に帰り、その上にて如何様《いかよう》にもなろうと思う。この虎口、なかなかにむずかしいが、わしの采配に従うならば出来ぬことではない。先ず、鉄砲にて射白《いしら》まして置いて、敵ひるむと見ば、槍刀の者が突いて出て、一同真丸《まんまる》にかたまって走るのだ。よいか」

策に従って、城井谷勢は突出し、とにかくにも切りぬけて帰ることが出来たが、犠牲は大きかった。百五十人の中で、山に帰りつくことの出来た者は二十人に充たなかったし、いずれもそれぞれ数ケ所の手傷を負わぬはなかった。

六

荒々しく枕に響く足音に夢を破られて、ぎょっとして八重は枕をそばだてた。

「誰じゃ！」

鋭く叫んで、起き上ろうとした時、その足音は唐紙の外で立止まって、颯《さつ》と手荒く引き開けられた。

「拙者でござる」

細めたともし灯が朧《おぼろ》に赤い光を投げているそこに、髪ふり乱してちぎれちぎれの具足をまとった血だらけな転法寺兵庫が立ちはだかっているのだった。げっそりと削ぎ落したようにやつれた頰に落ちくぼんだ眼が幽鬼のような凄さで光ってにらみすえている。

「そなたは……」

ぞっとして、八重は枕の下の懐剣をさぐったが、取るひまはなかった。

火のようにはげしい光が兵庫の眼に点じたかと思うと、風のようにおどりこんで来て、足をあげて蹴倒した。

「無礼な？　何をしやる！」

叫んで、起き上ろうともがくのを、起しも立てず、磐石のような力でのしかかって、想像も及ばぬ早さでくくり上げた。

騒ぎを聞きつけて、方々の部屋から女中達が、てんでに薙刀《なぎなた》や小太刀を携えて駆け集って来て、口々に騒ぎ立てたが、

「黙れ！」

と大喝した兵庫の荒々しい声にあうと一時に静まり返った。

「無礼な！　主に向って！　縄を解きやい、縄を解きやい、縄を解きやいというに！　兵庫、そなた気ばし狂いやったか……」

口惜しげに身もだえする八重を、兵庫は陰鬱な怒りをこめた眼で、じっと睨みすえていたが、その眼に涙があふれたかと思うと、叫ぶような声で言った。

「お前さまの父御《ててご》は、お前さまの兄者は鬼畜じゃ！」

「なに？　なんと言やる？」

はっと胸を轟《とどろ》かして八重は叫んだ。

「殿は、殿は、殿は、お前さまの父御、お前さまの兄者の姦計にかかって、いたわしや、あえない御最期……」

言い終えずに、兵庫は子供のようにおいおい泣き出した。

「なんと言やる？」

きっとして問い返すと、兵庫は荒々しく叫んだ。

「しらじらしい。お前さまははじめから承知であったのであろう。はじめから、父子三人申し合わしての上、輿入れしてまいられたに相違あるまい。七人の子は生《な》すとも女に心を許すなとはよう言うた。憎《に》くや、その美しい顔で殿をたぶらかしなされたな。憎くやそのやわらかな唇で殿の性根を吸いとり

なされたな。――ええい！　敵の片割れ！　どうしてくりょうぞ、どうしてくりょうぞ！」

地団駄ふみ、歯をかみ鳴らして、兵庫は罵《ののし》った。足をあげて、また蹴倒そうとした。

「待ってたも、兵庫、待ってたも……」

八重は必死にもがいた。兵庫は小耳にもかけなかった。

「聞く耳持たぬ。おのれ、どうしてくりょうぞ！　どうしてくりょうぞ……」

猛り立って、ぐるぐると八重の周囲をまわった。

この騒ぎに、眠りを破られた内記と友千代丸とが走りこんで来た。

「母様！」

内記は母にすがりついて泣き出したし、友千代丸は、眼をいからし、小さい拳を上げて兵庫を威嚇した。

思いもかけぬこの小さな妨害者に逢って、兵庫はたじろいた。

すると、内記も母を離れてたどたどとした言葉で懸命になって叱るのだった。

「爺、なぜ母様をいじめる。爺は家来、家来が主をいじめるということがあるか。退《さが》れ、父様が戻りなされたら、きつい仕置をして貰いまするぞ！」

「……済みませぬ」

兵庫はうつ向いて、八重の縄目を解いて、しょんぼりと坐った。

そこに、塩田外記も出て来た。

厭《いや》がる内記と友千代丸とをなだめすかして連れ去らしてから、兵庫は中津での出来事を物語った。

八重は胸つぶるる思いであった。

夫と父や兄との靄々《あいあい》の和楽を想像してここで自分が喜んでいた時、同じ空の下で、何という無残なことが行われていたことであろう——

真実とは思われなかった。

夢の中に夢を見ている気持であった。

涙を抑えて、八重は言った。

「もっともじゃ。そなたの腹立ちはもっともじゃ。縁に連なる八重をにくいと思うも無理とは思わぬ。一寸だめし、五分だめし、どのようなめに遭おうとも、八重はいといませぬ。が、これだけは信じてくりゃれ。八重はちっとも知らなんだ。八重は何にも知らずに嫁いで来たのじゃ。その後とても、中津から何の相談も受けたこともない。八重は殿様に中津に行っていただきたかった。行って、父兄《おやあに》とむつまじい友誼を結んでいただきたかった。が、何とのう殿様が中津に心置きなされる様子が見えたにより、遠慮して、そのけぶりすらお見せしなんだのじゃ。信じてたも、八重が言葉を信じてたも……うらめしいは父様、情ないは兄様、かほどまで睦び親しみ、子二人まで生したのみならず、昔は知らず、今はもうひたすらに中津を頼み思される婿をつれなくも殺《あや》めなされるとは……今はもう父でもなければ、兄でもない。敵じゃ。今生後生の敵とうらみまするぞ！」

前後も知らず掻きくどきなげき悲しむ八重の姿に、兵庫も外記も心を打たれて悄然として、うなだれていた。

夜が白々と明けて来た頃、遥かに遠く螺の音、陣鉦の音が起った。

「すわ！」

眼を見合して、兵庫と外記が立上った時、あわただしく兵が走り込んで来た。

「寄せたか！」

「は、凡そ千騎にもあまりましょうか、城井川沿いの道を整々と押してまいりまする」

「百騎であろうと、千騎であろうと、何かまうことか！　城井谷育ちの山侍の手並、思うがままに見せて斬死するまでのことよ。よく禦《ふせ》げ！　すぐまいる」

「はッ」

一礼して走り去る後から、兵庫と外記は出て行こうとした。

するとそれまで、夜明けの水色の光の中に百合の花のような白い頸筋を見せてうなだれていた八重は顔を上げた。

「待ってくりゃれ」

無言で、二人は顧みた。

「八重をどうしてくりゃるつもりかえ。八重はもう生きている心はありませぬ。殺してたも、殺して……」

「殺せませせぬ」

「殺せぬ？」

「内記様と友千代丸様とのおなげきのあまりにいたわしくござれば、殺せませせぬ」

皺がれた声で、怒ったように言う兵庫だった。

「いいえ、殺してたべ、殺されずば、八重の立つ瀬はありませぬ。殺してたべ……」

また答えずに、二人が立ち去ろうとするのを見ると、八重は鳥の飛び立つようにおどり上った。

「待ってくりゃれ。八重も働かしてくりゃれ。女の身ながら、八重も薙刀の一手二手のたしなみはある。憎い父様、憎い兄様の軍兵共を敵に戦わしてくだされ！」

兵庫は、またたきを忘れたような眼で八重を見つめていたが、つかつかと引返して来た。そしてほろりと涙を流すと、低く言った。

「奥方様、お前さまは、お前さまは、まこと安芸守様のお内方《うちかた》でござりましたな」

「きいてくりゃるか」

「聞きませいでか！」

兵庫のかわりに外記が叫んだ。涙を手で抑えながら。

七

陣頭に立って接戦こそしなかったが、緋縅《ひおどし》の鎧に白綾を畳んで鉢巻し、薙刀を携えて、味方の陣所陣所を経巡《へめぐ》って、自ら兵糧を運び、傷者をいたわりはげまし、八重の奮闘はめざましかった。

「殿の御無念を思うてくりゃれ。城井谷武士の手並、存分に見せてくだされ」

八重がこう言ってはげますと、手傷に悩んだ者も、手痛い戦いに疲れ切った者も、開けるあてのない運命に気を落している者も、等しく奮い立った。

兵数は少《すく》なかったが、精《すぐ》った兵共だった。城も堅固であった。

夜昼三日続いた戦争にも弱る色はなく寄手を撃退しつづけたが、四日目からはさすがに弱って来て、五日目にはその衰弱の色は蔽《おお》うべくもなくなった。

六日目の朝だった。八重は兵庫と外記を呼んだ。

「お召しでござりましょうか」

この二人も、心労と休息のない奮闘のために、別人を見るようにやつれはてていた。

「御相談いたしたいことがあります」

今日の八重は武装していなかった。練絹《ねりぎぬ》の真白な単衣《ひとえ》をまとった簡素な服装だったし、白粉《おしろい》もつけない青い青い顔をしていたが、純白な花を見るような清楚な感じだった。

眼を伏せて、ぽつりぽつりと八重は話した。

「この城もあと一日か二日の生命と思いまする。皆々、よく働いてくだされて、八重は嬉しゅう思うておりまするが、それについて、わたくし、いろいろと考えさせられることがございまする。と申すのは、これほどの名家がここに亡びてしまうことが、返す返すも残念に思われてならぬのでございまする。女の身のさかしら立ったことを申すようではございまするが、人の不孝として第一のことは家を絶やすことと承っておりまする。未練なことを申すようではございまするが、何とかして城井谷の家の残るようにいたしたいと思うのです」

「御言葉中ながら」

兵庫が遮った。

「はい」

兵庫は腹立しさを無理に抑えたような眼で八重を見て言った。

「お前様はそれをわれら二人の外には申されはなさりますまいな」

「申しませぬ」

「仰せられてはならぬことでござる。それは未練と申すもの。家を絶つは仰せられる通り不孝第一のことに相違ござりませぬが、今となってはいたしかたなきこと。何条あの鬼畜に等しき黒田奴《め》が城井谷家を立つることがござりましょうぞ。それほどのやさしき心があるならば、あのようなむごきことはいたさぬはず。仮に、立ててくれるにいたしても、黒田の家来として百石か二百石の家に取り立てるぐらいのことじゃ。そのようなみすぼらしき家立てて貰おうより、主従ともに未練もなく散った方が何ぼうこころよきことか。亡君はもとよりのこと、御先祖代々様もそれをよろこびくださりましょう、のう、外記殿」

外記もうなずいた。

「仰せの通りじゃ。瓦となって全《まった》からんより玉となって砕けよという本文がある由、これぞ武士たる者の心がけではござりますまいか」

八重はしばらく黙ったが、また言った。

「二人の言葉は道理と聞く。が、わたしはこのままにこの家を立てたいと思うているのじゃ。鬼畜に等しき人であろうとも、子に対しての情愛はあるはず。わりなく頼みましたなら……」

「奥方様！」

鋭く兵庫は遮った。

「お前様、生命がおしくならしゃりはしませぬか。おのれの生命のおしさに、若君達の命乞いをするの、お家の立つをはかるのとおためごかしのことを申されて城を出なさるお心ではござりますまいな。いや、生命がおしくござらば、左様な小面倒な作略はいり申さぬ。たった今からでもよい、出て行きなされ」

八重はうなだれて黙って聞いていたが、しずかにその顔を上げると、はらはらと涙を流した。

「情ないことを言うてたもる、兵庫の目には八重がそのように情ない女と見えるかや。八重はこうしようと思うているのじゃ。出来ることか、出来ぬことか、八重にもわかりませぬが、そもじ達の手で、わたしを磔柱にかけてほしいのじゃ。そして……」

ほそぼそと、涙ながらに八重は語りつづけた。

八

それは、ちょうど白い十字の柱のように見えた。

「妙なものを立てておったな」

川を挟んで深い谷になっている向う岸を眺めて、孝高は馬上にわきの長政を顧みた。

「何でございましょう」

長政も鞍坪にのび上るようにして身をのばした。

乳のように澱《よど》んで動かなかった朝霧が次第に晴れわたる磧《かわら》に、それを立てて十五六人の敵兵がその周囲でうごめいているのだ。

「もちっと馬を寄せて見ようではないか」

父子は本営を離れて、川の方に下りて行った。山奥の川のこととて、切り立てたように嶮しい崖の下に磧がひらけてそこに速い流れが、ごろごろと黒くころがった岩に白いしぶきをあげて奔《はし》っているのだった。

崖の上で馬を下りて、苔のなめらかな小径《こみち》をくだりにかかった時、せいせい荒い呼吸を弾ませて、下から兵士が上って来た。

「八重姫様でござります」

兵士はいきなり言った。

「なに？」

「八重姫様を磔にかけておりまする。城井谷の家をこのままにお立てくださるならば姫君の御助命いたそうが、情なく攻め立てなされまするならば、御目前にて串刺しにいたすと申しているのでございまする」

「む」

孝高は低くうなった。そして、磧には下りずにそれのよく見えるところに行って小手をかざした。

眼下に見える。

八重は真白な着物に、帯だけ、燃え立つような緋の色のものをしめて、両手をひろげて、きびしくいましめられていた。

左右にひかえた武士の持つ槍が八重の胸先で互に交叉して、昇りかけた朝日に穂先はきらきらと光っていた。

一人の男が何やら叫んでいる。

「……孝高殿は在さぬか、八重姫様をいたわしとは思し召されぬか……親として子を思わぬは鬼か、畜生か……」

きれぎれにそう聞えるのだ。

孝高は彫《きざ》みつけたように動かぬ姿で見つめていたが、くるりと長政の方をふり向いた。

長政の顔は真青《まつさお》だった。血走った眼が涙に濡れて、唇がふるえていた。

「吉兵衛殿、そなたの顔は真青だぞ」

微笑して言う孝高だ。

「父上、助けてやってくださりませ。拙者は、拙者は……」

長政の声は叫ぶようだった。

「はしたないの。つつしめ」

「父上！」

「つつしめと申しているのだ」

孝高はきびしい声で言うと、うしろをふりかえって随従の使番を呼んで、なにやらささやいた。

「は」

使番は馬を引き寄せ、背中に負うた黄母衣《きぼろ》に風をはらませて本陣さして駆けさせたが、間もなくそこから鋭い螺の音が起った。

螺の音は、深い谷に響き、この里を取り巻く幾重の山に応えて、高低断続しながらもやや長い間つづいた。

と、それまで、静まりかえっていた磧の味方の陣所に鬨《とき》の声が起り、つづいて、豆を熬《い》るような銃声が起った。

「よし……」

短く言って孝高は本陣の方に引き上げて行った。徒歩で、静かに、ふりかえりもせず。

九

あまりにも八重が熱心に主張するので同意はしたものの、はじめから兵庫はこの策に大して望みを持っていなかった。

（孝高めは奥方様をはじめからすて殺しにしているのだ）

と考えていたのである。

が、人間の心の弱さだ。そう思う一方、ひょっとして、眼前にわが子の殺さるるを見れば、心を
飜《ひるがえ》すことがあるかも知れぬという気がしないでもなかった。

それだけに、この会釈のない返事に会って狼狽した。

「駄目でござります。奥方様！」

弾丸は、性急な音を立てて磧の石を砕き、小さい土煙を上げて周囲に注ぎかけた。

この人にあるまじくあわてふためいて、兵庫は侍達を指図して磔柱を引きぬいて引返そうとしたが、
八重はこれを止めた。

「待ちや。殺してくりゃれ」

「なりませぬ！　それ、急げ！」

遮二無二、兵庫は叫んだ。

「いけませぬ！　殺してくりゃれ。ここで死なずば、八重の義理が立ちませぬ。殺してくりゃれ」

身を揉んで、はげしく身もだえする八重の髪の元結が切れて、黒い長い髪がさっと宙に舞って肩に
乱れかかった。

途端に、柱に手をかけて揺ぶっていた一人が、柱にもたれかかるような形をしたかと思うと、その
ままずるずると崩れ折れた。

また一人倒れた。

また一人。

「兵庫、あれを見なされ、あれを見なされ。敵は流れを渉《わた》りにかかった。所詮は助からぬ生命、憎い父者、情ない兄者の目前にて殺してくだされ」

兵庫は血を濺《そそ》いだ眼を上げて流れの方を見た。

とどろとどろしい響きを立てて奔る急流を圧する武者声をあげて、互に腕をくんで押し渡って来るのだ。

兵庫は血が全身の毛穴から一時に噴き出すかと思った。

猶予はならぬ場と見た。

「御免！」

片手を上げて、拝んで、叫んで、一人の槍をもぎ取ると、眼をつぶって、しごいて、さっとつき出した。

鋭い穂先は、脇腹から肩へ抜けて白く光った。

また一突。

がくりとうなだれる八重の雪のような白い着物に、牡丹の花びらのような血がにじんで、見る見る大きくひろがって行った。

「おゆるしくだされ、ぜひなきことでござります」

兵庫はまた合掌すると、槍を投げ捨てて、兵をまとめて城に引込んで行った。

その日の午頃《ひる》、城井谷の城は落ちて、転法寺兵庫、塩田外記をはじめとして、一人の残る者なく自殺しはてた。

俗説黒田騒動によると、この時、兵庫は人に託して、内記と友千代丸とを柳川の立花宗茂の許《もと》に落してやった。内記は早く死んだが、友千代丸は成長の後、出家した。そして黒田家の菩提寺の住職紅《こう》陽《よう》上人となったが、父母の仇を報ぜんために、種々の策を弄して、あれほどの大騒動が起ったのであるとしている。

城井谷崩れは事実にあったことだが、それを黒田騒動に結びつけたのは、江戸時代の大衆作家の趣向なのである。

黒田如水

武者小路実篤

武者小路実篤　1885 ～ 1976

東京府生まれ。父は子爵の実世。学習院中等科時代に、聖書とトルストイの人道主義に影響を受ける。学習院高等学科を経て、東京帝国大学哲学科に入学するが、創作活動に専念するため1年で中退。1910年に、学習院の同窓生、志賀直哉、有島武郎らと雑誌「白樺」を創刊。人道主義や個の拡充をテーマにした小説『お目出たき人』、『世間知らず』などを発表して注目を集める。1918年には理想郷の建設を目指して「新しき村」を開村、自身は6年ほどで離村するが、その間に『幸福者』、『友情』、『或る男』などの代表作を発表している。

一

黒田如水は書斎で本を見ていた。其処《そこ》に家来が恐る恐る入って来た。

「一寸《ちょっと》申し上げますが」

「なんだ」

「材木を盗んだものを召し捕りましたが、いかがいたしましょう」

「どう云うものが盗んだのだ」

「一緒に働いておりました大工です」

「斬れ」

如水の命令は簡単明瞭だった、

「はい」

家来は退《さが》ろうとした。

「しかしおってさたをするまで獄に入れておけ」

「はい」

家来は去った。

如水は何事もないように書見をしていた。

二

二三年前の話しだ。

或る日太閤秀吉は上機嫌で近侍達に云った。

「わしが死んだあと天下をとるものがあればあの跛者だ。あいつは信長公が本能寺で最期をとげられたことを知ってわしが悲んでいる時にわしの肩をたたいてにっこと微笑した。その顔がわしの本心を見ぬいているように見えた。それからあの跛者はわしの為にいろいろいい考《かんがえ》を出して、わしに天下をとらすようにした。このわしでも考えあぐんでどうしていいかわからない時、あの跛者に相談するとすぐいい考を出して、わしがゆきつまって困っている道を切り開いて、わしの行くべき処《ところ》を知らしてくれる。あの位《くら》い思慮の深い、ぬけ目のない、遠大な謀《はかり》ごとをする奴を見たことがない。何をし出かすかわからない男はあいつだ。わしが死んだ時、わしにかわるものはあの跛者にちがいない」

跛者と云うのは黒田孝高《よしたか》のことだ。

孝高はこの話をきくと、驚いて、早速頭をまるめて隠居して如水と名をかえた。

秀吉はそれを知った時、微笑した。

「あいつも俺を恐れているな」

だが黒田如水は、ともかく一通りの男ではなかった。

三

材木盗みは獄に入れられて、自分の首が切られる時が来るのを待っていた。彼はもう助からないことを知っていた。

掛りの武士は如水から沙汰のあるのを待っていた。如水は有名な倹約家である。無駄遣いを極端に嫌う男だ。

だから家来は思った。

「どうせ殺す男をいつ迄《まで》も生かしておくのは無駄だ。早く殺すものは殺す方が経済だ。主人から沙汰のないのは忘れていられるからにちがいない」

其処《そこ》で家来は得意になって、主人の前へ出て云った。

「いつかの材木盗みの首を今日にでもお切らせになってはどうですか」

「馬鹿！」如水は怒鳴りつけた。

家来は今迄無駄に生かしておいたのでおこられたのかと思った。

「御沙汰があるのをお待ちしておりましたので、もっと早く申し上げればよかったのですが」

「馬鹿！　何を云うのだ。お前等は人命の貴いことを知らないのか。その盗人の首を切ったら材木は返ってくるのか。盗んだことを戒めて、二度と盗めば首を切ると云って、改心させて、なぜ又工事に使わないのか。その男はきっと再生の恩を感じて、以前よりもよく働くだろう。私が今日まで沙汰をしなかったのは、お前達が生命請いにくるだろうと思ったからだ。そして二度と罪は行わしめませんから今度だけは宥《ゆる》してやってくれと云ってくるのを私は待っていたのだ。処が早く首を切るようにすすめにくる。人間の生命を何《な》んだと思っているのだ。殺せばもう生きかえりはしない。家族のものはどうなると思っているのだ。一たいお前達が間抜けで監督がゆきとどかないから、材木なぞがなくなるのだ。自分達の失敗を棚にあげて、他人の首許《ばか》り切らしたがると云うのは何と云う馬鹿だ。以後注意するがいいぞ」

家来はおどろいて、

「はい」と平伏してしまった。

しかし家来は主人の前をさがると、嬉しくなって来た。

家来でも人を殺すよりは殺さない方が気持がよかった。

仲間にすぐそのことを伝えた。

そして主人如水のことを今更に皆でほめた。皆涙ぐんでこの主人の為には生命をすててもいいような気になった。

まもなく大工はゆるされた。

切られると許り思っていた大工は如水が思っているよりもなお喜んで涙をながした。

夢中になって働きだしたことは云うまでもなかった。

四

或る日如水の家来の桂菊右衛門と云う男が、屋敷をそっとぬけ出て、いつもゆく処で、賭博をして大いにもうけた。

賭博は厳しく禁じられていて、この禁を犯すものは切腹することになっていた。しかしどうせ気がつくまいと思って、桂は禁を犯して賭博をしたのだ。

もうけたので彼はすっかり上機嫌だった。翌朝早く屋敷に帰ろうと思って、ニコニコしながら往来を歩いていた。

だが彼は途中で大変なものに出くわした。

彼はすっかりうろたえてしまった。それは主人の如水が聚楽に出仕するのに出逢ってしまったのだ。

桂はあわてて主人に最敬礼をした。

「何処《どこ》にいっていたのだ」

主人はそう云われると
あまりにおどろいた桂は、つい思わず云った。

「賭博なぞに参ったのではございません」

如水はいやいやな顔をして黙って行ってしまった。桂菊右衛門は云ってしまってから、びっくりした。

云わなければいいことを云ったことに気がついた。

今迄の勇気は何処かへ行ってしまった。

彼はもう生気を失った。どうして帰ったかわからずに自分の室に帰った。

仲間は、あまりに桂が元気がないので気にして聞いた。

「昨日はどうだった。まけたのか」

「それどころではないのだ」

「どうしたのだ」

「殿様に見つかってしまった」

「見つかった？」

「余計なことを云ってしまったのだ」

「どんなことを云ったのだ」

「賭博などはいたしませんと、云ってしまった」

「馬鹿だな」

「もうとりかえしがつかないのだ。僕はもう、切腹しなければならないのだ」

「そんなことはないだろう」

「それでも殿様は怒っていらっした」

「何かおっしゃったのか」

「何事もおっしゃらなかった」

「それならお気づきにならないかも知れない」

「いや、気がおつきになったのはたしかだ。いやな顔をなさった」

「それは困ったな」

「僕はもう決心しているのだ」

「人命の貴いことを知っていらっしゃるから」

「だが規律は守らなければならない」

「何とかいい方法がありそうなものだ」

「僕は覚悟をしているのだ」

仲間は皆、その事件を知った。そして皆桂に同情して集って来た。そして、何とかして生命請いの方法はないものかと相談した。

皆、いろいろと慰めてくれるが、しかし、桂は元気にはなれなかった。友達の言葉も、よく聞く気になれなかった。

死神だけが、彼の前に立っていた。

それはいくら覚悟していると云っても無気味ないやなものだった。

五

黒田如水は桂菊右衛門にあったあと、何にも云わなかった。供のものには如水が、桂の賭博したのに気がついているか、いないかもわからなかった。如水の口からは桂については何の言葉ももれなかった。すぐ忘れたように見えた。

如水は秀吉に逢っても勿論《もちろん》その話にはふれなかった。用事の話をすませて、暫《しば》く雑談して帰って来た。帰り道も、桂のかの字も、如水の口からもれなかった。

殿様が御帰りになったとわかると、桂の仲間はそっと、お供の様子をききにいったが、「何にもおっしゃらなかった。気にとめてもいられないようだ」と云う返事を得ただけで、要領を得なかった。

「忘れていられるのだろう」

仲間はそう云ったが、桂にはそれは信じられなかった。あの賢い、何んでもすぐ感じる殿様が黙っていらっしゃるのは、なお恐ろしい、と彼は思うのだった。

だが殿様からは何にも云って来なかった。

「気にしていられないのかも知れない」

そんな気もして、いくらか希望をとり戻しかけた。

この時、殿様から命があって、「桂達に庭に来るように」と云うことだった。

「とうとう恐るべきことが来た」

桂はぞっとして、立ち上ろうとした時、目まいがした。

六

恐る恐る皆庭に出た。桂は生《いき》た心地がなく、顔は青ざめていた。

庭に出て見ると、如水は既に庭に出ていた。

皆を見ると、快濶《かいかつ》に云った。

「庭の垣根がこわれたから、少しなおそうと思っている。皆、手つだってくれ」

「はい」

皆一安心した。

しかし嵐は過ぎたのではない。いつ嵐が吹いてくるか、わからない。

皆一心に働いた。

桂は一寸の音にもおどろき、主人のセキ一つにもどきっとした。傍のものが見ているのが苦しい程だった。だが如水の顔は冷静そのもので、何を考えているか、まるで見当がつかなかった。

桂は時々主人の方をぬすみ見したが、心がますます暗くなる計《ばか》りだ。

彼は時々主人の前に跪《ひざまず》いて命請いをしたいと思ったが、気がついているか、いないかもわからないので、うっかりものを云って藪蛇になるのを恐れた。

垣は殆《ほと》んど出来上った。しかし如水の口からは桂については一言葉も出なかった。

いよいよ恐ろしいことが近づいて来たのに気がついた。しかも何事も知らずにすぎそうな気もして来た。

やがて仕事はすんだ。

「御苦労さん！」

皆、ほっと安心して帰ろうとした。

殊に桂はよろこんで足早《あしば》やに逃げるが如《ごと》く去ろうとした。

この時だ。如水の声はひびいた。

「桂！　一寸話したいことがある」

万事休す。そう思った。桂は、自分の血が一時にさがるように思った。

しかしさすがに見っともない風はしなかった。

「はい」

彼はそう云って、如水の方に引きかえした。

他の連中も思わず足をとめた。

七

如水は桂の青ざめた顔を冷静に見て云った。

「こっちに来い」

「はい」

屠所の羊のように桂は如水のあとに従った。

彼はもう死を覚悟した。見っともない真似はしたくないと思った。だが主人の宣告を聞くのが怖しかった。身体がぶるぶるふるえて来た。おさえつけようと思っても、おさえつけることが出来なかった。

如水は誰もいない所にゆくと立ちどまった。

そして桂の方を見た。

桂は目まいがしそうなのをやっと耐えて主人の前に跪いた。

「いくらもうけたのだ」

如水の言葉は意外だった。

覚悟をしていた桂は正直に答えた。

「随分もうけたな」

如水はそう云って微笑しながら云った。

「お前は今日は大いにとくをしたな。一つには大金をもうけたし、一つには生命をたすかった。今後、その得たものを大事にして、二度と失《うし》なうな」

「はい」

桂はそう云った。涙がとめどもなく出て来た。如水はそう云うとすぐ家に上った。桂は主人の後ろ姿を見て平伏した。中々おきあがる気はしなかった。

心配していた人々は気にしてやって来た。そして死んでいるかと思った桂が泣いているのを見た。切腹の宣告でも受けたのではないかと思った。

皆、黙って見ていた。皆が怒鳴りだした。

「どうだった」

「しっかりしろ」

「僕達がついている」

桂は泣き笑いしながら顔をあげた。

「いや心配なことはないのだ」

「助かったのか」

「助かった所ではないのだ」

「なんとおっしゃった」

「いくら得をしたと、おっしゃった」

「それで」

「正直に答えた」

「それで怒られたか」

「処がお怒りにはならなかった。そしておっしゃった。お前には今日はいい日だ。金ももうけたし、生命も助かったから、今後得たものを失なわないようにしろとおっしゃった」

「それはよかった」

「なんと云うありがたい御心だろう」

皆すっかり興奮し喜んだ。

だが如水は別に善事をしたとも思わなかった。彼はいつものように冷静だった。

だが彼は自分の言葉の効果に就《つい》てはちゃんと知っていた。彼は心の優しい男でもあるがそれ以上、喰えない男でもあった。だが喰えない以上はっ切《き》りした頭の持ち主だった。

八

関原の戦いの時、彼は大きな野心をもっていた。彼はあわよくば天下をとる気でいた。そして彼は着々とその用意をした。彼はその時、豊前の中津にいたが、九州には石田三成方が多いのを理由にして、先《ま》ず九州を平げることにした。そして彼は足利尊氏のように九州の軍勢をひきつれて徳川と石田の争っている最中にのりこむことを考えていた。彼はその為に今迄たくわえていた金銭を惜《おし》みなく散《ち》らばした。そして軍勢を集め、九州で彼に敵対するものを残らず征服した。しかしその途中で彼は関原の勝負がきまり、徳川勢が大勝したことを知った。

彼にとっては万事休すであった。思い切りのわるいことだった。だから息子の長政が親の心を知らずに、家康の為に忠勤をつくし、戦勝を得て、大よろこびで父に勝利と大功をたてたことを報告した時、如水は、

「大馬鹿奴《め》、浪人はどうなるのだ。戦がつづいてこそ浪人は食ってゆけるのだ」

と怒った。彼は勿論、浪人のことを思っていたのではない。彼は自分の最後の野心を捨てなければならないのがつらかったのだ。

家康の家来が、家康に如水の九州における手柄を賞して、加封するように言上した時、家康は云った。

「あいつは、どう云うつもりで手柄をたてたのかわからないからな」

如水は、あきらめわるい野心をすてるより他、仕方がないことを知った。

九

如水はその後上京して家康に逢い、戦捷《せんしょう》の祝いをのべた。そして東山の麓に住んでいた。

彼の処にはいろいろの人が出入りした。其処である人が忠告して云った。

「内府（家康）は非常にあなたを用心していられます。あなたもそのつもりで、あまりいろいろの人をお近づけにならない方がいいでしょう」

如水は答えて云った。

「そんなことは気にする必要はありません。実際私はあの時は、思うことがあって、兵をあげ、隣国を平げ、九州は殆んど私の手に帰し、私はその軍をつれて播磨に旗を上げようかと思ったのですがね。播磨は私の生国ですから、そうなれば十万位いの軍勢はあつめられたのです。それをつれて内府にお目にかかれば、中原の鹿はまだ誰の手におちるか、きまったものではなかったのです。だがもう時は過ぎました。大事はきまったのです。私はあきらめて、自分の取った土地さえ公《おお》けに返上し、一人で戦捷のお祝いにやって来たのです。この私を疑うような馬鹿はいませんから安心したらいいでしょう」

客はおどろいて黙った。

一〇

それから如水は息子の長政の家におさまって、楽隠居として余生をおくった。

彼はもう野心はないのだ。彼の生活はおちついた平和なものだった。将軍になるよりはむしろ幸福であると彼は思ったかも知れない。しかし思い出せば残念だったかも知れない。しかし利口な彼は思い切りのわるい男ではなかった。彼はお茶をたてたり、連歌をしたりして、たのしく日をおくり、気がむけば一人の従者をつれて呑気に城から出て、ゆきたい処にゆき、休みたい処に休んだ。

彼は好々爺ぶりを発揮した。それでも彼のことだから、政治のことを忘れはしなかった。彼は人望を集めた。

彼は或日《あるひ》武蔵温泉に出かけた。

いろいろの人が御機嫌伺いに来た。彼はそれ等の人と気楽に話した。

或時、千石をとっている家来が来て、乾菜一把をお土産に持って来た。如水はよろこんでそれをもらった。その後七百石もらっている家来が、一升の酒をもって来た。それも如水は喜んでうけとった。

処が百石とっている家来が、立派な鯛を、立派な入れ物に入れてもって来た。

如水はそれを恭《うやうや》しく出された時、すっかり不機嫌な顔をして云った。

「お前は小禄の身で、こんな送りものをするようでは、お前の家はきっと金が不足して、生活にもことを欠くようなことがあるだろう、武器なぞも十分とは云えないだろう。そんな心がけで奉公が出来ると思っているのか」

家来はおどろいて平伏して云った。

「之は買って参ったものではないのです。たまたまもらいましたもので、持って参ったのです」

如水は云った。

「そうか、本当にそうなら、今日の処許すが、之から注意するがいい。それならこの魚はもらっておく、入れものは持ってかえって売ってその金はしまっておくがいい」

如水はそう云う男だった。

二

彼も年をとって、病気をした。今度はたすからないと自分でも思った。

或る時息子の長政が来た時云った。

「お前が私にまさっている点が五つある。そして私がお前にまさる点が二つある。私は内府や故太閤に仕えている時、お気に入らないことがあって、屏居《へいきょ》したことが前後三回、とうとう髪も切るような目にあった。しかしお前は故太閤や内府父子にお仕えして一度も、失策をしなかった。之がお前の私にまさっている一つだ。私は多年奉公し、勤労して豊前の十八万石を得たにすぎないが、お前は若くして五十二万石を得た。それがお前が私にまさる二だ。私は戦場には何度も出たが、敵の大将を斬ったことも旗を奪ったこともない。お前は自分で七八回敵の首をとった。それがお前が私にまさる三だ。私はどうも行動が軽率のかたむきがあるが、お前は事々に慎重に慎重に考え、まちがいがない。それが四だ。最後に私は男の子と云えばお前だけだが、お前は三人の男の子を持っている、それが五だ。しかし私の方にも優っている点がないことはないのだ。それはもしお前が私よりさきに死んだら、家来たちは思うだろう。如水が居れば安心だと、もし私が死んだら、古参も新参も、お前が死んだ時よりも嘆くだろう。人心をとることではお前は私に叶《かな》わない。それが一つだ。もう一つは私の方が天下の活機を知っている。関原の時、内府と治部（三成）とが百日の間、相対峙していたら、私は九州の衆をひきつれて、東上し、漁夫の利を得て大いになす所あろうと思ったが、運がなくって、素志を果すことは出来なかったが、お前にはそう云う大博奕《おおばくち》はうてまい。それが私がお前に優る二の点だ。私はもうながくは生ていまい。お前はよく考えて、私にまける点を工夫するがいい」

如水はそう云ったあとで、近侍に云って、紫の風呂敷につつんであるものを持って来さした。

「之をお前にやろう」

長政は謹んであけて見ると、草履と下駄がかたちんばに出て来た。その他に漆ぬりの椀が一つ入っているだけだった。長政にはなんのことかわからなかった。

「これはどう云うわけなのですか」

「草履や下駄は対のものだ。両方同じ草履なり、下駄なりはくのが常道だ。お前なぞはいつもきちんと正しく草履や下駄をはく男だ。しかし事変のさいには、間髪を容れない時がある。その時は片方草履で、片方下駄で走ってゆかないとおいつかないことがある。大事をなすものはこのことをよく知らないといけない。お前は考えすぎる。まちがいのないことにひっかかる、注意すべきだ。この椀は非常に粗末なものだが、之で十分飯は食える。大事なのは飯だ。兵糧だ。器にあまりこる必要はない。富国強兵が経国の道だ。この椀を見て人々の食を考え、倹約に生活することを考えるがいい。倹約なれば食は足り、兵は従って強くなり、人望も自ずと集《あつま》るだろう。よく考えるがいい」

「はい」長政は平伏した。

一二

如水の病はますます重くなった。

如水は急に癇癪持になった。仕える人々が、いくら心をつかっても、如水の気に入らなかった。如水は一寸のことで叱りつけ、怒った。人々はどうしていいかわからなかった。

其処で長政に訴えた。長政はそれを聞いて、おどろいて如水の処に来て云った。

「父上、何がそんなに気に入らないので、お怒りになるのですか。お身体にさわるといけませんから、なんでもお気に入るようにいたしますから、御遠慮なくおっしゃって戴きとうございます」

「皆が気に入らないのじゃ、皆、あっちへ行ってくれ。お前達の顔を見ても気持がよくない。早く皆をあっちへやってくれ」

「はい」長政はそう云って、皆をさがらした。

如水は皆がいなくなると云った。

「気にしないがいい。私はどうせ死んでゆくのだ。皆が私を嫌ってお前が好きになるように、わざと叱りつけているのだ。気にしないがいい」

「はい。恐れ入ります」

如水は長政が居なくなると、今迄よりはいくらかおとなしくしていたが、時がたつに従って又気むずかしくなり、人々をよわらし出した。

だが彼はいよいよ死が近づくと、人々をよんで云った。

「万事は長政に任せてあるから安心して死ねるが、一つ最後に云っておくことがあるが、皆聞いてくれるか」

「はい」

「どんなことでも聞いてくれるか」

「はい。どんなことでもおききいたします」

口では皆そう云ったが、何を云い出されるのかと気にした。

「それで安心した。それなら云おう。よく主人が死ぬと殉死をするものがあるが、その心がけはほめていいかも知れないが、賢いとは云えない。人は死んでしまえば、奴僕をつかうわけにはゆかないのだ。もし殉死するような心がけがあったら、その心がけで長政の為に仕えてくれ。決して殉死なぞはしてはいけないぞ」

「はい」

「必ずきいてくれるだろうな」

「はい」

「それでわしも安心して死んでゆける」

人々は泣いた。

それからまもなく如水は死んだ。

齢は五十九だった。

智謀の人　黒田如水

池波正太郎

池波正太郎　1923～1990

東京都生まれ。下谷西町小学校卒業後、株式仲買人などを経て横須賀海兵団に入団。戦後は都職員のかたわら戯曲の執筆を始め、長谷川伸に師事する。1955年に文筆専業となった頃から小説の執筆も始め、1960年に信州の真田家を題材にした『錯乱』で直木賞を受賞。真田家への関心は後に大作『真田太平記』に結実する。フィルムノワールの世界を江戸に再現した『鬼平犯科帳』、『剣客商売』、『仕掛人・藤枝梅安』の三大シリーズは、著者の死後もロングセラーを続けている。食べ物や映画を題材にした洒脱なエッセイにもファンが多い。

一

慶長五年晩夏の或日のことである。

黒田如水孝高《よしたか》は、城下の豪商伊勢屋佐右衛門の家へ招かれていた。

当年五十五歳になる黒田如水は、すでに豊前中津十二万二千石の城主という位置を息子の長政にゆずり渡し、気楽気ままな隠居の身であった。

町人の佐右衛門にとって、如水は領主長政の父であり〔大殿さま〕であるわけだが、如水は気さくに家来一名を連れ、のこのことやって来る。

佐右衛門とは茶の湯の方でもって、気が合うし、年齢も同じであった。

「あのな、大坂から珍らしい菓子が届いたゆえ、お前らに持って来てやったぞよ」

坊主頭の如水が、びっこをひきながら伊勢屋へやって来て、ふところから無造作に菓子の包みを出し、佐右衛門の孫どもに分け与えたりする。

こういう風だから〔大殿さま〕に対する百姓町民の愛慕は強烈なものがあったと言ってよい。

隠居したとはいえ、如水の眼は、いまだに領内の治政へらんらんと光っており、当主の長政も、この親父には頭が上らぬといったところだ。

その日も夕暮れまで遊びくらし、引きとめられるまま、如水は夕飯も馳走になるつもりでいた。

伊勢屋佐右衛門は東九州でも屈指の豪商で、屋敷もかなり広い。奥庭に面した離れで、如水が饗応をうけていると、まだ夕陽が明るい空の下を土煙りをあげて騎馬の侍が伊勢屋へ飛んで来た。城からの使いのものである。使いの侍の顔色が緊迫に硬《こわ》ばっていた。

「大殿！　只今、大坂表より御使者到来……」

「何事じゃと」

「はッ……」

家来は擦り寄ってきて、如水に耳うちをした。

「ふむ……」

聞き終って、如水は顔色も変えず、佐右衛門に、

「ちょっと急用じゃでな。また来るわ」

家来の乗ってきた馬にまたがり、悠々と城へ戻って行く。

その後姿を見送って、佐右衛門夫婦や、その息子夫婦などが、

「何事であろ？」

「大殿さまは、お顔のいろも変えなんだが、お使いの家来衆の眼つきは、只事《ただごと》ではなかったぞ」

なぞと心配そうに囁《ささや》き合っている。

つい先頃、領主の黒田長政は、家中の精鋭を率いて徳川家康に従い、遠く奥州の上杉征伐に出陣している。

中津の城に留守をしているのは隠居の如水と、ごく僅《わず》かな家来のみであった。

「もしや、御領主さまの身にでも、何か変事があったのであろか」

と、佐右衛門は心配していたようであるが、大坂からの急使は、もっと別の意味での重大事を知らせに来たのである。

これは、いよいよ石田三成が挙兵の旗をあげ、関西の諸将を糾合して、徳川家康を討つべく起ち上ったという報告であった。

三成は会津の上杉景勝と通じ、景勝から家康に挑戦させて、家康が出兵する背後に於《お》いて兵をあげ、これを挟撃しようというわけだ。

天下統一の偉業をなしとげた豊臣秀吉が先年病没してからは、徳川家康の擡頭《たいとう》ぶりはすさまじいものがある。

亡き秀吉の寵臣だった石田三成が、この際、一挙に家康を倒して、秀吉の遺子、秀頼を奉じ、再び天下を豊臣のものに――ということは、つまり三成の手中に摑みとりたいという、この家康対三成の対立は、すでに、この春頃から、心ある諸将の熟知するところであった。

現に如水もひと月ほど前に、ひそかに三成からの密使によって西軍へ荷担してくれとの誘いを受けている。

そのとき、如水は、

「わしは、もとより太閤殿の御恩をこうむること並なみではない。ゆえに秀頼公のおんためとあれば何とでもしようが、しかし、のちのちのために、家康を討った後、わしの手に入るべき領地のことを先ず決めてもらいたい。それでなくてはお味方は出来ぬ。何となれば、後になって決めるということになると、諸将との間にきっと揉め事が起きようから……」

つまり九州において七カ国をくれれば、家康征伐に味方しようと言ってやったのである。

これを聞くと、留守居の重臣達が色を変えて如水に詰めよった。

領主の長政が家康に従って出征しているのである。しかも兵力の大半を率いてだ。留守番の隠居が三成にそんなことを言ってしまっては、後のち取返しのつかないことになる。

だが、如水は笑っていった。

「そんなことはわしも知っとるし、三成だって知っとるわい。三成は、わしをためし、わしを計っとるのじゃ。今ここで、わしが三成の誘いをキッパリ断ってみよ。この九州一円の諸大名は、いずれも三成方じゃ。この城の中に今おる兵力では手も足も出ぬわい」

三成との交渉で日を重ねながら、何とか兵力をたくわえ、しかるのちに思うまま動き出そうというのである。

「わしとても、まだ老いぼれてはおらん。黙ってみておれ」

ひそかに準備をととのえていたところへ、三成挙兵の報が入ったわけだ。

(女房も嫁も、これは覚悟してもらわにゃならぬな……)

小肥りの矮躯《わいく》を馬上に揺ら揺らさせつつ、城へ戻って行く如水は、さすがに憮然たる面持ちになっていた。

如水の妻も、息長政の嫁も、大坂天満の屋敷にいる。

事態がこうなれば、おそらく三成の手によって捕えられることだろうし、これから如水がやろうと決意していることは、老妻や嫁の命も絶つことになるのであった。

(許してくれい!)

もとより覚悟の前である。

この覚悟を胸に秘めて、如水は毎日を屈託なげに送っていたのだ。

（九州と大坂では、遠すぎて、おことらを救いにも行けぬわ）

家来達が心痛しているのも、実はこのことなのであった。

如水は帰城するや否や、たちまちに令を下して戦備をととのえはじめた。

先ず触書《ふれがき》を発して兵員を募集した。

城下周辺の郷士やら浪人やらは言うに及ばず、土民、町民、なんでもよい。出世をのぞむものはどんどん集まってくれと言うのである。

領民、領土に対する黒田家の支配の仕方は如水の祖父重隆、父職隆《もとたか》以来の伝統がある。

その伝統というのは治政における〔愛情の発露〕である。

黒田家のあるところ、領民達は、「この殿さまのためならば……」という気に必ずなってしまう。

荒々しい戦国大名の治政が多かった中で、如水が行なって来た治政は、ケタ外れに神経のこまやかな、恵みふかいものであったと言えよう。

少しずつ集まってくるものへ、如水は城にたくわえてあった莫大な金銀を気前よくくれてやる。かねて、こういうときにと思い、みっしりためこんであった金銀なのだ。

この噂が伝わり、数日のうちに城内へ群れ集まるもの三千を越えたと言う。

「これでよし！　さて、やるべいかの」

如水は、自信満々の笑いを浮べて起ち上った。

やるべいかの——とは何をやるのか？

九州一円の石田方の大名を軒並にやっつけようというのだ。これはもう家来達も知っている。また寄せ集めの連中もわかってきた。

しかし、如水ひとりの胸に潜《ひそ》んでいるもう一つの〔やるべいかの〕があったのである。

この〔やるべいかの〕は二十余年前の天正六年から七年にかけて如水が三十を越えたばかりの頃、荒木村重に捕えられて、有岡の城に幽閉され、危く一命を失おうという苦境にあったとき、彼の胸底に萌えはじめた芽なのである。

その芽は、二十余年を経て、いま老いた如水の身にふくらみ、大輪の花を咲かせようとしている。

（いや、うまくいけば咲こうと言うものだ）

出陣に当って、馬上に凜然と城門を発しながらも、如水は冷静であった。

二

黒田如水は、天文十五年十月二十五日、姫路の城で生れた。

当時、父の職隆は、御著《ごちやく》城主、小寺政職《まさもと》の被官として仕え、姫路に住んでいたのである。

黒田家は近江源氏の庶流で代々江州にあったが、のちに備前にうつり、如水の祖父重隆の代となってから播州姫路へやって来たのだ。

この頃は、ろくに家来もいない貧乏浪人であったが、姫路へ来てから運がひらけた。

黒田家には〔玲珠膏《れいじゆこう》〕という家伝の目薬があって、重隆は浪人中もこれを売って暮していたようであるが、この商売もうまく行ったようだ。重隆の重厚な温《あたたか》い人柄もあって、次第に財も増え、出入りする家来分のようなものも五十人、百人と増えてきた。

こうして重隆は一子甚四郎と共に土豪の一人として頭を出しはじめ、天文十二年の夏に、御著の領主、小寺氏の幕下に加わったのである。

世はまさに戦乱の時代だ。

足利将軍の力は全くおとろえ、諸国の豪族達は天下の風雲にのぞんで争いはじめている。

重隆は小寺氏に仕えてよく働き、小寺の当主政職の信頼をふかめて、ついに家老の一人となり、一子甚四郎に政職の一字をもらい職隆と名乗らせるようになった。

小寺政職は、明石城主の娘を職隆に与え、重隆隠居の後は姫路の城をあずけるまでに愛寵した。

如水が生れた頃は、まだ祖父重隆も四十そこその年齢で壮健だったし、父も母も愛情ゆたかな人達であり、まことに幸福な日々を送ったわけである。

如水の幼名は万吉丸。のちに官兵衛孝高と称し、後年、如水と号するに至る。

如水十四歳のときに、母の明石氏が病没した。少年如水は狂人のごとく号泣し、止むことがなかったという。

感情の激しい、愛情のゆたかな性格であったのだろう。

七歳にして書を学ぶが、性詞筆を好まずして射御を愛す——といった性格がこの母の死によって、少年ながら世の果敢《はか》なさを感じたのか、もっぱら文芸の道に没頭するようになってしまった。

一日中、黙念と引きこもり、和歌などをひねくったり読んだりしているのを見て、如水の師でもあり父の職隆にも信頼のあった円満という坊さんが、如水に向って、

「今や弱肉強食の恐るべき世の中でおざる。いかに学問が大切とは言え、武の道を放り捨ててなんとなされる」

兵書を抛《ほう》って歌学にふける、いずれか以《も》って是となすかと。是に於《おい》て尽《ことごと》く之《これ》を廃す——とある。

心機一転して、戦乱の世の武人として起つことになったわけだ。

如水は十七歳で主家の小寺政職の近習となり、十八で初陣。二十二歳の春に、志方の城主櫛橋氏の女《むすめ》と結婚した。これと前後して、父職隆は隠居し、如水が黒田家の当主となり、小寺氏の家老として姫路城を守ることになった。

翌年には子が生れた。すなわち長政である。

それから約七年――如水は、小寺氏の重臣の一人として何度も出陣した。

如水の用兵は巧妙をきわめ、軍略のすばらしさは人びとを瞠目させた。

何よりも先の先までを見透す鋭い眼力があって、如水の作戦に従うものは何の不安もなく勇躍してこれに応ずることが出来たという。

如水の武将としての勉強もあったろうが、これは天賦の才能であり智力であったと言えよう。

祖父も父も共にすぐれた武人であったし、母も立派な女性だったのだから、それらの血が、あげて如水に結実したかのように思われる。

天正三年――。小寺政職にも黒田如水にも、進退を決するについての重要なときがやってきた。

天下の形勢は、織田、毛利のいちじるしい擡頭によって、その勢力の区分けがなされようとしているかに見えた。

「まず、私は、織田殿の下につくがよしと考えます」

と、如水は政職に進言した。

小勢力が大勢力の傘下へ加わらなくてはならないのは昔も今も同じことだ。

毛利、織田という二つの大勢力のどちらへ味方した方が得かということについては、如水も心をくだいているようである。

　各地へ密偵を放って情報を得る一方、如水は研究を重ねに重ね、織田信長こそ天下を摑みとる大名だと確信するに至った。

「いや、毛利方へつくが至当でござる」

　と反対する重臣もいたし、阿波の三好氏に通じておく方がよいと言うものもいる。が、しかし、このときの政職は如水の実績を信頼しきっていたし、如水もまた反対派を説得し、みずから信長への帰服を申し出るために、信長の居城があった岐阜へ出かけて行った。

　信長は一目見て、如水が気に入ったようである。

「他日、中国を征討するあかつきには、おことに、わしが先鋒として出陣してもらおう」

　とまで言ってくれた。

　かくて如水は、主家の小寺氏と共に織田家の傘下に入って、毛利氏と戦うことになる。

　如水は、わが子長政を人質として信長に差し出した。一粒種の長政はこのとき八歳である。こうした思い切った如水の態度は、いよいよ信長の信用をたかめることになったわけだ。

　毛利軍への前衛基地として、小寺氏及び黒田如水は活躍した。毛利氏も、元主元就は没していたが、その二子、吉川元春、小早川隆景などを中心に結束もかたく中国一帯を押さえて堂々たる陣容を誇っている。

　この頃、秀吉は信長麾下《きか》にあって中国攻略の中心となり、姫路へ入城して作戦の指揮に当った。

　如水は、秀吉にも信頼が大きく、秀吉を助けて播州一帯の豪族を平げ、毛利方の強力な大名、宇喜多氏を味方に引き入れるなど縦横に活躍したものである。

天正六年の秋になって、織田家に帰属していた荒木村重が寝返りをうった。

村重は摂津の領主であったが、ひそかに毛利軍と通じて、信長に反旗をひるがえしたのである。

しかも、毛利の謀略は荒木村重のみか、小寺政職にも及んでいたのだ。

「殿が、わしに黙って、ひそかに毛利と通じておるなどとは、信ずることが出来ぬ」

如水は驚いたが、もしこれが事実なら大変なことになる。

何と信長に言いわけをしたらよいものか——いや、もともと猜疑心がふかく、裏切りものに対しては徹底的に苛酷な処置を行なう信長の性格は如水も知りつくしていた。

如水は、尚《なお》も密偵を使って事態の真偽を探らせてみると、果して、それが事実だということがわかった。

如水もさすがに色を変えて御著の城へ馳けつけ、政職に諫言した。

「いや、そのようなことはない。安心せよ」

などと、はじめはのらりくらりと言い逃れていた政職も、如水に種々の証拠をつきつけられて、ついに、

「なるほど、わしが誤まった。しかし、荒木村重が余りにも誘いかけるので、つい、わしものう……」

「ついではすまされませぬ。このことが信長公の耳へ入ったなら、一大事でござる」

「わかった。では、そのほうが荒木村重のところへ行き、よくよく事情を話した上、彼を説得してくれい。荒木が心をあらためれば、わしも荒木と共に、ふたたび織田に従おう」

虫のよい話だが、こうなっては仕方がない。あくまで主家のためを思う如水は承知して、すぐに、

荒木村重の立てこもる摂津の有岡城へ単身出向いて行ったのである。

そして、まんまと、如水は自分の主人に裏切られたのだ。

如水をそちらへ送るから殺してしまってくれと、政職は村重に言い送ってやったのである。

有岡城へ着くや、たちまちに如水は捕えられ、牢へぶち込まれてしまった。

（これほどまでに、わしが主家のためを思って働いておるのが、どうしてわからんのか！）

如水にとって、これは激烈なショックであった。

小寺政職は、あれほど如水を愛寵していたのだが、如水のようにあまりにも目ざましい働きをするものには必ず反対派の妬みが擡頭する。

反対派の重臣達が、よってたかって政職をたきつけた上に、毛利や荒木の謀略が、これに乗じたものだから、気の小さい政職は動揺してしまったらしい。

「官兵衛め（如水）は、主のわしに向って、いちいち口出しをする。怪《け》しからん！」などと蔭では自分の無能をタナにあげて憤慨するようになったのも、周囲のものが、あることないことを、やたらにたきつけ、如水を退《の》けものにしようと計ったからだ。

殺してくれと依頼されたのに、荒木村重は如水を牢に放り込んだままにしておいた。

殺すよりも如水ほどの人物を人質にとっておけば、何かの役にたつと考えたものか——或《あるい》は味方にでも引き入れようと思ったのか……。

こうして如水は、約一カ年にわたり牢獄に暮すことになる。

この牢獄がまた大変なところだ。

陽は全く射さず、泥池と木立に囲まれていて昼も夜も暗く、湿気がこもり、夏も冬もたまったものではない。

如水の全身は湿疹にかぶれつくし、髪の毛も抜け落ち、瘡《かさ》のために痩せこけた体が不気味に腫れ上って二目と見られぬ姿になってしまった。

そのため、手足も自由に利かなくなってしまったが、ことに両膝の機能が悪くなり、以来、如水は〔ちんば〕になってしまうのである。

この一年の幽閉は実に苦しかった。

その間、如水は何を考えつづけていたのか。如水をなぐさめたものは、牢獄の窓からわずかに見える藤の花であったというが、もっとも如水の心を掻き乱したものは……。

（わしの誠意が、これまでに踏みにじられねばならぬとは……）

これであった。

祖父の代から忠勤を励んで来た主家の小寺政職に対する不信は、如水を叩きのめした。

一年後の天正七年十一月十九日――。有岡城は織田軍によって攻め落され、如水は救出されることが出来た。

これより先に、如水の侍臣、栗山善助が旅商人に化けて城下へ潜入し、城攻めと共に、かねて調べておいたところから城内へ飛び込み、如水を救い出したのである。

如水、因《よつ》て采地及び良馬一匹を賜《たま》う――とある。以後、善助は黒田家に重きをなし、寛永八年、八十三歳の長寿を保って没した。

死ぬべき命を奇跡的に救われた如水の胸底に〔やるべいかの〕の芽が発したのは、このときである。

〔やるべいかの〕とは――信ずべきは自分ひとりである、もし機会が到来したならば、天下をとってやろう――というひそかな決意であった。

三

隠居如水が寄せ集めた軍勢は、九州一円の大名達を相手に暴れ廻った。

隠居の采配ぶりは水際だったもので、半月そこそこのうちに、筑紫、竜造寺、鍋島、秋月、相良などの大小名と戦って勝利をおさめた。

（これなら、大丈夫！）

如水は、次第に自信をかためつつあった。

この勢いをもって中国へ進出し、家康と三成の戦いの中へ躍り込もうというのである。

いや、家康か三成か、そのどっちか勝った方に挑戦して、今度はこっちの手に天下の覇権を横取りしようということなのだ。

（じゃが、おそらくは内府（家康）の勝ちとなるであろう）

三成をやっつける方が楽なのだが、勝ち残りは家康の方だろうと如水は見きわめをつけていたようだ。

もし如水が、家康と戦うことになれば、家康に従っていた息子の長政は黒田軍の精鋭と共に親父のところへ馳せ戻って来ることは必定である。

だから、如水は、長政が出陣するに当って、

「おぬしは戦さ好きの男じゃ。なれど、今度の出兵は内府の手伝いにすぎぬのじゃから、あんまり精を出すなよ。力み返って働いたとて、どうせ他人のためにやることなのじゃから、そこのところを、

よくよく考えてな……」と、言い渡しておいてある。

くどくど言わずとも、これだけ言っておけば、長政も自分の心の中に気づいてくれようと思ったからである。

如水の〔やるべいかの〕は、この二十余年の間、まことに慎重に運ばれてきた。黒田の家と家来達と、領国、領民のことを考えたら、決して無謀は出来ないと、如水は考えている。この考え方は昔も今も変わらない。

〔絶対に勝つ〕という戦いでなければ、しないというのが如水の信念であった。

だから、信長が死んだ後も、如水は秀吉の下にあって忠実に働いてきたものである。

あの有岡城の牢獄から如水が救出されて間もなく、主家の小寺家は滅亡してしまい、以来の如水は秀吉の参謀として共に信長のために働いてきた。

織田信長が明智光秀の謀叛によって、本能寺で変死したときには、如水は、秀吉と共に備中高松の城を攻めていた。

水攻めにしたが、城主清水宗治は屈せず、秀吉も手をやいていたところへ、信長変死の報が届いた。

秀吉も如水も驚いたが、この報せを秘して、素早く清水と休戦交渉を行い、疾風のごとく軍をまとめて引返し、山崎の戦いに光秀を破って信長の仇をうち、秀吉が天下をとった話は有名だが、これら一切の軍略と行動の蔭にあって、如水が秀吉のために知謀をふるったことは言うまでもないのである。

如水がいなかったら、こうも鮮やかに進退することは、秀吉にも出来なかったろう。

秀吉が天下をとってからも、如水は忠実に秀吉を助けつづけた。

豊前中津十二万二千石の城主に引立てられたのは当然のことだ。もっと出世してもよいほど秀吉には尽していたし、秀吉も如水を頼りにしていた。

だが、さすがに秀吉は、何となく、如水の胸の底ふかく潜む〔やるべいかの〕を感じとっていたようである。

「わしが、今もし仮に死んだとしたら、そのあと天下をとるものは誰じゃと思うな?」と、秀吉は或時、側近のものに訊いた。

側近としても答えに困った。秀吉は、たわむれに訊くのだから遠慮なく言うてみよと言う。仕方なく、それぞれに、家康とか前田利家とか、思い思いに答えると、秀吉は首をふって、

「違《ち》ごう、違ごうわやい」

ニヤニヤと笑って、

「わからぬか?」

「わかりませぬ」

「よし。では言うてやろ。まず、今、わしが死んだとすれば、次に天下をとるは、あのちんばよ。禿《はげ》の如水よ」

側近達は笑って言った。

「なれど、黒田殿は、十二万石の大名でございます。いかに智謀の勇将とは申せ、たかだか十二万石では……」

「ふふん。お前達にはわからぬのか――」

秀吉は、このとき、しみじみと、

「如水というはおそろしい奴じゃ。わしは今までに、何度も何度も、大小いくつかの戦いにのぞみ、

その中には息も乱れ、作戦のたて方もわからなくなり、どうしてよいかと青息吐息をついたことも数え切れない。なれど、こうしたときに、あのちんばに相談もちかけるとな、ちんばめ、たちどころに妙案を下し、即断決してあやまたず的に当てたものじゃ」

その心、剛捷《ごうしょう》にして、よく人に任ず。宏度深遠天下匹《たぐい》なし。ひとり世にあるといえども、もし取らんと（天下を）欲せば、すなわち之を得べし――と、秀吉は如水を評している。

こういうわけで、秀吉も晩年には如水を怖れて遠去《とおざ》けてしまったようだ。

如水もこれを察し、家督を長政にゆずり渡し、さっさと隠居をしてしまったのである。

いま秀吉に睨まれたら元も子もなくなると思ったからである。官兵衛をあらためて如水と号したのもこのときからである。

だが、その秀吉も今は亡い。

天下は、今や徳川家康の東軍と、石田三成の西軍によって争われつつある。

（わしが割り込んで何で悪いのじゃ）

九州一円を平げた如水は、なおも軍備をととのえ、いよいよ中国へ向けて出発しようとした、そのところへ、大坂からの密使が飛んできた。

すぐる九月十五日――関ガ原において東西両軍は激突し、その日一日のうちに、西軍は完膚なきまでに潰滅《かいめつ》してしまったというのである。

「何！　たった一日で始末がついてしもうたのかや」

如水は、茫然となった。

両軍合せて二十万に近い大軍が争うのだから、こんなに簡単に勝負はつくまい、自分がそちらへ出て行くまでは、何とか勝ったり負けたりしてつないでいるだろうと考えていたからである。

（これで、万事終った！）と、隠居は、ためいきを洩らした。

戦いは終り、天下は家康の手に摑みとられてしまったのである。

戦いのどさくさまぎれに乗り込み、獲物を横合いから引ったくってやろうという如水の野望は、ついに消えた。

次々に、関ガ原合戦の様子が、九州へもたらされた。

せがれの長政は家康軍の先鋒として勇戦奮闘。しかも関ガ原の戦の勝敗の決め手となった西軍の毛利、小早川両軍を内応（裏切り）させるための工作にも、長政は大活躍をしたというのである。

「このたびの勝利は、ひとえに長政殿の勲功によるものじゃ。家康決しておろそかには思わぬ」

徳川家康は、大よろこびで、長政の手をとっておしいただいたという。

このことを、九州へ凱旋して来た長政が如水に語ると、

「ふふん！　内府、お前のどっちの手をおしいただいたのじゃ」

「右手でありました」

「なるほど――そのとき、お前の左手は何をしていたのじゃい」

如水は不満そうであった。

得意満面だった長政も、このときハッと気がついたようである。

「では……父上は？」

「そうよ」

如水は、ほろ苦く笑った。

「じゃから、出陣の折に、あまり精出して働くなと言うておいたではないか」

「はッ……」

「お前はな、戦いとなるともう夢中になって働く。家来どもを押しのけてまでも槍をふるって暴れたい奴じゃ」

「は……」

「働きすぎたぞ、今度も――しかも、内府のために粉骨したとて、何のことやある」

「父上。では、父上は……」

「あわよくば天下をお前にゆずり渡してやろうと思うたのになあ」

残念そうであったが、しかし、それだけ言ってしまうと、もう如水は、何もかも、さっぱりとあきらめたようである。

大坂の屋敷にいた如水や長政の妻は、無事に救出された。

四

黒田長政は関ガ原の戦功により、筑前五十二万三千石という大封を家康から与えられた。

こうなっては、如水も仕方がない。

なまじなことをしたり考えたりして、家康に疑《うた》がいをかけられては、今度は、こっちの身が危くなると賢明にさとった。

如水は、愛慕の声でみちわたる中津城下から、長政と共に福岡の城へ移った。

城内に隠居所を建て、そこで、つつましく晩年の平和をたのしむことにしたのである。

如水は、息子が賞賜されたその礼に、わざわざ大坂へ出向き、家康に会った。

家康は喜色を浮かべ、

「このたびの黒田父子の働きには家康つくづくと感じ入った。長政殿には筑前を与えたが、如水殿には、上方において領地をさしあげたいと思うておる。また朝廷に願って官位をも……」

と言ってくれたが、如水は、

「かたじけなく存ずるが、年もとり、体もきかなくなった上に、もはや、この世には何ののぞみなく、この上は、せがれのことを、よろしゅうお願い申上げ、わたくしは隠居のまま、しずかに日を送りたいと思いおります」

固く辞退して、福岡へ帰っていった。一説には、家康も秀吉と同じく、如水を疑っていて恩賞を与えようとはしなかったというが、家康ほどの人物だ、そんなケチなまねはしなかったろうと思われる。

福岡へ帰った如水には、おだやかで明るい日々が流れていった。

福岡のみか、博多にも小さな隠居所をもうけ、わずかな侍臣と共にいったり来たりして茶の湯や歌道に興じたり、城下の子供達に菓子を与えたり、悠々と日を送った。

老人が、果せなかった夢を追いつづけて残念がるということもなく、昔の働きを自慢にして老後の身が鬱憤をはらすなどという見っともないまねはみじんもしなかった。

北九州の明るい陽光と風物の中に、如水は溶け込んでしまったようである。

関ガ原合戦の三年後――慶長八年に、家康は征夷大将軍となり徳川幕府をひらいた。

あとは秀吉の遺子、秀頼が邪魔になるだけだが、

（こうなっては、何もかも内府の思うままじゃ）と、如水は思っていた。

のちに大坂の戦いが始まり、ここに秀頼はほろんで、名実共に天下は家康のものとなるわけだが、そのときまで生きていたとしても、如水は、真田幸村のように、家康と一戦を交えるべく大坂へ入城したりはしなかったろう。

なぜなら(勝つ見込みなき戦は、決してするものではない)——如水なのだから……。

家康開幕の翌年——慶長九年三月二十日に、如水は死んだ。

ちょうど伏見の藩邸へやって来ていたところであった。

発病して数日たった或る日に、如水は長政を呼び寄せ、

「わしは、間もなく死ぬぞ。わし亡き後のことはよろしゅう頼む。ことに、わしはお前に頼みたいことがある」

「は——」

「申すまでもなきことながら、わが家の家来を可愛がってくれい。領民たちをいつくしんでくれい。よいか、このことを忘れるな。すべてこのことを頭におき事を決せよ」

「はい」

家来の直言を重んじ、媚びへつらうものは遠去け、孤弱をいつくしみ貧財をあわれみ、賢を親しみ佞奸《ねいかん》を疎《うと》んぜよ——と、こんこんと遺言をし、大往生をとげた。

法名は円清竜光院。行年五十九歳であった。

編者解説

末國善己

二〇一四年のNHK大河ドラマが、豊臣秀吉の軍師・黒田官兵衛を主人公とする『軍師官兵衛』に決まった。山本勘助を描いた二〇〇七年の『風林火山』、直江兼続の実像に迫った二〇〇九年の『天地人』に続いて、ここ一〇年で三度目の軍師ものとなる。

日本人が、独裁的な権限を持った武将ではなく、補佐役の軍師に魅かれるのは、自己主張をするよりも、〝和〟を重んじる国民性も大きいはずだ。何より、頂点を極めるや否や、美女を集め、数多くの城普請を行い、明の征伐という誇大妄想的な野望に取り憑かれた豊臣秀吉が典型的なように、手にする権力が大きくなればなるほど堕落する戦国武将が多い中、軍師は出世欲や領土欲よりも、自分の立てた戦略を活かすことだけに熱心なタイプが多く、こうしたところも、清廉潔白に憧れながらなかなか実践できない読者を魅了しているのかもしれない。

秀吉に仕えた二人の軍師、竹中半兵衛と黒田官兵衛は、無欲な半兵衛と野心家の官兵衛との対比で語られることも多いが、秀吉を天下人にした最大の功労者ながら、官兵衛に与えられたのは豊前一二万石なので、それほどの厚遇ではない。これを甘んじて受け入れているのだから、官兵衛は必ずしも野心家とはいえない。おそらく大河ドラマでは、実力があれば立身出世も夢ではなかった戦国時代を、清冽に駆け抜けた官兵衛が描かれていくのではないだろうか。

官兵衛は、江戸時代から秀吉の側近として評価が高く、明治以降も数多くの歴史小説で取り上げられているメジャーな人物である。本書は、歴史小説の激戦区ともいえる官兵衛を主人公にした作品の中から、傑作六篇をセレクトした。アンソロジーはどうしても短篇が中心になってしまうが、本書は鷲尾雨工の長篇「黒田如水」、坂口安吾の中篇「二流の人」と読みごたえのある大作も選んでいる。また短篇も、白樺派の武者小路実篤が官兵衛を描いた「黒田如水」などの異色作を入れたので、歴史小説ファンでなくとも楽しめるはずだ。

歴史小説を書く作家は、史料をベースにしながらも、歴史の空白を想像力で埋めたり、史料を独自に解釈したりすることで、物語世界を作り出している。作家のアレンジや、作品のテーマがより分かりやすくなるように、官兵衛の生涯を簡単に紹介しておきたい。

官兵衛は、一五四六年、播磨の小寺家に仕える黒田職隆《もとたか》の嫡男として生まれた。父の職隆は、小寺政職《まさもと》に仕え、香山重道を討ち取った功績によって小寺の姓と家老職を与えられた人物である。一五六二年には、官兵衛も政職の近習となっている。一五六七年には父から家老職を継ぎ、櫛橋伊定《くしはしこれさだ》の娘の光を正室に迎えて、姫路城の城代にも任じられている。

この頃の播磨は、室町一五代将軍・足利義昭を奉じて上洛した織田信長と、山陰山陽を支配する毛利氏に挟まれ、どちらに付くかの決断を迫られていた。小寺家では、古くから関係の深い毛利方に付くことを主張する家臣が多かったが、官兵衛は長篠の戦いで武田勝頼を破った信長に味方するよう進言。単身で岐阜に向かった官兵衛は、秀吉の取り次ぎで信長に謁見した。この後、信長と政職は正式に同盟を結び、官兵衛は長男の松寿丸（後の黒田長政）を人質として信長に送っている。

一五七七年、本格的に中国攻略を始めた信長は、秀吉を播磨に送り込む。官兵衛は参謀として秀吉を補佐し、播磨の小豪族の調略を進めるが、翌年、信長の重臣で摂津を任されていた荒木村重が謀叛を起こし、有岡城に籠城する。官兵衛は村重の説得に向かうが、捕えられ劣悪な環境の土牢に幽閉されてしまう。一年後に救出されるが、官兵衛は重篤な皮膚病を患い、片足が不自由になっていた。

秀吉の参謀に復帰した官兵衛は、鳥取城の兵糧攻め、高松城の水攻めなどを実行。本能寺の変で信長が明智光秀に討たれると、秀吉に毛利輝元と和睦して主君の仇《あだ》を討つように進言し、中国大返しを成功させて、山崎の合戦で見事に光秀を討ち取っている。秀吉が、信長の後継の座をめぐって柴田勝家と争った賤ケ岳の戦いでは、敵の猛攻を受けるも踏みとどまり、勝利に貢献している。この直後、官兵衛は高山右近や蒲生氏郷らの勧めもあってキリスト教の洗礼を受けている。その後も、秀吉の四国攻め、九州攻めでも勝利に貢献した官兵衛は豊前一二万石を与えられるが、移封直後は国人衆の一揆に悩まされ、最大勢力の城井氏を謀殺、一五八七年に秀吉がバテレン追放令を出すと、率先して命令を実行し、厚遇していた宣教師を追放している。

一五八九年には隠居して如水軒と号すが、文禄・慶長の役では宇喜多秀家の軍監として渡海。しかし諸将の連携が悪く、思ったような采配が取れないとして帰国、戦線が膠着すると再び渡海するが、石田三成との間に確執が生まれ帰国している。

秀吉が死ぬと、家康と三成の緊張が高まる。長政が家康の養女を正室に迎えていた縁もあって黒田家は家康に味方することになっていた。関ヶ原の合戦が起こると、如水は九〇〇〇人ほどで促成軍を作り、西軍の大友義統《よしむね》などを攻め勝利している。

関ヶ原の合戦の論功行賞として、長政は福岡三七万石に加増移封となり、如水にも九州戦の功績で加増の打診があったが、これを固辞。その後は政治にかかわることのない文字通りの隠居生活を送り、一六〇四年に京の伏見藩邸で死去している。

本書の収録作は、順番に読むと官兵衛の生涯がたどれるように並べたが、エピソードの重複などを考慮して、多少の入れ替えを行っている。

菊池寛「黒田如水」

（『日本武将譚』黎明社、一九三六年一月）

平将門、楠木正成、太田道灌、上杉謙信、武田信玄など、平安から戦国時代までに活躍した武将の生涯を描く連作集『日本武将譚』の一篇。

菊池寛は歴史好きとしても有名で、一九三二年には、宮本武蔵が剣の名人だったかについて直木三十五と論争を行い、これが吉川英治『宮本武蔵』（「朝日新聞」一九三五年八月二三日〜一九三九年七月一一日）の誕生の切っ掛けにもなっている。そのため本作も、虚構を排し、史実を積み重ねながら如水の生涯を描く正統的な伝記となっている。

作中には、福岡の民謡「黒田節」のモデルとなった母里太兵衛や、黒田騒動の当事者となる栗山大膳の父・善介など、歌舞伎や講談に取り上げられたこともあって、誰もが知っている有名な人物も登場しており、これが読者の興味を引き付ける役割を担っていた。

母里太兵衛は「黒田八虎」の一人に数えられる猛将（ほかの七人は、井上之房、栗山善助、黒田一成、黒田利高、黒田利則、黒田直之、後藤又兵衛）で、酒豪としても有名。黒田家の使者として福島正則を訪問した太兵衛は、大杯に入れた酒を飲み干せば、好きな褒美を取らせるといわれる。太兵衛は使者であることを理由に誘いを断るが、福島家中から主君を馬鹿にする暴言が吐かれたため勝負を受け、見事に勝利。褒美として、正則が太閤秀吉から拝領した名槍「日本号」を貰い受けた。これが、「酒は呑め呑め　呑むならば」から始まる「黒田節」のモチーフになったのである。ちなみに、「日本号」は現在、福岡市博物館に所蔵されている。

太兵衛と義兄弟の契りを結んでいたとされる栗山善助の息子・大膳が関係したのが、黒田騒動である。如水の息子で、福岡藩の藩祖となった長政は、不行跡が目立つ長男の忠之を廃嫡し、三男の長興に家督を譲ろうとしていたが、家老の大膳らの反対もあって忠之を後継者にした。ところが二代藩主になった忠之は、恩義ある大膳ら譜代家臣を遠ざけて新参の倉八十太夫《くらはちじゅうだゆう》たちを重用。幕府の命令に逆らって軍船を建造したり、足軽を増強したりしたため、大膳は忠之に謀叛の疑いがあると幕府に訴えた。幕府の調査の結果、忠之は無罪となり所領は一端没収された後に再安堵。大膳は南部藩お預けの処分を受けるが、幕府から一五〇人扶持を与えられ、南部藩にも厚遇される悠々自適の生活を送っている。黒田騒動は、伊達騒動、加賀騒動と並ぶ〝三大お家騒動〟の一つだが、血で血を洗う抗争に発展した他の二つと比べると穏便に解決したので、かなり地味である。

関ヶ原の合戦は、まず上洛命令に応じない会津の上杉景勝、上杉家執権の直江兼続主従を討つため家康が北上、その隙に上方で三成が挙兵、家康が反転して関ヶ原で決戦が行われた。兼続による家康の挑発は、盟友の三成と連携して家康を挟撃する戦略だったとする説と、上杉家単独の決起だったとの説に分かれているが、菊池は「秀吉の没後、天下に色気を見せたのは、家康、三成、兼続を除いては、独り此《こ》の孝高《よしたか》入道如水軒あるのみである」としているので、挟撃説を支持していたと思われる。

現代では、如水は戦国を代表する〝軍師〟だが、菊池は如水を「謀将」、「参謀」などと表現している。〝軍師〟の文字を使わないのは、戦前に書かれた他の作品とも共通しているので、戦前は〝軍師〟というのは、それほど一般的な言葉でなかった可能性もある。

鷲尾雨工「黒田如水」（博文館、一九四一年六月）

本作は、官兵衛の誕生に始まり、有岡城の土牢から救出されるまでの前半生を描く長篇小説だが、官兵衛に「唐手《からて》」で投げ飛ばされたことを切っ掛けに心酔するようになる架空のキャラクター味介を狂言回しに使い、物語をより面白くするために史実を大胆にアレンジしたところも多いので、時代小説色の強い作品となっている。

まず冒頭は、諸国から有能な人物を集めている官兵衛の父・職隆に認められ食客になった味介が、武の道より文の道に興味を持ち、城に帰らず遊び歩いている官兵衛を改心させるために奔走することになる。官兵衛は、叔父の休夢斎から「武術以外には、なにさせても器用だし、忽《たちま》ち上達もする。難なく一廉《ひとかど》のものにはなるが、飽《あき》っぽい性格で、一芸に徹しようとはしない。あれで一本達を、わき目も振らず進んだなら、全く傑《えら》いものになれるのだが、惜しい哉《かな》、移り気じゃ」と評されているが、これは現代の大人が〝自分さがし〟をしている若者に向ける苦言に似ている。本作が書かれた戦前から〝自分さがし〟をしていた若者がいた可能性があるのは興味深いし、自分のやっていることが理解されない官兵衛に、共感を覚える読者もいるのではないだろうか。

小寺家の家老の嫡男であることを隠して、堺の豪商の娘お香と結婚したり、キリシタンの洗礼を受けたりしていた官兵衛の行動が、実はある目的を達成するための布石であることが明かされるあたりが、前半の山場となっている。そして政治的な目的を達成した官兵衛が、畿内で勢力を伸ばしてきた新興の織田信長に付くべきか、それとも中国の太守・毛利家に付くべきかで家臣団の対立が深まっていた小寺家に帰り、信長方に帰順することの重要性を説く中盤以降、武将としての活躍が本格化していく。

官兵衛は「日の本は神国」にして、「天《あま》つ日《ひ》嗣《つぎ》の皇御国《すめらみくに》」であり、信長こそが「大君のおん下《もと》に天下一統」させられる唯一の存在であるという演説をして、小寺家中を信長方にまとめ上げる。ここには、明らかに皇国史観の影響が見て取れるが、現代では、信長は皇室の上に立つことを考えていたとされることもあるので、作品が執筆されていた時期の社会状況が、作家の歴史観に影響を与えることもよく分かるように思える。

やがて、信長から中国攻略を命じられた秀吉の参謀になった官兵衛は、着実に兵を西に進めていくが、信長の信任も厚かった荒木村重の謀叛というアクシデントが起こる。この時、主君の小寺政職が村重に呼応しようとしたため、官兵衛は翻意をさせるため村重が籠城する有岡城（伊丹城）に乗り込むが、逆に幽閉されてしまう。雨工は、この有名なエピソードを、信長に村重の説得を命じられた官兵衛が、有岡城に向かうとアレンジしている。

さらに、有岡城から帰ってこない官兵衛を、信長が裏切ったと判断し、人質にしていた松寿（後の長政）を殺すように命じるが、松寿の命は竹中半兵衛の機転で救われたという話も、村重が謀略をめぐらせ、信長が官兵衛の裏切りを信じるように仕向けたとされているので、より派手な演出が施されている。

史実では官兵衛の救出は、まず家臣の栗山善介、母里太兵衛、井上九郎次郎らが、商人に身をやつして有岡城に潜入し、官兵衛が幽閉されている土牢の場所を特定して、城の総攻撃の混乱にまぎれて脱出させたとされている。これに対し本作では、信長軍に包囲されている有岡城に味介や善介が密《ひそ》かに潜入し、そのまま官兵衛を救い出し、敵の警備を振り切って脱出するので、非常にスリリング。雨工が、このシーンをクライマックスにしたのも納得できるはずだ。

史実に沿った官兵衛の活躍を期待していると本作に違和感を覚えるかもしれないが、歴史的な事件の結末は変えず、そこに至るプロセスにフィクションを交えるのは伝奇的な手法として優れているので、歴史小説ファンも十分に満足できるのではないだろうか。

坂口安吾「二流の人」　（九州書房、一九四七年一月）

如水の前半生を描いた鷲尾雨工「黒田如水」に対し、本作は晩年に迫っている。安吾は、本作の第一話「小田原にて」の第一章と第二章にあたる「黒田如水」（拙編『軍師の死にざま』所収、作品社、二〇〇六年一〇月、実業之日本社文庫、二〇一三年六月）を一九四三年一二月に雑誌「現代文学」に発表しており、本作のテーマを戦前から構想していたことがうかがえる。

歴史小説は、作家が取り上げる人物に魅了され、その情熱で執筆することが多い。ところが安吾は、「彼は秀吉に怖れられ、然《しか》し、甘く見くびられていることを知っていた。如水は歯のない番犬だ。主人を嚙む歯が抜けている」など、全篇にわたって如水を皮肉っているのだ。その理由として安吾は、「賭博は野心児の特権であり、又、生命だ。そして賭博の勝者だけが、人生の勝者にもなる」のだが、如水は有岡城に籠って謀叛を起こした荒木村重を説得するという乾坤一擲の賭けに出て、その場で殺されず、土牢に幽閉されて命を繋ぐ「開運」を得たものの、「悲しい哉、この賭博美を再び敢《あえ》て行うことが無かったのだ。ここに彼の悲劇があった」からとしている。

そのため、家康の三方ヶ原の戦いにおける大敗は「日本戦史の圧巻」であり、「天才とは何ぞや。

自己を突き放すところに自己の創造と発見を賭《かけ》るところの人である」と絶賛。三成も、主君・秀吉の「朝鮮遠征」の失敗をいち早く見抜き、「淀君の力」で秀吉を説得しながら、「遠征に対して万全の用意」を怠らなかった能吏とされている。しかし、秀吉の参謀として活躍したという自負がある如水は、三成の成長を認めることができなかった。安吾はそんな如水を、「昨日の老練家は今日の日は門外漢となり、昨日の青二才が今日の老練家に変っているのに気がつかない」と批判している。これは、年を取ると誰もが足をとられがちな陥穽だけに、如水のようにはなりたくないものである。

それはさておき、安吾は如水の比較対象として、直江山城守兼続も挙げている。安吾は、如水も直江山城も「戦争マニヤ」であるところは共通しているが、最後まで野心を捨てられなかった如水に対し、直江山城は「無邪気で、そして痛快だった。彼は楽天的なエゴイストで、時代や流行から超然とした耽溺派」であり、関ヶ原の合戦の直前に家康を挑発したのも、「私慾」はなく「強いて言えば、すこしばかり家康が嫌いなだけで、その家康の横ッ面をひっぱたくのを満身の快とするだけだった」としている。安吾は、「正義をたて」、「慾得ぬき」に戦争に突入できる「無邪気で勇敢で俗念のない戦争マニヤ」だった直江山城の活躍を「直江山城守」(「オール讀物」一九五二年四月)にまとめているので、本作と読み比べてみるのも一興である。

安吾は、「戦争マニヤ」の如水は領国経営でも非凡な才能を発揮したとするが、それは「百姓を泣かすな、ふとらせるな」という「武力あっての統治者」に過ぎず、「海外問題に就《つい》て家康の如《ごと》く真剣に懊悩《おうのう》推敲する識見眼界を持ち合せ」ていなければ、「民治家としても三成の如く武力的制圧を放れ、改革的な行政を施すだけの手腕見識はなかった」としている。さらに「朝鮮遠征」においても、「明国へ攻め入ればとて、この広大、且《かつ》言語風俗を異にする無数の住民を擁する土地を永遠に占領統治し得べきものでもない。如水はかかる戦争の裏側を考えておらぬ。否、その考えの浮かばぬ如水ではなかったが、之《これ》を主要な問題とはせぬ如水であった」としている。

安吾が、国民から税金を絞り取り、占領地の統治という対外戦争の最大の難問に見て見ぬふりをした如水を描いたのは、国家総動員法で国民を縛り、占領地の宣撫工作が十分ではないのに、いたずらに戦線を拡大し、最終的には無謀な対米戦に打って出て敗戦した日本を批判する目的があったように思えてならない。

如水の後半生をシニカルに切り取った安吾だが、決して極悪人とはしておらず、時代を読み間違った愛すべき馬鹿者といった意味合いが強いように思える。これは、明治維新以降、〝一等国〟になるため富国強兵を押し進めてきたものの、その夢破れて敗戦国になった日本人に、〝二流の人〟も決して悪いものではないと示すことで、逆説的にエールを送ろうとしたからではないか。敗戦の痛手から立ち直った日本は、再び〝一等国〟になることを目指したが、それで国民は幸せになったのか。富国の意味が問い直されている現代、本作の持つ意味は、ますます重要になっているのである。

海音寺潮五郎「城井谷崩れ」　（『三河武士』六興出版、一九八四年八月）

海音寺が戦前に発表した武士道をテーマとする短篇の中から、全集や短篇集に収録されていなかった一一作を集めた『三河武士』に収められた一篇。

戦国時代は、一国を支配する大名であっても、その国を中央集権的に統治していた者は少なく、特に京から遠い地方は、戦国大名が土着の小豪族（国人）と同盟を結んでいることも多かった。そのため秀吉、家康のような天下人が、配下の大名を論功行賞によって自由に転封できるようになると、新しい大名と代々土地を守ってきた国人が対立するケースも出てきた。秀吉に肥後に封じられた佐々成《さっさなり》政が、国人の一揆を鎮圧できなかったとして切腹に追い込まれた「肥後国人一揆」などは、その典型といえる。

成政とほぼ同じ時期に、九州の豊前中津一二万石を与えられた官兵衛も、自治権を主張する国人に悩まされる。本作は、最も頑強に抵抗した城井谷城の城主・城井鎮房《しげふさ》を葬り去るための謀略を描いており、如水の策士らしいダークな一面が垣間見える作品である。

史実では、地侍の蜂起に激怒した如水が鎮圧の兵を進めるが、天然の要害に守られた城井谷城は攻めにくく、逆に鎮房は「長政追跡して、鎮房の本城鬼ケ城へ押寄せたり、此の時、敵の伏兵俄《にわ》かに背後の山谷より崛起《くっき》し、城兵は前面の城門より突出して、腹背より長政の軍勢を挟撃したれば、（中略）数多《あまた》の勇士は討死したり」（「黒田家譜」）というゲリラ戦を展開して、黒田軍を撃退。手痛い敗北を喫した如水は、鎮房の一三歳の娘・鶴姫を長政に嫁がせることを条件に和議を結ぶが、翌年、長政の招待で居城の中津城を訪れた鎮房は城内で謀殺され、鶴姫も処刑。城井谷に残っていた一族郎党も惨殺されている。

海音寺は、実際に起きた「城井谷崩れ」をベースにしながらも、随所に史実の改変を行っている。まず城井谷城主の名を城井鎮房ではなく、城井谷友房としている。最後の一文に指摘があるように、「城井谷崩れ」は講談の黒田騒動ものと関係が深く、講談の役名では城井鎮房は、岐井谷友房なので、海音寺はこれを踏まえたと思われる。転法寺兵庫も講談の役名で、史実では如法寺久信である（塩田外記《げき》は、史実も役名も同じ）。物語の展開も講談に近く、如水は城井谷城を攻める前に娘の八重と友房を結婚させ、城井谷家の懐柔を行っている。友房を暗殺するのは、八重と結婚させてから六年後、二人の間には二人の子供も生まれていた。当初は政略がらみとはいえ、八重は婚家に馴染《なじ》み、夫婦仲も悪くなかったが、海音寺はそれを平然と引き裂く如水を描くことで、非情さを際立たせたと思われる。なお、如水の娘・八重は、講談に登場する架空の女性である。

作中には、如水を「謀の深いこと、張良、孔明の俤《おもかげ》がある」や、「今日の勢、黒田は強秦、強斉、お家は魯、趙にあたります」といった中国の史書からの引用が散見される。日本の軍記物語は、伝統的に中国の史書の影響を受けており、秀吉が竹中半兵衛の家を三度訪れる『絵本太閤記』の一節も、『三国志』で劉備が諸葛孔明の家を三度訪ねた「三顧の礼」の換骨奪胎である。海音寺も、（意識的か、無意識かは別にして）こうした伝統を踏まえたものと思われる。

武者小路実篤「黒田如水」　**（『日本の偉《すぐ》れた人々』山本書店、一九三五年六月）**

「日蓮と千日尼」、「宮本武蔵」、「白隠」、「頼山陽と川上儀左衛門」といった偉人の生涯を紹介する連作集『日本の偉れた人々』の一篇。

講談の定番の演目に、名奉行・大岡越前守のお裁きを題材にした「大岡政談」がある。左官が三両の入った財布を奉行所に届けるが、落とし主の大工は一度落としたからには自分の物ではないと受け取りを拒否、それを見ていた大岡越前守は自分の財布から一両を出して四両にし、二人が二両ずつ受け取れば、左官も大工も奉行も等しく一両損して丸く収まるという裁定を下した「三方一両損」が、最も有名だろう。ただ、このエピソードは京都所司代を務めた板倉勝重、重宗父子の事績をまとめた『板倉政要』に収録されている「聖人公事の捌《さばき》」が元ネタなので、実際は大岡越前守とは無関係である。

官兵衛の後半生の中に、材木を盗んだ男を牢に入れながら処刑しなかった理由、露見すれば切腹となる賭博に興じた家臣を意外な方法で諭す、という二つの事件を織り込んだ本作は、官兵衛を裁判官にした武者小路版〝大岡政談〟とでもいうべき作品になっている。

武者小路が描く官兵衛は、被告に厳罰を与えるのではなく、〝罪を憎んで、人を憎まず〟の精神で、更生をうながす方法に主眼が置かれている。そのため、若い頃からトルストイの人道主義に強い影響を受けていた武者小路らしい作品といえる。

武者小路が、家臣の心理的な負担を減らすために、罪人であってもなるべく死刑にしないようにし、「よく主人が死ぬと殉死をするものがあるが、その心がけはほめていいかも知れないが、賢いとは云えない。（中略）もし殉死するような心がけがあったら、その心がけで長政の為に仕えてくれ。決して殉死なぞはしてはいけないぞ」という遺言を残す官兵衛を描いたのは、戦争が近づき、敵を殺すこと、あるいは前線で華々しく散ることこそが〝誉れ〟とされるようになった時代に、異議を申し立てる意図があったようにも思える。

池波正太郎「智謀の人　黒田如水」（『武士《おとこ》の紋章』芸文社、一九六八年一一月）

戦国の滝川三九郎、真田幸村、幕末の高杉晋作、松平容保《かたもり》、河井継之助など、信念を貫いていきた男たちを描く短篇集『武士の紋章』の一篇。底本には初版本を用いたが、年号・年齢の誤記については、『完本池波正太郎大成　第二十四巻』（講談社、二〇〇〇年六月）を参照して修正した。

黒田家の領民支配の原則は「（愛情の発露）」であり、「ケタ外れに神経のこまやかな、恵みふかい」政治を行った武将として如水を描いた池波は、武者小路「黒田如水」よりも如水の慈悲深い側面をクローズアップしたといえるかもしれない。

本作は関ヶ原の合戦前後を中心に、如水の晩年に焦点をあてているが、悠々自適の隠居生活を描いているのではない。有岡城から救出された時、如水の胸には「信ずべきは自分ひとりである。もし機会が到来したならば、天下をとってやろう」という秘密の決意、「〔やるべいかの〕」の芽が発し、石田三成と徳川家康が決戦をすると聞いた瞬間、「〔やるべいかの〕」が抑えきれなくなったとされている。

平穏な生活、領民の安寧を第一に考えながらも、天下人になれる可能性が出てくれば、チャンスを摑もうと野望をたぎらせる複雑な性格の如水は、『鬼平犯科帳』（「オール讀物」一九六八年一月～一九九〇年四月）の長谷川平蔵や、『剣客商売』（「小説新潮」一九七二年一月～一九八九年七月）の秋山小兵衛など、社会の裏も表も知り尽くす喰えないヒーローを数多く生み出した池波らしいし、特に男性読者は老いても枯れない如水に魅了されるように思える。

池波は、「領国、領民のことを考えたら、決して無謀」はできず、だからこそ「〔絶対に勝つ〕という戦いでなければ、しない」という信念を持った武将として如水を描いたが、ここには、戦中派として、国家総動員法によって国民生活を圧迫し、無謀な戦争へと突き進んだ戦前への反省が込められているのではないか。そして有岡城で九死に一生を得た如水が、国と民を慈しむ政治を行う姿は、福澤諭吉『文明論之概略』の言葉を借りれば、戦争と敗戦を経験した如水と同じように「恰《あたか》も一身にして二生を経るが如く、一人にして両身あるが如し」という人生を送った池波自身の決意、あるいは自分の想いを後の世代が引き継いで欲しいとの願いが込められていると考えて間違いあるまい。その意味で、ラストに如水の遺言として置かれる一文「家来の直言を重んじ、媚びへつらうものは遠去《とおざ》け、孤弱をいつくしみ貧財をあわれみ、賢を親しみ佞奸《ねいかん》を疎《うと》んぜよ」には、本作のテーマが凝縮されているのである。

【編者略歴】

末國善己《すえくに・よしみ》

文芸評論家。1968年広島県生まれ。明治大学卒業、専修大学大学院博士後期課程単位取得中退。編書に『国枝史郎探偵小説全集』、『国枝史郎歴史小説傑作選』、『国枝史郎伝奇短篇小説全集』（全二巻）、『国枝史郎伝奇浪漫小説集成』、『国枝史郎伝奇風俗／怪奇小説集成』、『野村胡堂探偵小説全集』、『野村胡堂伝奇幻想小説集成』、『山本周五郎探偵小説全集』（全六巻＋別巻一）、『探偵奇譚 呉田博士【完全版】』、『【完全版】新諸国物語』（全二巻）、『岡本綺堂探偵小説全集』（全二巻）、『短篇小説集 義経の時代』、『戦国女人十一話』、『短篇小説集 軍師の死にざま』、『短篇小説集 軍師の生きざま』（以上作品社）などがある。

小説集 黒田官兵衛

二〇一三年九月二五日第一刷印刷
二〇一三年九月三〇日第一刷発行

編者 末國善己
編集 青木誠也
装幀 水崎真奈美
発行者 髙木有
発行所 株式会社 作品社
〒一〇二-〇〇七二
東京都千代田区飯田橋二-七-四
電話 （〇三）三二六二-九七五三
FAX （〇三）三二六二-九七五七
振替 〇〇一六〇-三-二七一八三
http://www.sakuhinsha.com
印刷・製本 中央精版印刷㈱

ISBN978-4-86182-448-7 C0093